Knaur

Über den Autor:

Cay Rademacher studierte Geschichte und Philosophie. Als freier Journalist arbeitet er für »Geo« und andere Magazine, wo er sich auf die Rekonstruktion historischer Ereignisse spezialisiert hat. Er lebt in der Nähe von Köln.

Cay Rademacher

Das Luftschiff

Roman

Knaur

Pour Françoise, comme toujours

Besuchen Sie uns im Internet:
www. droemer-knaur.de

Vollständige Taschenbuchausgabe März 2000
Droemersche Verlagsanstalt Th. Knaur Nachf., München

Umschlaggestaltung: Agentur Zero, München
Druck und Bindung: Ebner Ulm
Printed in Germany
ISBN 3-426-61252-6

2 4 5 3 1

Ich verstehe nichts von der Technik, und ich weiß nicht, wie weit es Graf Zeppelin noch bringen wird. Ich schließe die Augen und fühle wieder das schwebend leichte, weiche Reisen durch die Luft, ich genieße wieder den Anblick der weit erschlossenen Landschaft und das Gefühl des Draußenseins aus allen irdischen Kleinigkeiten …

HERMANN HESSE

Prolog

Lakehurst Naval Air Station,
New Jersey, 6. Mai 1937

Für den Reporter Herbert Morrison begann dieser Abend mit einem Routinejob, doch er sollte mit der Story seines Lebens enden. Er hatte sich mit einem Techniker in einem kleinen Schuppen am Rande des Flugfeldes ein provisorisches Studio eingerichtet und blickte mißmutig abwechselnd auf seine Uhr und auf das graue, gewittrige Wetter draußen vor dem Fenster. Herbert Morrison wartete auf den »Hindenburg«.

Zwölf Stunden Verspätung! Wo blieben die verdammten Deutschen nur? »WLS Chicago« war der einzige Sender Amerikas, der es noch für nötig befunden hatte, einen Mann nach Lakehurst zu schicken. Im letzten Jahr, bei der Jungfernfahrt, war der »Hindenburg« die Sensation gewesen, Front-Line-News. Doch jetzt, zu Beginn der Saison 1937, schickten die Sender niemanden mehr – oder einen Niemand wie ihn, einen jungen, erfolgshungrigen Mann, der sich noch keinen Ruf erarbeitet hatte.

Die Kollegen von den Zeitungen und der Wochenschau fluchten, denn bald würde es zu dunkel zum Fotografieren und Filmen sein. Hunderte von Menschen standen am Rand des Feldes, viele von ihnen vom stundenlangen Warten im Nieselregen inzwischen naß

bis auf die Haut. Einige Dutzend kräftige Männer hatten sich für einen Dollar die Stunde anheuern lassen, um mitzuhelfen, den »Hindenburg« sicher an den Ankermast zu bringen. Die anderen waren Verwandte, Freunde oder Geschäftspartner von Passagieren oder einfach nur Schaulustige, die den sagenhaften Zeppelin endlich einmal aus der Nähe sehen wollten.
»Da ist er!« rief jemand. Es war jetzt 19.08 Uhr, eigentlich sollte das Luftschiff schon seit Stunden am Ankermast hängen.
»Okay, bringen wir die Sache hinter uns«, dachte Morrison. Er sah einen zunächst winzigen, doch rasch größer werdenden Punkt und hörte das entfernte Brummen der vier gewaltigen Motoren.
»Hier kommt er, Ladies and Gentlemen!« rief der Reporter ins Mikrophon. »Und was für ein Anblick es ist, einfach überwältigend!«
Morrison mußte nicht übertreiben. Was da jetzt mit heruntergefahrenen Motoren langsam über das kahle, schmucklose Feld achtzig Kilometer südlich von New York glitt, war das gewaltigste Flugobjekt, das die Menschheit jemals gebaut hatte: zweihundertfünfundvierzig Meter lang, und mit dem Durchmesser eines vierzehnstöckigen Hochhauses. Der zigarrenförmige Rumpf schimmerte, als bestände er aus getriebenem Silber.
Wie ein riesiger, urtümlicher Raubvogel, der einen majestätischen Kreis zieht, bevor er sich langsam zu Boden sinken ließ, drehte der »Hindenburg« eine große Kurve über Lakehurst, wobei er immer mehr abbremste und tiefer sackte. Armdicke Haltetaue, die an dem fliegenden Giganten wie Bindfäden wirkten, fielen aus seiner Bugspitze. Die Männer der Boden-

mannschaft rannten los, griffen sich die Hanfseile und versuchten, sie zu den mächtigen Winschen zu zerren, die mit Maschinenkraft das Luftschiff tiefer ziehen sollten.
Es war jetzt 19.25 Uhr. Die Männer, die noch immer an den Haltetauen zogen, standen im Schatten des »Hindenburg«. Plötzlich wurde das Dämmerlicht durch ein gewaltiges, gelbrotes Leuchten erhellt. Es war, als wäre über diesem kargen Feld in New Jersey plötzlich eine zweite Sonne aufgegangen, eine Sonne, so hell und so heiß, wie sie noch keiner der Menschen hier gesehen hatte …
Morrison brauchte einige Sekunden, bis er begriff, was vor seinen Augen geschah. Der »Hindenburg« brannte! Urplötzlich stand das silberne Luftschiff in Flammen, Feuerzungen schlugen zehn, fünfzig, hundert Meter hoch aus dem zigarrenförmigen Rumpf, die metallisch schimmernde Hülle verging, als sei sie aus Papier. Er starrte fassungslos aus dem Fenster, vergaß für einige Augenblicke sogar seinen Job, doch dann stieß er den Techniker beiseite und griff sich das Mikrophon:
»Er geht in Flammen auf … hier, Charlie, hier … versperr mir nicht die Sicht, bitte ... o nein, das ist grauenhaft … o nein, geh mir aus dem Weg, bitte … er brennt, wird von Flammen umtost und stürzt auf den Ankermast und all diese Leute … das ist eine der schlimmsten Katastrophen der Welt … oh, er ist noch vier- oder fünfhundert Fuß hoch am Himmel … es ist ein schrecklicher Absturz, Ladies and Gentelemen … o diese Menschheit und all diese Passagiere …«
Der »Hindenburg« krachte in einer Säule aus Flammen und dichtem, schwarzen Qualm auf die Erde. Ambulanzsirenen heulten. Die Männer der Bodenmannschaft

und einige mutige Schaulustige versuchten, gegen die immense Hitze und den Brand näher zum Wrack vorzudringen, wo jetzt die ersten rußgeschwärzten Streben des Aluminiumskeletts sichtbar wurden wie die Knochen eines ausgeweideten Wals. Blutüberströmt, in zerfetzter, manchmal vom Körper weggebrannter Kleidung taumelten die ersten Überlebenden ihren Rettern entgegen. Die Fotografen und Kameraleute filmten, dann rannten sie wild durcheinander, auf der Suche nach einem Flugzeug oder Wagen, um mit ihren kostbaren Bildern so schnell wie möglich nach New York zu kommen. Mitten unter ihnen war Herbert Morrison, der seine Reportage auf eine Wachsplatte gesprochen hatte und nun die dramatischste Story seines Lebens sofort ins nächste »WLS«-Sendestudio bringen mußte. In diesem Durcheinander fiel ein Mann nicht auf, der mit eiligen Schritten in einem Hangar zu einem Telefon ging und von dort aus ein Ferngespräch anmeldete. Nach Deutschland.

1

Rio de Janeiro / Santa Cruz de Sepetiba,
Montag, 3. Mai 1937

Walter Jaeger konnte nicht verstehen, daß so ein riesiger Aufwand für so wenige – und so gewöhnliche – Menschen getrieben wurde. Natürlich hatte er schon häufiger Zeppeline gesehen, das letzte Mal im März 1936, als die beiden Giganten »Graf Zeppelin« und »Hindenburg« auf ihrer Werbefahrt für die Olympischen Spiele auch über Frankfurt Kreise gezogen hatten und Propagandaflugblätter wie Schnee auf die Stadt hinabgerieselt waren. Damals standen sie jedoch hundert, zweihundert Meter hoch am Himmel, und man hörte das dumpfe beruhigende Gebrumm ihrer Motoren. In dieser Höhe gab es nichts, was einen direkten Größenvergleich mit etwas Vertrautem ermöglicht hätte – nur ihre Schatten, die plötzlich ganze Straßen und Plätze abdunkelten, gaben eine Ahnung von ihren Dimensionen.
Als Walter Jaeger jedoch an diesem frühen Morgen den gigantischen Hangar südwestlich von Rio de Janeiro betrat, blieb er so ehrfürchtig stehen wie ein mittelalterlicher Bauer, der zum ersten Mal in eine Kathedrale tritt. Über ihm wölbte sich bis hoch in die dunklen Regionen unter dem riesigen Hallendach ein gewaltiger silbern schimmernder Rumpf. Jaeger hatte sich, wie es

seiner Gewohnheit als Journalist entsprach, vorher genau informiert: Die stromlinienförmige, gestreckte Hülle war 236,60 Meter lang und und an ihrer breitesten Stelle 30,50 Meter dick – so lang wie ein Güterzug mit 26 Waggons und mit dem Durchmesser von der Höhe eines siebenstöckigen Hauses. Doch keine noch so gründliche Recherche konnte ihn auf den überwältigenden Eindruck vorbereiten, so ein gewaltiges Gebilde direkt über dem eigenen Kopf *schweben* zu sehen.
Jedes Kind wußte, daß Zeppeline von riesigen Mengen Wasserstoffgas wie überdimensionale Kirmesballons in der Luft gehalten wurden. Doch dieses Ding, fand Jaeger, hatte nichts von einem Ballon, mit der sich ständig bewegenden Stoffhülle, den Hanfseilen, Sandsäcken, offenen Körben. Es wirkte massig und solide wie ein Schiff. Mit schweren Steinen gefüllte Säcke beschwerten die Leinen, mit denen der Zeppelin an den Boden gefesselt war wie der Riese bei den Liliputanern. Ein Kreuz aus vier Finnen bildete das Heck – Schiffsrudern im Trockendock einer Werft ähnlicher als Flugzeugleitwerken. An den Seiten der oberen und unteren prangten schwarz auf roteingefaßtem weißen Grund Hakenkreuze so groß wie Lastwagen. Fünf Motorgondeln hingen an dem Monstrum, zwei an jeder Seite und eine unter dem Kiel vor den Finnen. Vorn befand sich die Gondel, eine schmale, längliche Konservenbüchse mit Fenstern und Türen – das einzige, das aussah, als wäre es für normale Menschen gemacht.
Männer wuselten unter dem Giganten herum wie kleine, aufgeregte Ameisen, auf deren Bau sich ein Bär gesetzt hat: Ölverschmierte Mechaniker kletterten auf Leitern vom Boden in die Motorgondel oder legten

eine Leitung von einem Tankwagen, der wie ein Spielzeug wirkte, zu den Tanks im Innern der Hülle; Arbeiter mit nackten Oberkörpern schleppten Schrankkoffer, Reisetaschen und Postsäcke in endloser Prozession in den riesigen Bauch des Zeppelins; vorn standen drei Offiziere in blauen, goldbetreßten Uniformen und Schirmmützen und inspizierten irgendein kleines technisches Gerät an der Außenseite der Gondel; hoch über Jaegers Kopf hatten sich zwei angeleinte Männer vom Rücken des Kolosses ein Stück weit abgeseilt und besserten eine Stelle der Hülle mit silbriger Farbe aus wie zwei Bergsteiger, die mit Eimer und Pinsel einen Berg anmalen wollen; am Rande des Hangars standen brasilianische Soldaten in khakifarbenen Uniformen, einige in Stiefeln, andere in abenteuerlichen, selbstgeschusterten Sandalen, das Gewehr lässig geschultert, und langweilten sich. Niemand rauchte.
»Kann es einen schöneren Platz für das Hakenkreuz geben als diesen?« Bruno Krauss deutete mit theatralischer Geste nach hinten zu den Heckfinnen.
Walter Jaeger hatte gelernt, in der Gegenwart überzeugter Nationalsozialisten nicht nur seine Worte, sondern auch seine Gesichtszüge unter Kontrolle zu halten, doch der Anblick des »Graf Zeppelin« hatte ihn so sehr aus der Fassung gebracht, daß er die Bemerkung seines kleinen, dicklichen Begleiters mit einem abschätzenden Blick quittierte. »Man treibt schon einen gewaltigen Aufwand, um zwanzig Passagiere über den Atlantik zu transportieren«, entgegenete er kühl und deutete mit einer Geste der rechten Hand die Länge des Zeppelins an.
»Ein Schiff braucht zwei Wochen von Deutschland nach Rio«, bemerkte Krauss spitz, »der Zeppelin

schafft das in weniger als einhundert Stunden. Ein Triumph deutscher Technik!«
Eine Stimme in ihm warnte ihn, nicht zu weit zu gehen, doch Jaeger konnte sich nicht beherrschen. »Es ist nur bedauerlich, daß dieser Triumph noch in der dunklen Zeit der Schande geschaffen wurde, fünf Jahre vor der Machtergreifung«, sagte er ironisch.
Krauss warf ihm einen giftigen Blick zu. »Doch erst das nationalsozialistische Deutschland war in der Lage, einen Zeppelin wie den ›Hindenburg‹ zu schaffen. Dagegen ist das da«, er deutete mit der Kinnspitze Richtung »Graf Zeppelin«, »klein, veraltet und nur noch zweite Wahl.«
Jaeger lächelte fein. »Also doch kein Triumph deutscher Technik?«
Krauss sah aus, als würde er gleich die Beherrschung verlieren. Doch bevor er etwas sagen konnte, kam ein junger, rotgesichtiger und verschwitzter Mann in der Uniform der Deutschen Zeppelin Reederei, die den Liniendienst zwischen Europa und Amerika betrieb, auf sie zu. »Herzlich willkommen an Bord des ›Graf Zeppelin‹« sagte er höflich. »Darf ich bitte Ihre Tickets sehen?«
Sie zogen die länglichen, einer Urkunde oder einem Diplom ähnlichen, von einem Angestellten der Reederei in Rio sorgfältig handschriftlich ausgefüllten Scheine aus ihren Jackettaschen und reichten sie ihm. »Jetzt wird mich das Aas im Propagandaministerium anschwärzen, vielleicht sogar bei Goebbels persönlich!« dachte Jaeger grimmig und verfluchte seine Unbeherrschtheit gegenüber seinem Kollegen.
Der Vertreter der Deutschen Zeppelin Reederei prüfte ihre Tickets lange und besah sich dann so gründlich ihre

Pässe, daß es peinlich war. »Ein Amateur«, dachte Jaeger. Ein erfahrener Gestapo-Mann hätte mit einem kurzen, schnellen Blick die Ähnlichkeit zwischen Foto und ihm überprüft, dann die Namens- und anderen persönlichen Angaben nach irgendwelchen Auffälligkeiten überflogen und schließlich die Seiten für die Visastempel wie ein geschickter Kartenspieler durchblättert. Da Jaeger für die »Frankfurter Zeitung« oft im Ausland war, sah sein Reisepaß aus wie das Trophäenbuch eines Sammlers von Visa-Stempeln. Längst hatte er aufgegeben zu zählen, wie viele Grenzkontrollen er schon hatte über sich ergehen lassen müssen. Normalerweise blieben dann die Kartenspieler-Finger auf der Seite mit dem Visum der Sowjetunion von 1934 hängen, es folgte ein langer, prüfender Blick, und dann wurde ihm der Paß ruckhaft, fast widerwillig zurückgegeben. Das war alles eine Sache von dreißig Sekunden.
Doch der Vertreter der Deutschen Zeppelin Reederei blätterte so langsam in seinem Paß, als kämpfe er sich mühsam, aber entschlossen durch ein kompliziertes wissenschaftliches Buch. »Wahrscheinlich ist mal wieder aus Berlin eine nebulöse Warnung an alle deutsche Auslandsvertretungen ergangen«, dachte Jaeger. Sein einziger Trost war, daß auch Krauss überprüft wurde, als wäre er ein Abgesandter des Zentralkomitees der KPdSU. Sein Kollege, schon wegen Jaegers Sticheleien wütend, wirkte, als stünde er kurz vor einem Amoklauf. Doch auch er war klug genug, nicht laut zu protestieren, da man nie wußte, welche Folgen das haben konnte. Nur seine dicken, verschwitzten Hände öffneten und schlossen sich unablässig wie die Kiemen eines gestrandeten Karpfens. Endlich durften sie passieren.
Eine kleine Stahltreppe führte sie zur Eingangstür am

Ende des vordersten Viertels der Steuerbordseite der Kabine. Dort stand ein mittelgroßer, schlanker, dunkelhaariger Mann in schwarzer Hose und blütenweißem Jackett. »Willkommen an Bord des ›Graf Zeppelin‹, meine Herren!« sagte er höflich und verbeugte sich leicht. »Pflug, Chefsteward. Darf ich Sie höflichst bitten, mir, bevor Sie an Bord gehen, Ihre Feuerzeuge und Streichhölzer auszuhändigen?«
Für Krauss war das Maß an Demütigungen, die er an einem Morgen ertragen konnte, jetzt überschritten. »Was soll das!« giftete er. »Glauben Sie, ich will diesen Zeppelin hier anzünden?«
Der Chefsteward lächelte mit der Routine des Mannes, der solche Einwände schon tausendmal gehört hat. »Eine strikte Anweisung, die nur Ihrer Sicherheit dient«, sagte er verbindlich und setzte dann, nach einem raschen Blick auf das kleine bronzene Parteiabzeichen am Revers von Krauss' Jackett, hinzu, »direkt vom Reichsluftfahrtministerium.«
Krauss murmelte etwas Unverständliches und fing an, umständlich in seinen Taschen zu kramen. »Sie erhalten alles selbstverständlich in Friedrichshafen zurück«, meinte der Chefsteward, sichtlich darum bemüht, ihn zu beruhigen.
Krauss förderte ein silbernes Feuerzeug mit den Initialen »B. K.« zutage sowie ein halbverbrauchtes Streichholzheft mit dem Werbeaufdruck eines Berliner Restaurants. Pflug nahm beides mit der übertriebenen Dankbarkeit entgegen, die Kellner an den Tag legen, wenn man zuviel Trinkgeld gibt. Dann sah er Jaeger fragend an, der die ganze Zeit tatenlos danebengestanden hatte. »Ich habe nichts«, sagte er und fügte lächelnd hinzu: »Nichtraucher.«

Sie folgten dem Chefsteward durch einen schmalen, metallisch-schmucklosen Gang ins Innere der Gondel. Unmittelbar hinter der Eingangstür blickten sie rechts durch eine geöffnete Luke in die winzige, aber mit einem großen Elektroherd und anderen modernen Geräten ausgestattete Küche, dann trafen sie auf einen größeren Gang. Rechts und geradeaus sahen sie verschlossene Türen – zu Brücke und Funkraum, vermutete Jaeger. Dann wandten sie sich nach links und betraten eine andere Welt: den Salon.

Schwere rote Vorhänge waren in kunstvollem Faltenwurf vor den nach außen geneigten Panoramafenstern aufgezogen, auf den Fensterbänken standen Blumengestecke in kleinen Vasen, Erinnerungswimpel und anderer Nippeskram. Die Wände zwischen den Fenstern und auf beiden Stirnseiten waren dezent gemustert bedruckt, in die helle, über zwei Meter hohe Decke waren kleine Lampen eingesetzt. Vier Tische standen im Raum, Backbord vorn und Steuerbord hinten kleine quadratische für je vier Personen, in den beiden anderen Ecken längliche für jeweils sechs. Sie waren mit akkurat ausgerichteten weißen Tischtüchern bedeckt. Davor standen niedrige, aber bequeme, mit bunten Blütenmustern bedruckte Stühle.

»Der Speise- und Gesellschaftsraum«, sagte der Chefsteward, dann geleitete er sie zur anderen Seite. Sie traten durch eine Tür in einen langen hellerleuchteten Korridor. »Auf jeder Seite liegen fünf Doppelkabinen«, erklärte Pflug, »dahinter sehen Sie die Tür zu den Waschräumen, Steuerbord für Damen, Backbord für Herren. Hinter den letzten beiden Türen auf jeder Seite liegen die Toiletten.«

»Und die Tür ganz hinten?« fragte Krauss.

»Der Mannschaftswaschraum. Die Besatzung schläft über der Gondel auf den Laufgängen im Innern der Hülle, aber dort gibt es kein Wasser.«
Der Chefsteward führte sie zur dritten Kabine auf der Backbordseite und verabschiedete sich mit einer angedeuteten Verbeugung. Die Tür war mit längsgestreiftem Stoff bespannt, zwei kleine ovale Messingschilder trugen die Ziffern »9« und »10« – im Zeppelin wurden nicht die Kabinen, sondern die Betten durchnumeriert. Die Kabine war schmal wie ein Zugabteil und hatte wie dieses eine gepolsterte Bank und einen Klapptisch. Die Wände waren mit einer dünnen Stofftapete bespannt, die ein seltsames Muster aus Blüten und abstrakten Zeichnungen trug. Ein kleiner, nur rund zehn Zentimeter tiefer Spind konnte kaum die für die lange Fahrt notwendige Kleidung zum Wechseln und das Handgepäck aufnehmen. Durch ein großes, wie im Speiseraum nach außen geneigtes Fenster sah Jaeger ins Innere der Zeppelinhalle.
»Die Bank wird nachts zum Etagenbett«, sagte Krauss und prüfte mißtrauisch mit der rechten Faust die Polsterung, bevor er sich aufseufzend fallenließ. »Wenn Sie nichts dagegen haben, dann nehme ich das obere Bett.«
Jaeger sah sich um – und wußte plötzlich, daß er in eine Falle geraten war.
Er schüttelte nur den Kopf und murmelte seine Zustimmung. »Unglaublich, wie heiß es um diese Tageszeit hier schon ist«, sagte er leise, »ich mache mich kurz frisch.«
Er kramte in seiner ledernen Reisetasche nach seinem Waschzeug und versuchte dabei, das Zittern seiner Hände zu unterdrücken. Dann zwang er sich, langsam bis zum Waschraum zu gehen. Als er da war, schloß er

erleichtert hinter sich die Tür und lehnte sich an die Seitenwand. Von seiner spöttischen Überheblichkeit gegenüber Krauss war nichts mehr geblieben.

Zwei in eine moderne Konsole eingelassene Waschbecken standen vor der Außenwand, in deren Mitte ein Bullauge Licht ins Innere ließ. Jaeger legte seine Brille zwischen die Waschbecken, dann spritzte er sich das Gesicht mit kaltem Wasser ab und blinzelte in den neben dem Becken an der Wand befestigten runden Spiegel. Das Idealbild eines Ariers blickte ihm entgegen, das allerdings nur in der Lage war, alle Dinge, die weiter als ungefähr einen Meter von seiner Nasenspitze entfernt waren, als bunte Schemen zu erkennen. Dann setzte er die Brille wieder auf und sah mit einem Schlag aus wie ein nachdenklicher, etwas verschüchterter Wissenschaftler. Ein »Intellektueller« würden viele Nazis sagen – für die dieser Begriff ein Schimpfwort war. Die Rekrutierungsstelle der SS hätte ihn sicher nicht genommen.

Dabei hatte Jaeger schon mehr Kriegserfahrung, als ihm lieb war. Und das war auch der Grund, warum er sich plötzlich davor fürchtete, mit Krauss zu reisen. Jaeger war siebenunddreißig Jahre alt, hatte als Achtzehnjähriger noch im Krieg gekämpft und die letzte große Offensive mitgemacht, dann den schrecklichen Gegenangriff der Alliierten, den deprimierenden Rückzug und das Ende. Er erinnerte sich noch genau an den Tag des Waffenstillstands. Sie hielten eine Stellung in irgendeinem namenlosen nordfranzösichen Dorf. »Das ist Deutschlands Untergang!« rief ihr Offizier, ein junger, fanatischer Leutnant. Doch Jaeger dachte nur: »Ich hab's geschafft!« Aber das sollte sich nur zu bald als Irrtum herausstellen.

Den Granaten war er entkommen, nicht jedoch den Bildern von zerfetzten Soldaten, aufgequollenen Tierkadavern, nicht ihrem Gestank und nicht den tausend tödlichen Geräuschen im nächtlichen Schützengraben. Er träumte davon. Nicht immer, aber doch mit häßlicher Regelmäßigkeit. Dann wand er sich schweißgebadet im Bett, bis das Aufwachen ihn erlöste, manchmal fuhr er jedoch auch laut schreiend hoch. Sein Mädchen hatte ihm damals vor seiner Einberufung eine erste, schüchterne und romantische Liebesnacht geschenkt und ihn nach dem Krieg überglücklich empfangen, doch schon bald fürchtete sie sich davor, mit ihm zu schlafen, weil sie immer wieder nachts von einem »Verrückten« geweckt wurde, in dem sie nichts von ihrem Geliebten erkennen konnte. Sie blieb trotzdem bei ihm, wofür er ihr dankbar war, und heiratete ihn.

Diese Dankbarkeit war stärker als Jaegers Liebe, die einfach irgendwann erloschen war. Doch welche andere Frau würde schon mit ihm ins Bett gehen und ihn hingebungsvoll lieben, obwohl sie wußte, daß er danach niemals von ihr, sondern immer nur von seinen dunklen Dämonen träumte, daß er am nächsten Morgen nie selig und befriedigt lächelnd in ihren Armen aufwachen würde, sondern im besten Fall erleichtert darüber, eine Nacht ohne bis ins Mark dringende Schreie überstanden zu haben? Jaeger hatte das Gefühl, daß er tief in der Schuld seiner Frau stand.

Und jetzt mußte er eine winzige Kabine mit einem rachsüchtigen, verbohrten kleinen Spießer teilen! Wenn Jaeger für die »Frankfurter Zeitung« reiste, dann bis jetzt immer allein. Auch auf der Hinfahrt nach Brasilien auf einem nur spärlich belegten Dampfer der Ham-

burg-Südamerika-Linie, hatte er Glück und konnte eine Einzelkabine beziehen.
In Rio de Janeiro fand ein wissenschaftlicher Kongreß von Altamerikanisten statt, der größte aller Zeiten. Normalerweise hätte sich in Deutschland außer der »Frankfurter Zeitung« niemand dafür interessiert, und auch die hätte vielleicht keinen Sonderkorrespondenten hingeschickt. Doch die Forscher hatten im letzten Jahr so viele Maya- und Inka-Schätze wie noch nie aus den Dschungeln und den Hochebenen der Anden geborgen. Seit dem Grabfund von Tutanchamun und dem Wirbel, den amerikanische und britische Zeitungen darum vor fünfzehn Jahren veranstaltet hatten, waren spektakuläre, exotische archäologische Sensationen immer Stoff für die Titelseite und eine gute, mehrteilige Artikelserie gewesen, also war diesmal ein ganzes Rudel deutscher Journalisten nach Brasilien gefahren.
Zwei ausgewählte Korrespondenten bekamen dann überraschend vom Propagandaministerium die Heimfahrt im Zeppelin spendiert, damit sie auch darüber berichten konnten. Da war zwar eigentlich nichts Sensationelles mehr, womit Goebbels noch hätte angeben können, doch Jaeger vermutete, daß das Ministerium ein paar schöne Artikel als eine Art Werbung haben wollte, denn es gab Gerüchte, daß die Deutsche Zeppelin Reederei mit der argentinischen Regierung um eine Erweiterung ihrer Zeppelin-Route bis Buenos Aires verhandelte. Natürlich war Krauss vom »Völkischen Beobachter« dabei, weil dieser das bedeutendste Parteiorgan war, und ihn hatte man ausgewählt, weil die »Frankfurter Zeitung« noch immer als das im Ausland angesehenste deutsche Blatt galt.

Jaeger waren die Hintergedanken des Propagandaministeriums egal, denn er war begeistert von der Aussicht, endlich einmal in einem Zeppelin zu fahren. Und die Story war für ihn ein verführerischer Leckerbissen gewesen – nur stellte sich jetzt heraus, daß dieser Leckerbissen in Wirklichkeit ein Köder war, der ihn in eine Falle gelockt hatte, aus der es kein Entrinnen mehr gab. Erst an Bord, in der fast klaustrophobisch engen Kabine, war ihm schlagartig klargeworden, daß er ausgerechnet Krauss auch nachts in seiner Nähe haben mußte. Was hatte der gesagt? Ungefähr einhundert Stunden würde die Fahrt dauern – viel zu lang, um sie ohne Schlaf durchzustehen. Jaeger mußte sich etwas einfallen lassen, sonst würde er einen hohen Preis für dieses Vergnügen bezahlen.

»Darf ich urinieren?«

Hans Thomsen blickte amüsiert auf. Er hatte noch nie gehört, daß jemand ein so vornehmes Wort für etwas so Ordinäres benutzte, doch dann erinnerte er sich daran, daß sein Gefangener Mediziner war. »Einer der drei besten Neurologen der Welt, vielleicht sogar der beste!« hatte ihm Heydrich in der Zentrale des Sicher-

heitsdienstes in Berlin gesagt. Jemand, der täglich in die Gehirne anderer Menschen blickte, wurde darüber vielleicht selbst ein bißchen seltsam.
»Aber selbstverständlich, Herr Professor«, antwortete er deshalb spöttisch und sprang auf. »Ich werde Sie begleiten.«
Professor Johann Forster lächelte gequält, dann verließen sie die Kabine. Es war die hinterste auf der Steuerbordseite, direkt vor den Waschräumen. Thomsen hatte für dieses Arrangement auf dem Büro der Deutschen Zeppelin Reederei in Rio de Janeiro erst seinen Gestapo-Ausweis zücken müssen, woraufhin der bis dahin so sture Beamte am Ticketschalter plötzlich blaß und freundlich wurde. Thomsen hatte erfahren, daß der »Graf Zeppelin« auf dieser Fahrt nicht ausgebucht war und daraufhin befohlen, daß die Kabine unmittelbar vor der ihrigen unbelegt blieb. Sollte ihm Forster während der Fahrt wider Erwarten doch Schwierigkeiten machen, dann konnte er ihn hart anfassen, ohne daß jemand etwas davon mitbekam.
Er wollte mit dem Professor in die enge Toiletten-Kabine eintreten, als dieser sich umdrehte und »Ich muß doch sehr bitten!« murmelte. Thomsen hielt inne, eher überrascht als verärgert, blickte kurz auf das winzige Bullauge und nickte dann. »Also gut, ich glaube kaum, daß Sie durch dieses kleine Loch krabbeln werden«, sagte er.
»Lassen Sie den Unsinn«, flüsterte der Professor, »Sie wissen so gut wie ich, daß ich nicht einmal durch ein geöffnetes Scheunentor fliehen kann, weil Sie mich in der Hand haben!« Wütend riß der Professor die Toilettentür zu.
Thomsen lächelte, strich sich mit dem Zeigefinger über

sein vor zehn Jahren gebrochenes, durch einen markanten Höcker gekennzeichnetes Nasenbein und schlenderte zurück zu seiner Kabine, ließ die Tür jedoch einen Spalt breit offen, um zu hören, wann Forster wieder aufschloß. »Was für ein langweiliger Auftrag«, murmelte er.

Thomsen war zweiunddreißig Jahre alt, mittelgroß, sportlich, blond und blauäugig, ein passabler Degenfechter – wenn er auch gegen einen wie Heydrich keine Chance hatte –, ein guter Boxer und einer der besten Pistolenschützen Deutschlands. Er war Kommissar bei der Kriminalpolizei. Als er es nach der Machtergreifung 1933 für ratsam hielt, in die Partei einzutreten, hatte es deshalb gar keine Schwierigkeiten gegeben, im Gegenteil: Man hatte ihn ermuntert, auch gleich Mitglied der SS zu werden. Jetzt war Thomsen SS-Scharführer und Kommissar der Geheimen Staatspolizei. Als Hitler 1934 den SA-Führer Röhm und ein paar Dutzend andere Rivalen liquidieren ließ, war er dabeigewesen. Dabei hatte er sich so bewährt, daß ihm Berlin seitdem einige »Sonderaufträge« gegeben hatte.

Doch dieser Auftrag schien unter seiner Würde zu sein. Thomsen hörte das Türschloß, schnellte nach draußen und nahm Forster auf dem Flur in Empfang. Dann schob er ihn wieder in die Kabine und verschloß sorgfältig die Tür. Er betrachtete den kleinen, energischen, etwas kurzatmigen älteren Mann mit den wirren grauen Haaren und den feingliedrigen, fast femininen Händen – von einem Gegner hatte er andere Vorstellungen. Forster war Jude und früher Professor für Neurologie an der Universität Berlin gewesen. Viel mehr hatte man ihm nicht gesagt, nur daß der Professor vor zwei Jahren zu seiner Tochter nach Brasilien ausge-

wandert war. Allerdings hatte ihn Heydrich persönlich in einem abhörsicheren, besonders scharf bewachten Büro in der Zentrale des Sicherheitsdienstes empfangen und ihm den Auftrag gegeben, Forster zurückzuholen, »so schnell wie möglich, unbedingt lebend und möglichst unverletzt, vor allem an Händen und Augen! Das ist ein Führerbefehl!« Dann hatte sich Heydrich etwas vorgebeugt und mit seinem unangenehm kalten, durchdringenden Lächeln geflüstert: »Dieser Mann ist beinahe so wertvoll für das Reich wie der Führer selbst! Also passen Sie bloß gut auf ihn auf, Thomsen!«
Thomsen wußte, wie das gemeint war: Wenn er versagte, würden sie ihn ohne Zögern exekutieren. Er fragte sich beunruhigt, warum ein ausgewanderter, etwas zerstreut wirkender jüdischer Professor für Heydrich, die Gestapo oder sonst jemanden in Deutschland so ungeheuer wichtig sein konnte. Er hatte sich deshalb auf den schwersten Auftrag seines Lebens vorbereitet, doch war es geradezu beleidigend einfach gewesen, zumindest für einen Mann von seinen Qualitäten. Die Gestapo hatte einfach Forsters Bruder verhaftet, einen bis 1933 gefeierten Pianisten, der naiv genug war, noch immer in Berlin zu leben. Thomsen brauchte nur mit dem »Graf Zeppelin« nach Rio de Janeiro zu fahren, beim Professor an der Haustür zu klingeln und ihm auszurichten, daß sein Bruder in der Haft an »Herzversagen« sterben würde, wenn er nicht für einen Sonderauftrag nach Berlin zurückkehrte. Forster war für eine Minute empört gewesen, Thomsen hatte schon unwillkürlich nach der in seiner Manteltasche verborgenen Pistole gegriffen – doch dann war Forsters Widerstandsgeist zusammengefallen wie ein Kartenhaus, und er war folgsam wie ein Lamm mit ihm in aller

Frühe als erster Passagier an Bord des »Graf Zeppelin« geschlichen und hatte sogar seinen alten, abgewetzten Arztkoffer mitgenommen. Es war so einfach, mit reiner, brutaler Macht den schwächlichen, altmodischen, hilflosen Humanismus von Menschen wie Forster zu brechen, daß Thomsen dafür nur Verachtung übrig hatte.

»Warum holt man Sie eigentlich zurück, Herr Professor?« fragte er, und eine Andeutung von Hohn war in seiner freundlichen Stimme.

Forster sah ihn überrascht an. »Das wissen Sie nicht? Erstaunlich.« Er murmelte etwas Unverständliches.

Thomsens Gesichtsausdruck hatte sich schlagartig von einer kalten, glatten Höflichkeit zu lauernder Spannung verändert. »Heraus mit der Sprache!« zischte er. Er fühlte sich zum Narren gehalten, von Heydrich ebenso wie von diesem seltsamen Professor, der angeblich so wichtig war – wichtig genug jedenfalls, daß man es in Berlin für notwendig gehalten hatte, ihm die Gründe für diese Entführung zu verschweigen und ihm im Falle eines Scheiterns mit Erschießung zu drohen.

Doch Forster sah ihn nur verwirrt an. »Ich dachte eigentlich, daß Sie mir sagen könnten, warum Sie mich entführen. Offensichtlich sind Sie darüber jedoch genauso wenig informiert wie ich. Seltsam. Ich wüßte nur einen einzigen Grund zu nennen, warum mich die Gestapo auf so rücksichtlose Weise verschleppt, doch das wäre so absurd, daß ich es nicht einmal ihnen zutraue.«

Thomsen lehnte sich zurück und zwang sich zu einem spöttischen Lächeln, obwohl er innerlich vor Wut kochte. Er hatte einen Fehler gemacht, einen Augen-

blick nicht aufgepaßt, hatte sich aus Neugier und purer Langeweile eine Blöße gegeben und gezeigt, daß er die Motive für Forsters Verhaftung nicht kannte. »Ich muß aufpassen!« dachte er grimmig. Er hätte gern tausend Reichsmark dafür gegeben, wenn ihm der rätselhafte Professor den angeblich so absurden Grund für diese Aktion verraten hätte. Thomsen war überzeugt, daß die Absichten der Gestapo niemals absurd waren, und vielleicht hätte er aus den Schilderungen seines Gefangenen die wahren Absichten der Entführung erraten. Doch er wollte nicht noch ein zweites Mal seine Unwissenheit offenbaren. Er hoffte statt dessen, daß er in den nächsten Tagen der Reise im Zeppelin Gelegenheiten genug haben würde, um den Professor unauffällig auszuhorchen.
Forster setzte sich umständlich neben ihm auf die Bank. »Stört es einen überzeugten Nationalsozialisten wie Sie eigentlich nicht, drei Tage auf engstem Raum mit einem Juden zu verbringen?« fragte er ironisch. Offensichtlich hatte er bemerkt, daß Thomsens Souveränität einen Schlag abbekommen hatte. »Sie halten unsereins doch für minderwertig, nicht wahr?«
Thomsen lächelte ihn spöttisch an. »Natürlich sind Juden minderwertig«, sagte er leichthin, »aber das sind fast alle anderen Menschen auch.«
Jetzt war Forster überrascht. »Glauben Sie nicht an die Überlegenheit der arischen Rasse?»
Das Gespräch fing an, wieder in Bahnen zu laufen, die Thomsen gefielen. »Nein«, antwortete er höflich.
»Wenn Sie so denken, warum sind Sie dann bei der Gestapo?« fragte der Professor empört.
»Damit ich derjenige bin, der verhaftet und nicht derjenige, der verhaftet wird«, antwortete er kalt. Der Pro-

fessor starrte ihn einige Augenblicke verwirrt an, dann sah er verlegen zu Boden. Thomsen lächelte dünn und blickte den alten Mann mitleidlos an. »Du wirst mir nie wieder eine dumme Frage stellen«, dachte er befriedigt.

Dann stand er auf und stellte sich breitbeinig vor das Kabinenfenster. Die Tankwagen waren weggefahren und die Gepäckträger brachten die letzten Koffer in den Zeppelin. Er blickte zum vorderen Steuerbordmotor einige Meter hinter der Kabine. Die kleine, stromlinienförmige Gondel mit dem hinten angebrachten vierblättrigen Holzpropeller hing an dünnen Aluminiumträgern und Stahlseilen unter der gewaltigen Wölbung der Zeppelinhülle. Drei Mechaniker standen in oder auf den Trägern über der Gondel, wischten sich die Hände mit ölverschmierten Lappen ab und unterhielten sich lachend. Ein höchstens fünfundzwanzigjähriger, schlanker, dunkelhaariger Mann gestikulierte mit einem Metallzylinder. Sein nackter, schweißüberströmter und mit Ölspuren gezeichneter Oberkörper glänzte im kalten Licht der Hallenscheinwerfer. Thomsen starrte den jungen Mechaniker unverwandt an, bis dieser schließlich über die schmale Treppe zwischen den Trägern von der Gondel in die Hülle kletterte und aus seinem Gesichtskreis verschwand. Er lächelte, als wäre er ein Raubtier, das Beute gewittert hatte.

Das Taxi war ein 35er Buick – und Sarah Livingston haßte 35er Buicks. An diesem Morgen hätte sie allerdings auch ihren meerblauen, brandneuen Chevrolet Roadster gehaßt, den sie von ihren Eltern vor acht Wochen zum achtzehnten Geburtstag geschenkt bekommen hatte. Ihr erstes Jahr in Wellesley war noch nicht einmal um, als ihr Vater eines Tages persönlich vorgefahren war und sie mit dem Ruf »Darling, es geht in den Urlaub!« aus dem College geholt hatte. Es war Daddy, der die sündhaften Studiengebühren zahlte und ihr versprach, die Sache mit den verpaßten Prüfungen schon irgendwie zu regeln, also war sie begeistert mitgekommen. Brasilien!
Sarah hatte keine Ahnung, weshalb ihr Vater ausgerechnet hier Urlaub machen wollte. Soweit sie sich zurückerinnern konnte, hatte er sich nie sonderlich für irgend etwas interessiert, das südlich vom Rio Grande lag. Doch als sie gestern in den Hafen eingelaufen waren, hatte sie, als sie den berühmten Zuckerhut sah, vor Begeisterung Daddy und sogar Mom umarmt und sich auf Samba-Rhythmen und exotische Städte gefreut.
Heute morgen hatte Daddy sie jedoch in aller Frühe geweckt, zusammen mit Mom und ihrer Dienerin Maria in ein Taxi gesteckt und zur Avenida Rio Branco gefahren. Sie hielten vor der Hausnummer 79, wo ein Büroschild aus massivem Messing mit der Aufschrift »Theodor Wille & Co.« prangte, und darunter »Hapag-Ticket-Office«. Daddy war in dem Haus verschwunden, während sie draußen im Taxi warten mußten. Inzwischen war die Sonne aufgegangen, und es wurde brütend heiß im Auto. Doch Sarah war guter Laune, weil sie gespannt war, welche Überraschung ihr Vater nun wieder für sie bereithielt.

Als er wiederkam, schwenkte er vier Tickets in der Hand. Sarah hatte schon auf der High-School ihr Talent für Sprachen entdeckt und beherrschte inzwischen leidlich Französisch, Spanisch und Deutsch – gut genug jedenfalls, um zu lesen, was auf den Tickets stand, bevor Daddy noch etwas sagen konnte. »Wir fliegen nach Deutschland?« kreischte sie. Sie hätte ihm gern im Taxi eine Szene gemacht, doch dann sah sie seinen Gesichtsausdruck und verstummte.
Gerry Livingston war achtundvierzig Jahre alt, groß, gutgekleidet und distinguiert. Ein Mann mit ergrauendem Haar und der etwas unsicheren Seriosität von Leuten, die sich für rechtschaffen halten, aber wenig natürliches Selbstvertrauen ausstrahlen. An diesem Morgen schwang er sich jedoch mit grimmiger Entschlossenheit auf den Beifahrersitz und starrte aus der Windschutzscheibe, während sie die sechzig Kilometer bis nach Santa Cruz de Sepetiba hinausrasten; er sah aus wie ein Cop in einem Hollywood-Film, der endlich erfahren hat, in welchem Keller sich die Verbrecher verstecken und nun dorthin fährt.
Sarah hatte ihren Vater noch nie so gesehen, doch sie war klug genug, ihn die nächste halbe Stunde nicht zu reizen. Sie saß auf der Rückbank links und starrte ebenfalls aus dem Fenster. Das Taxi kreuzte über die großen Boulevards der Innenstadt und fuhr dann auf eine zweispurige Straße, die nach Südwesten führte. »Ich träume. Gleich wache ich auf und bin in meinem Zimmer in Wellesley«, hoffte sie wie ein kleines Kind, während sie sich gleichzeitig bewußt war, daß dieser Alptraum höchst real blieb.
Neben ihr saß ihre Mutter. Hannah Livingston war so alt wie ihr Gatte und füllig wie eine Operndiva. »Hof-

fentlich werde ich nie so fett wie Mom!« dachte Sarah oft, die nur zu gut wußte, daß unter ihren eigenen lockigen braunen Haaren ein ziemlich rundliches Gesicht in die Welt blickte. Ihre Mutter war wie immer viel zu dick geschminkt, trug an drei Fingern jeder Hand große, mit Rubinen und Diamanten geschmückte Goldringe sowie eine zweifach geschlungene Perlenkette um den Hals und machte ihr übliches unzufriedenes Gesicht. Sarah roch ihr Parfum, doch sie konnte es nicht erraten – schwer und teuer sicherlich und mal wieder neu. Mom würde nie begreifen, daß es stillos ist, sein Parfum jede Woche zu wechseln.
Auf den rechten Rand der Rückbank hatte sich Maria Ficcini gezwängt. Obwohl selbst recht stämmig, wurde sie fast erdrückt von der Leibesfülle ihrer Herrin. Ihre dunklen Augen verrieten weder Neugier noch Empörung noch sonst irgendein Gefühl, ihr schwarzes Haar war straff zu einem ordentlichen Knoten gebunden, und sie summte leise die Melodie aus einer italienischen Oper, während sie aus dem Fenster starrte. Sarah, die Jazz lieber hörte als Opern, brauchte ein paar Augenblicke, bis sie die Melodie erkannt hatte: der Gefangenchor aus »Nabucco«. Sie hatte sich bis jetzt noch nie die Mühe gemacht, sich vorzustellen, was Maria wohl denken mochte. Das Mädchen war seit zehn Jahren bei ihnen und gehörte damit für Sarah so selbstverständlich zu ihrem Haus wie der schwere Tisch im Eßzimmer, der Degen aus dem Bürgerkrieg über dem Kamin im Salon oder sonst irgendein Einrichtungsgegenstand. Jetzt fühlte sie zum ersten Mal so etwas wie Sympathie zu dieser Frau.
Der Gefangenenchor ... Ausgerechnet nach Deutschland! Auf der High-School hatten sie im letzten Jahr

Goethe und Gerhart Hauptmann gelesen; die Wochenschauen hatten viel über die Olympiade gebracht, außerdem gelegentlich Filme von Kolonnen marschierender Männer in Uniformen, die aussahen wie eine verunglückte Kreuzung aus Schaffner und Pfadfinder. Hitler war ein kleiner Kerl mit Charlie-Chaplin-Bart, fuchtelnden Armen und rollenden Augen, der dauernd Reden hielt und sich dabei jedesmal so erregte, daß ihr High-School-Deutsch nicht mehr ausreichte, um sein Geschrei zu verstehen. Was in aller Welt war in Daddy gefahren, ausgerechnet in Deutschland Urlaub zu machen?

Sarah richtete sich auf. Daddys Geschäft! Sie hatte sich nie sonderlich für »Livingston und Darthmor, Inc.« interessiert, und seit sie in Wellesley war, gab es nicht einmal mehr die üblichen Busineß-Monologe ihres Vaters zum Abendessen. Der Vater ihrer besten Freundin produzierte so etwas Aufregendes wie Flugzeuge, der einer anderen ehemaligen Klassenkameradin hatte mit Modellbausätzen aus Holz ein Vermögen gemacht, was Sarah lustig und ein bißchen romantisch fand. Doch Daddy und sein Partner Tom Darthmor stellten Spezialradios, Funkgeräte und andere elektronische Dinge her, die so kompliziert waren, daß bereits die Bedienungsanleitungen ihr technisches Verständnis restlos überforderten. Außerdem konnte sie ihre Freundinnen nicht einfach in das nächste Geschäft führen und ihnen stolz Daddys Produkte zeigen, denn die wurden ausschließlich an große Firmen und die Regierung verkauft.

Doch wenn dieser verrückte Deutschland-Trip etwas mit Daddys Geschäften zu tun hatte, warum war er dann nicht einfach in New York oder Baltimore ins nächste Schiff nach Hamburg gestiegen oder hatte den »Hindenburg« genommen? Wieso war er mit ihnen zuerst gemütlich über Kuba und die Karibik nach Brasilien gereist, um von dort aus urplötzlich in rasender Eile den Zeppelin zu nehmen? Und wozu hatte er sie überhaupt alle mitgenommen? Für eine Geschäftsreise ihres Vaters hätte Sarah sicherlich nicht das erste Jahr auf Wellesley abbrechen müssen. Sie glaubte, daß Daddy nun lange genug im Taxi gesessen hatte, um sich ein bißchen beruhigt zu haben. »Ich habe keine Kleidung für Europa eingepackt«, stellte sie so sachlich wie möglich fest.

»Im Mai ist es auch in Deutschland schon warm«, antwortete ihr Vater kurz angebunden. Mom warf ihr einen mißbilligenden Blick zu, so daß sich Sarah resigniert zurücklehnte. Ihr Versuch war kläglich gescheitert. »Doch noch bevor wir in Deutschland landen, werde ich wissen, warum wir diese verrückte Reise machen!« schwor sie sich.

Dann wurde sie vom Anblick der weißen Halle abgelenkt, die sich wie ein künstlicher kubischer Fels neben der Straße erhob. Das Taxi brachte sie bis vor ein kleines Portal in der Längsseite, wo sie von einem uniformierten jungen Angestellten in Empfang genommen wurden. Schwitzende Männer trugen ihr Gepäck, wobei zwei der muskulösen Kerle ihre Schwierigkeiten mit Moms Schrankkoffer hatten. Schadenfroh sah Sarah ihnen hinterher. Ihre Mutter nahm auf Reisen mehr überflüssige Dinge mit als ein indischer Maharadscha, und sie genoß jedesmal den Anblick der Träger, auf deren verbissenen Gesichtern man wie bei alten Stummfilmen tausend unterdrückte Flüche ablesen konnte.

Sie hatte sich fest vorgenommen, kühl und kontrolliert

wie eine Dame von Welt an Bord zu gehen, doch als sie in die Halle trat, blieb sie wie angewurzelt stehen und starrte nach oben auf den silbernen Giganten. »Das Ding kann niemals fliegen«, hauchte sie.
»Bis jetzt ist der Zeppelin noch immer in die Luft gekommen, Madam, und auch jedesmal wieder sicher gelandet«, sagte der schwitzende junge Mann in Uniform. Sein Englisch hatte den typischen deutschen Akzent, jenes dicke, rollende »R«, an dem man sogar Deutsche erkannte, die vor dreißig Jahren ausgewandert waren. Es gab viele Witze darüber. Doch Sarah war momentan viel zu beeindruckt, um auf Kosten des Angestellten der Reederei ihre Späße zu machen.
Als sie das Innere der Gondel betraten, mußte ihr Vater seine Zigarren und sein dickes Sturmfeuerzeug dem Steward geben. Sarah beobachtete amüsiert, wie ihr Daddy den dicken braunen Havannas nachstarrte, die der Steward, der Peter oder Paul oder so ähnlich hieß, in eine kleine Metallbox legte und diese nach vorn brachte. »Wenn du es gar nicht mehr aushalten kannst, darfst du einen von meinen Kaugummis haben, Dad!« rief sie und kicherte. Plötzlich war Sarah lustig und so erregt wie noch nie in ihrem Leben. Was auch immer der Grund für diese Reise sein mochte, die Fahrt im »Graf Zepplin« war ein Abenteuer.
Sie wurde wieder ein bißchen ernüchtert, als sie die Kabinen sah. Sie hatte unbewußt erwartet, eine der üblichen Luxussuiten zu bekommen, die Daddy auf allen Reisen buchte, doch mußte sie einsehen, daß ein Zeppelin eben doch kein Schiff war. Mom und Daddy hatten die zweite Kabine auf der Backbordseite, sie selbst diejenige direkt gegenüber. Maria war in der Kabine hinter der ihren einquartiert. So reiste die Dienerin al-

lein und damit komfortabler als ihre Herrschaften, doch Daddy war natürlich gar nichts anderes übriggeblieben, schließlich hätte sie sich ja sonst mit Sarah einen Raum teilen müssen und wäre ihr damit praktisch gleichgestellt gewesen. So konnte er wenigstens die Fiktion aufrechterhalten, daß Maria auch in der Luft nur ihr »Dienstbotenzimmer« hatte, obwohl alle Kabinen gleich ausgestattet waren.

Arthur Ohlbaum wurde wie immer übersehen. Er stand an einem der Fenster des Salons und blickte hinaus. Es war gegen 8.30 Uhr morgens, als die ungefähr einhundert Männer der Bodenmannschaft den »Graf Zeppelin« langsam aus dem riesigen Hangar zogen. Wie bei einem grotesken Tauziehen zwischen Liliputanern und einem gesichtslosen, silbern schimmernden Riesen hatten sie die armdicken, mit kleinen, als Haltegriffe dienenden Holzpfählen gespickten Hanfseile gepackt und zerrten das riesige Fluggerät langsam aus der Halle. Andere Teams standen an den Seiten, die Männer hatten lange, in weiten, gepolsterten Halbbögen endende Stangen in der Hand, mit denen sie den Zeppelin bei Schlingerbewegungen stoppen sollten.

Doch Ohlbaum wußte, daß das eine Vorsichtsmaßnahme von bestenfalls zweifelhaftem Wert war.
»In der Luft ist ein Zeppelin viel sicherer als am Boden«, hatte ein alter Luftschiffkommandant einmal zu ihm gesagt. Nirgendwo war das Risiko so groß wie beim Ein- und Aushallen: Eine plötzliche Böe konnte ausreichen, ein Luftschiff, das erst ein Stück weit aus der Halle gezogen worden war, gegen das Dach oder die gewaltigen Torpfosten zu drücken. Das Aluminiumskelett würde knicken wie eine hastig zusammengeleimte Streichholzkonstruktion und der Gigant mit gebrochenem Rückgrat tödlich getroffen zu Boden sinken; es konnte sogar Wasserstoffgas austreten, sich mit Luft vermischen und – päng! – den ganzen Hangar niederbrennen. Im Weltkrieg waren fast so viele Zeppeline beim Ein- oder Aushallen zerstört worden wie durch feindliches Abwehrfeuer.
Alle Passagiere hatten sich im Salon versammelt, um das aufregende Schauspiel mitzuerleben – und um schneller am Ausgang sein zu können, falls etwas schiefging. Ohlbaum betrachtete seine Mitreisenden verstohlen. Zwei kannte er vom Sehen, weil ihre Bilder regelmäßig in den Berliner Zeitungen und den Wochenschauen zu bewundern waren: Rafael Schoschowski, den Dirigenten der Berliner Philharmonie, und seine Frau Annegret, früher eine bekannte Pianistin. Ohlbaum erinnerte sich vage, irgendwo von einer Südamerikatournee der Philharmoniker gelesen zu haben.
Zwei Männer in hellen Leinenanzügen flüsterten erregt miteinander; sie schienen über irgend etwas sehr verschiedener Meinung zu sein. Beide hatten Notizblöcke in der Hand und kritzelten gelegentlich etwas

hinein, der größere, der sehr nervös aussah, hatte außerdem eine Leica umgehängt und machte ein paar Fotos. Zu ihnen hatte sich ein dünner Mann mit auffallend weißblondem Haar gesellt, dessen Bubengesicht mit den übergroßen, hellblauen Augen noch kindlich gewirkt hätte, wenn es nicht von Aknenarben zerfurcht gewesen wäre. Er schien innerlich so angespannt zu sein, daß Ohlbaum nicht überrascht gewesen wäre, wenn er plötzlich das Fenster aufgerissen und hinausgesprungen wäre, so lange sie noch dicht über dem Erdboden schwebten. Er fragte sich, was so ein verängstigtes Kerlchen auf einem Zeppelin verloren hatte.

Auf seiner, der Backbordseite des Salons, hatte ein stiernackiger, rotgesichtiger Mann besitzergreifend seine massiven Fäuste auf die vorderste Fensterbank gestemmt und starrte so zufrieden hinaus, als wäre er persönlich der Kapitän des »Graf Zeppelin«. Der Mann steckte in den kniehohen schwarzen Stiefeln und der braunen Uniform der Partei, eine breite Hakenkreuzbinde am Arm – so, als ginge er jetzt gleich zu einem Aufmarsch. Ein hoher Funktionär, Ohlbaum meinte, auch sein Foto schon mal irgendwo im »Völkischen Beobachter« gesehen zu haben, wußte aber nicht mehr, in welchem Zusammenhang.

Er beneidete den Parteibonzen um seine Begleiterin, die in keiner Weise zu ihm paßte: nicht mehr ganz jung, aber schlank, in einem aufregenden taubengrauen französischen Kostüm, dezent geschminkt – bis auf den provozierend üppigen roten Mund – und mit lang hinabwallenden, allem Anschein nach gefärbten blonden Haaren. Sie sah so gleichgültig aus dem Fenster wie eine Reisende im Vorortzug, die die Strecke aus-

wendig kennt. Ohlbaum bemühte sich, den Ausdruck ihres feingeschnittenen Gesichts zu deuten: »Langeweile« wäre falsch, fand er und entschied sich dann für »Überdruß«. Überdruß vermischt mit einer Spur Härte und Verachtung gegenüber dem Rest der Welt. Diese Frau faszinierte und erschreckte ihn zugleich.
Der Steward hatte den Reisenden – wohl auch, um sie vor dem Start abzulenken – Kaffee gebracht. Einige hatten die Tassen bald irgendwo abgestellt, andere hielten sie noch in der Hand und rührten geistesabwesend einen Löffel Zucker nach dem anderen darin um oder tranken in kurzen, fast hastigen Schlucken, als hätten sie Angst, gerade dann etwas zu verpassen, wenn der Tassenrand vor ihren Augen die Sicht behinderte. Alle – außer ihm. Der Steward, der mehrmals mit kleinen Tabletts zwischen dem Salon und der kleinen Küche, aus der es jetzt verführerisch nach frischen Brötchen duftete, hin und her gependelt war, hatte ihn einfach vergessen.
Arthur Ohlbaum war es gewohnt, daß man ihn übersah, und normalerweise war es ihm auch ganz recht so. Schon auf der Mittelschule in Friedrichshafen war er ein unauffälliger Mitläufer gewesen. Dann hatte er zwar bei der Deutschen Zeppelin Reederei angefangen, allerdings als Buchhalter, wo er Tag für Tag um Punkt 8.30 Uhr sein kleines Büro betrat und penibel Rechnungen und Konten überprüfte. Sicherheitshalber war er im Februar 1933 in die NSDAP eingetreten, doch mit dem festen Vorsatz, nie mehr zu sein als eine Karteileiche. Es war allgemein bekannt, daß Hugo Eckener, der alte Patriarch, der nach dem Krieg praktisch im Alleingang Zeppelin vor dem Ruin bewahrt und die »Hindenburg« und »Graf Zeppelin« gebaut hatte, kein

Freund der Nazis war. Sollte Eckener dem Druck der Nazis auch in Zukunft widerstehen, dann würde er, Ohlbaum, ihn ganz bestimmt nicht durch politische Aktivitäten provozieren. Sollte der Alte dagegen irgendwann entmachtet werden, dann wäre die Parteimitgliedschaft eine Art Versicherung, nicht in die dann unvermeidlichen politischen Säuberungen hineinzugeraten und seine Arbeit zu verlieren.
Warum ausgerechnet ihm plötzlich die Aufgabe gegeben worden war, die Bücher der südamerikanischen Niederlassung der Deutschen Zeppelin Reederei zu überprüfen, hatte Ohlbaum nie erfahren. Seine Eltern waren schon tot, und er wohnte als Untermieter bei einer alten Dame in Friedrichshafen in einem Haus mit Blick auf den Bodensee. Nie war er aus der Region fortgezogen. Seine längsten Reisen waren zwei Dienstfahrten im letzten Jahr nach Frankfurt zum Büro der Deutschen Zeppelin Reederei am neuen Luftschiffflughafen gewesen. Und dann Brasilien!
Die Fahrt im Zeppelin über Europa und den Südatlantik, dann Rio de Janeiro. Hier war alles so anders als Zuhause: die Sprache, die Straßen, das Wetter, die Musik, die Hautfarbe der Menschen, das Essen, die Gerüche, die Zeiten, zu denen man aufstand, aß oder ins Café ging – ja selbst die Luft schien Ohlbaum hier anders zu sein, aufregend. Jeder Atemzug konnte ihn verwirren. Und dann kam Lúcia…
Drei Tage war er erst dagewesen, verwirrt und betäubt von dieser fremden Welt, doch wild entschlossen, sich davon nicht beeinflussen zu lassen. Um 8.30 Uhr hatte er jeden Morgen das Büro betreten, sich die schweren, staubigen Bücher vorgenommen und jeden Eintrag, jede Rechnung, jede Quittung überprüft, mochten

seine braungebrannten Kollegen auch hinter seinem Rücken auf portugiesisch mit den einheimischen Mitarbeitern spöttisch tuscheln. Am Abend dieses Tages, alle anderen Deutschen waren längst an die Copacabana oder ins Café gefahren, hatte er sich gerade über ein konfuses Konvolut von Lieferscheinen für Büromaterial gebeugt, als unter den wenigen noch anwesenden brasilianischen Angestellten ein kleiner Tumult losbrach. Im Mittelpunkt stand eine Putzfrau, die auf spöttische Bemerkungen der anderen mit einer heftigen Rede reagierte. Die Kollegen lachten daraufhin nur noch mehr, doch sie war unbeirrt geblieben und hätte sogar einem Büroboten ihren Besen auf den Schädel geschlagen, wenn der nicht kichernd davongesprungen wäre.

Ohlbaum hatte den Eindruck, daß es um ihn ging, obwohl er kein Wort verstehen konnte. Was auch immer die anderen über ihn sagen mochten, aus irgendeinem Grund hatte sich die Putzfrau zu seiner Verteidigerin aufgeschwungen – so war es ihm zumindest vorgekommen. Er wurde rot und beugte sich noch tiefer über die Rechnungen, doch warf er der Frau, nachdem der Streit abgeklungen war, einen kurzen, dankbaren Blick zu. Sie lächelte ihn strahlend an – und einige Stunden später lagen sie im Bett.

Er hatte nur eine undeutliche Vorstellung davon, wie es so weit gekommen war. Sie hatte gewartet, bis er mit seiner Arbeit fertig gewesen war und sich dann außerhalb des Büros einfach bei ihm untergehakt. Ihm war es zunächst schrecklich peinlich gewesen, als er so mit ihr die Avenida Rio Branco hinuntergegangen war, doch niemand beachtete sie. Sie führte ihn in ein Restaurant – oder ein Café oder eine Bar oder was immer der winzige, überfüllte und unglaublich laute Innenhof gewesen war, wo sie etwas furchtbar Scharfes gegessen und etwas getrunken hatten, das weiß, unbestimmt fruchtig und sehr nach Rum schmeckte.

Sie plapperte die ganze Zeit fröhlich auf ihn ein, doch er brauchte mindestens eine Stunde, bis er überhaupt herausgefunden hatte, wie sie hieß: Lúcia. Irgendwann war sie dann mit auf sein Hotelzimmer gegangen, obwohl er nichts dergleichen angedeutet hatte, im Gegenteil. Ihm war es einfach nicht gelungen, ihr klarzumachen, daß sie gehen möge. Lúcia war dick und ungefähr zehn Jahre älter als er, doch sie hatte eine kaffeebraune, sanfte Haut und unglaublich dunkle Augen.

Ohlbaum, dessen Liebesleben bis jetzt darin bestanden hatte, seine Verlobte in Friedrichshafen am Sonntag nachmittag hastig auf sein Zimmer zu führen, wenn seine Vermieterin zu ihrem allwöchentlichen Kaffeekränzchen ins »Haus Bodenseeblick« ging, hatte in dieser Nacht mit Lúcia Sachen erlebt, die er nie für möglich gehalten hätte.

»Hat unsere Lúcia jetzt auch für dich geputzt?« hatte ihn am nächsten Morgen ein Kollege gefragt und vulgär gegrinst. Ihm war es gleichgültig gewesen. Er hatte der Deutschen Zeppelin Reederei in Friedrichshafen telegraphiert: »buchfuehrung unuebersichtlich – stop – einige belege unauffindbar – stop – benoetige eine woche mehr zeit – stop – ohlbaum.« Das entsprach sogar teilweise der Wahrheit, also hatte er kein schlechtes Gewissen. Allerdings hatte er jetzt nicht mehr bis spät am Abend über den Büchern gearbeitet, sondern sich am Nachmittag bereitwillig von Lúcia verwöhnen lassen.

Als er heute in aller Frühe aufgestanden war, hatte sie genauso fröhlich geplappert wie an allen anderen Tagen, hatte ihn vor dem Hotel geküßt und war winkend die Avenida hinuntergegangen, während er ihr durch die Heckscheibe des Taxis nachgesehen hatte. Sie schien nicht traurig zu sein, und glaubte er dem Geschwätz seiner Kollegen, dann hätte sie ihn bereits heute abend vergessen.
Ohlbaum starrte hinaus. Vorn auf der Brücke hatte ein Offizier ein Fenster geöffnet und schrie den Männern an den Tauen etwas zu, irgend jemand antwortete ihm von so weit vorn, daß er vom Salon aus nicht zu sehen war. Langsam glitten sie aus dem Hangar, Sonnenlicht durchflutete plötzlich den Raum, wenn auch gedämpft, weil die Gondel im Schatten der riesigen Hülle lag. Der karge Boden war von Hunderten von Füßen staubig getreten, die Luft am Horizont flirrte. Doch es war windstill. Die Männer an den Tauen schrien, lachten und fluchten, hätte man nicht ihre schweißglänzenden Körper und roten Köpfe sehen können, die Passagiere hätten geglaubt, daß der »Graf Zeppelin« leicht und ohne Anstrengung Zentimeter für Zentimeter den schützenden Hangar verließ.
Der Offizier auf der Brücke brüllte wieder ein Kommando. Jetzt wurden die Taue nicht mehr gezogen, der »Graf Zeppelin« kam zum Stillstand, die schweren Seile lagen schlaff in den Händen der Bodenmannschaft. Ein leichtes Zittern lief durch die Gondel und die riesige Hülle wie bei einem Segelschiff, das der Kapitän in den Wind gedreht hat. Neue Zurufe, eine unverständliche Mischung aus Deutsch und Portugiesisch. Jetzt kamen die Männer mit den Stangen und stemmten sie unter die Kabine, die hinterste Motor-

gondel und die untere Heckfinne. Ungläubig sah Ohlbaum, wie die Männer ihre Stangen hoben, als wollten sie mit Heugabeln Stroh nach hinten über ihre Köpfe werfen – und tatsächlich drückten sie den silbernen Giganten in die Höhe, zwei Meter, drei, zehn. Die Bodenmannschaften ließen die Halteleinen los, die, von unsichtbaren Händen eingeholt, in der Bugspitze der Hülle verschwanden wie Riesen-Spaghetti, die von einem Luftfisch eingesaugt wurden.
Zwanzig Meter, dreißig, die weiße Luftschiffhalle wurde schnell kleiner, die Männer am Boden waren nur noch dunkle Punkte auf einem Feld, die vom Schatten des Zeppelins verschluckt wurden. Die Amerikaner, der kleinere der beiden Journalisten und der Parteifunktionär beugten sich weit nach draußen, winkten und schrien witzige Abschiedsfloskeln hinunter, der andere Journalist fotografierte wie bessesen, alle anderen starrten schweigend hinunter.
Plötzlich hörten sie ein leises, dunkles Brummen, als wenn in einem Nebenraum ein Hornissenschwarm ausgebrochen wäre. Ohlbaum sah nach achtern: die Maschinen liefen, die Propeller bildeten wirbelnde helle Kreise hinter den Motorgondeln. Sie waren jetzt vielleicht einhundert Meter hoch. Leicht neigte sich der Kabinenboden nach vorn, als der »Graf Zeppelin« in sanftem Steigungswinkel Höhe und Fahrt gewann. Jetzt winkte niemand mehr, alle starrten schweigend hinab. Nur das schwache Klicken der Leica und die uhrwerkgleichen Geräusche, wenn der Film um ein Bild weiter transportiert wurde, begleiteten sie noch eine Weile. Dann war der Film voll. Der Journalist fing an, hektisch zurückzuspulen, doch plötzlich hielt er mitten in der Bewegung inne und sah hinaus. Die

kleine Kamera hielt er weiter umklammert, doch hatte er sie vergessen, weil er wie verzaubert auf die Welt hinabstarrte, die unter ihren Füßen immer kleiner wurde.
Nur noch das Motorengebrumm war zu vernehmen, das eher einem natürlichen Geräusch glich, dem Rauschen der Meereswellen ähnlicher als einem von Menschen erzeugten Lärm.
Ohlbaum hielt den Atem an, als sich nach ungefähr zwanzig Minuten die Bucht von Guanabara unter ihnen ausbreitete: zweihundert Meter unter ihnen lag Rio. Die hellen Villen in den reichen Vororten an den steilen Berghängen glichen einem dichten Schwarm weißer Würfel, die ein Riese willkürlich auf die zerklüftete grünbraune Landschaft geklebt hatte. Die Avenidas in der Innenstadt rund um den Campo dos Alfonso bildeten ein seltsames Netz, die Palmen an ihren Rändern warfen winzige, surreale Schatten auf den unter der Morgensonne strahlenden Asphalt. Spielzeugautos krochen durch das Gewirr. Auf den Straßen, auf Terrassen und Balkonen blieben Menschen stehen, reckten die Köpfe in den Himmel und winkten.
Der »Graf Zeppelin« fuhr wie in tiefer Demut unter der Hügelkuppe des Corvocado vorbei, so daß die riesige Christusstatue ihnen von oben herab ihren weiten, starren Segen geben konnte. Die gelbe, von gischtigen Wellen umspülte Sichel der Copacabana war menschenleer. Als der Schatten des Zeppelins an der Flanke des Zuckerhutes entlangkroch, lag Rio de Janeiro schon hinter ihnen in einer milchigen Glocke aus morgendlichem Meeresdunst und Abgasen. Majestätisch glitt das Luftschiff über das Gewirr der vorgelagerten, steil-

aufragenden Felseninseln. Ein Frachter hielt Kurs auf den Hafen. Aus ihrer Höhe war er so klein, daß die Hand am ausgestreckten Arm reichte, um ihn vollständig zu verbergen. Schwach hörten sie von unten ein Schiffshorn. Dann öffnete sich vor ihnen eine unendlich weite, schwarzsilbern schimmernde Scheibe: der Atlantik.

»Es ist angerichtet, meine Damen und Herren!« Der Chefsteward stand in der Mitte des Salons und verbeugte sich, als sich die Passagiere beinahe unwillig umdrehten, so wie Schläfer, die man mitten in einem schönen Traum aufweckt. Verlegen lächelnd sahen sie sich an. Sie hatten so sehr im Bann des Dahinschwebens gestanden, daß sie gar nicht bemerkt hatten, wie flinke Hände hinter ihnen dampfenden Kaffee und warme Brötchen auf die Tische gezaubert hatten. Zuerst flüsterten sie, dann lachte die junge Amerikanerin, alle sprachen lauter, die ersten setzten sich. Die Fahrt hatte begonnen.

Ohlbaum zögerte kurz und blickte noch einmal hinaus. Sein Gesicht spiegelte sich im Fenster – eine Allerweltsvisage. Er war mittelgroß, mit einem Körper, der zu untrainiert war, um ihn als »sportlich« zu bezeichnen, aber auch zu dünn, um »dicklich« zu rechtfertigen. Er war schon fast kahl, ziemlich blaß, auch wenn er nach zwei Wochen Rio einen rötlichen Sonnenbrandschimmer hatte, und sein Gesicht verschwand hinter einer Brille mit dickem Metallgestell und noch dickeren Gläsern. »Weiß der Himmel, was Lúcia ausgerechnet an mir gefunden hat!« dachte er.

In wenigen Stunden, wenn sie irgendwo über dem Südatlantik sein würden, hatte er Geburtstag: Dreißig. Eine Fahrt mit einem allseits bekannten, fast zehn Jahre alten Luftschiff, eine schmutzige, laute Stadt am anderen Ende der Welt und eine peinliche Affäre mit einer ständig plappernden Putzfrau hatten genügt, um ihn aus der Bahn zu werfen.

»Buchhalter!« zischte Ohlbaum grimmig, und es klang für ihn plötzlich wie ein Schimpfwort. Es war, als hätte er in den knapp zwei Wochen in Rio zum ersten Mal den Geschmack eines einzigen Gewürzes gespürt, eines Gewürzes aus einem reichen Mahl, das man vage »das richtige Leben« nannte. Und jetzt sollte er nach Friedrichshafen zurückkehren, als sei nie etwas gewesen und würde nie wieder etwas sein. Er hatte das Gefühl, als habe ihn irgendeine unermeßlich hohe Instanz dazu verurteilt, bei lebendigem Leibe begraben zu werden.

Dann fiel Ohlbaums Blick auf den stiernackigen Funktionär in seiner braunen Parteiuniform, der sich mit seiner schönen Begleiterin an dem großen Tisch Steuerbord vorn niedergelassen hatte und dick mit Marmelade beschmierte Brötchen in sich hineinstopfte. Ohlbaum schwindelte. Plötzlich hatte er eine Vision, so klar und einleuchtend wie ein Kinofilm. Er erinnerte sich plötzlich an einige rätselhafte Frachtpapiere, die er in den letzten beiden Tagen im Büro der Deutschen Zeppelin Reederei in Rio durchgesehen hatte und an seltsame Gerüchte seiner Kollegen, an Andeutungen und Mutmaßungen. Der Parteibonze versteckte irgend etwas in seinem Gepäck, doch was genau es war, erfuhren nicht einmal die für die Verladung zuständigen Mitarbeiter der Reederei. Ohlbaum wußte nur, daß dieser privilegierte Reisende alles unternommen hatte, um seine Koffer unkontrolliert an Bord des Zeppelins bringen zu können.

»Was immer du auch schmuggelst«, dachte er und blickte nachdenklich zu dem Uniformierten hinüber, »es muß sehr, sehr wertvoll sein ...« So wertvoll, daß es seinem Besitzer sicherlich erlaubte, »das richtige Leben« zu führen. Ohlbaum hatte eine Idee. Es war verrückt. Es war gefährlich. Und doch ... es war vielleicht so etwas wie »das richtige Leben.«
Plötzlich fühlte er sich beschwingt. Mit federndem Schritt durchquerte er den Salon bis zum Tisch Steuerbord vorn, verneigte sich galant vor der eleganten Frau und setzte sich jovial lächelnd neben den Parteifunktionär. Arthur Ohlbaum, unbescholtener Buchhalter der Deutschen Zeppelin Reederei, hatte soeben beschlossen, das Größte zu wagen, was je an Bord eines Luftschiffes gewagt worden war.

Der wundervolle Geruch nach frischen Brötchen und Kaffee, der von Steuerbord aus der gegenüberliegenden Kombüse in seinen Funkraum wehte, ließ den Magen von Heinrich Parsch knurren, obwohl er erst vor einer Stunde gefrühstückt hatte. »Immerhin ein gutes Zeichen«, dachte er brummig, »es beweist, daß ich mich noch nicht aufgegeben habe.« Er starrte auf die

kastenförmigen Skalen des Telefunken-Kurzwellenempfängers, seufzte dann, stellte einige Regler ein und setzte sich die Kopfhörer auf. Routinemeldungen.
Parsch meldete, daß Kap Frio unter ihnen lag und sie jetzt nach Osten schwenkten, die brasilianische Küste hoch. Dann ließ er sich von der Station in Recife den aktuellen Wetterbericht geben. Natürlich nichts außer der ewig gleichen trägen, schwülen, tropischen Ruhe. »Ich würde dort verrückt werden«, dachte er, »niemals Schnee oder ein richtiges Schmuddelwetter!«
Noch waren die Passagiere zu aufgeregt, um ihn mit belanglosen Telegrammen an Verwandte, Freunde oder Geschäftspartner in Friedrichshafen, New York oder sonstwo in der Welt zu bombardieren, die keinen anderen Zweck hatten, als das moderne Zeppelin-Äquivalent zur guten alten Postkarte zu sein: »Hallo, hier bin ich!»
Parsch wäre jetzt gern nebenan in den Kartenraum gegangen oder auf die Brücke, um den Steuerleuten zuzusehen, doch er fürchtete sich, vor Kapitän Hans von Schiller zu treten. Heinrich Parsch war ein großer, dunkelblonder Mann mit dem breiten Rücken des erfahrenen Seemanns. Seine Freunde, die ihn »Hein« nannten, wußten, daß seine großen, mit einem dichten Flaum hellblonder Haare besetzten Fäuste schon mal hinlangen konnten, wenn er lange genug provoziert worden war. Doch da er Humor hatte – »Gestatten, großes P und kleiner …« stellte er sich immer vor –, sahen sie ihm sein aufbrausendes Wesen nach. Die meisten zumindest.
Parsch unterdrückte einen Fluch. Irgendein Aas hatte ihn verpfiffen, und das ausgerechnet auf der ersten Fahrt, die er als Erster Funker machte. Parsch hatte mit

vierzehn in Hamburg auf einem Südamerikafahrer als einfacher Matrose angeheuert und sich auf seinen Freiwachen mit Büchern und Fernkursen in jahrelanger, verbissener Arbeit zum Funker weitergebildet. Er hatte diesen Posten noch nicht lange, als sein Schiff wegen der Wirtschaftskrise eingemottet worden war. Arbeitslos nach zehn Jahren auf See. Nirgendwo konnte er anheuern, Hamburg und Bremerhaven schienen mit Seeleuten ohne Schiff überfüllt zu sein. Aus reiner Verzweiflung hatte er sich schließlich bei der Deutschen Zeppelin Reederei beworben, tief in Süddeutschland, wo die Berge den freien Blick zum Horizont verstellten. Sie hatten ihn tatsächlich genommen, er konnte es bis heute kaum fassen.
Seit zwei Jahren fuhr er nun auf diesen seltsamen Himmelsschiffen. Eigentlich hatte sich nicht viel geändert: der Kapitän und seine Offiziere navigierten, der Rudergänger hielt Kurs (nun gut, ein zweiter hielt die Höhe, das war neu), die Maschinisten hatten eine Knochenarbeit, und er hockte vor seinem Kasten und funkte und empfing Postions- und Wettermeldung. Es gab viel weniger affige, eingebildete Passagiere auf einem Zeppelin als auf einem Dampfer, doch dafür liefen sie einem andauernd über den Weg, weil es weniger Platz an Bord gab. Da der alte Funker in diesem Winter zum »Hindenburg« gewechselt war, hatte man ihn zum Ersten Funker des »Graf Zeppelin« befördert. Seine erste Fahrt war bis Recife in Pernambuco, ihrem ersten Stopp in Brasilien, gut verlaufen.
Abends auf Freiwache hatte er mit ein paar Kameraden zusammengesessen und Rum getrunken. Hein Parsch hatte mit Politik nie etwas am Hut gehabt. Politiker wurde man seiner Ansicht nach, weil man für richtige

Arbeit zu faul und für ein bescheidenes Leben zu gierig war. An dem Abend in Recife hatten sie die üblichen Witze gemacht: über den Kapitän, die Offiziere, ein paar der Passagiere. Dann hatte Hein die besten Führer-Witze erzählt, die er kannte. Alle hatten sich krummgelacht.
Am nächsten Tag, während sie von Recife nach Rio weiterfuhren, hatte ihm sein Zweiter Funker mittags vage zugemurmelt, irgend jemand habe ihn »beim Alten verpfiffen« wegen der Witze. Hein hatte zunächst gelacht, doch von Stunde zu Stunde waren seine Sorgen größer geworden. Er hatte versucht, sich unauffällig umzuhören. Wenn es stimmte, was ihm seine Kameraden erzählten, dann konnte man wegen so etwas tatsächlich richtigen Ärger bekommen.
Für einen verrückten Augenblick hatte Parsch daran gedacht, in Rio einfach abzumustern und dazubleiben, bis Gras über die Sache gewachsen war. Doch seine Freundin in Hamburg war schwanger, und er wollte Greta sobald wie möglich heiraten – noch bevor man sehen konnte, wie es um sie stand.
Der Kapitän hatte außer einigen dienstlichen Kommandos kein Wort mit ihm gesprochen. Hatte er diese Kleinigkeit vergessen? Oder würde er alles in Deutschland melden und für seine unehrenhafte Entlassung sorgen – ausgerechnet jetzt? Parsch war es gewohnt, jede Schwierigkeit entweder durch harte, methodische Arbeit oder durch einen kräftigen Faustschlag zu lösen, aber hier lag der Fall anders. Ihm blieb nichts anderes übrig, als gute Miene zum bösen Spiel zu machen und abzuwarten. Es machte ihn langsam verrückt.
Seine kleine Kabine kam ihm schon vor wie eine Zelle. Parsch blickte hinaus. Sie fuhren in ungefähr zweihun-

dert Meter Höhe die Küste entlang. Es war tropisch schwül, doch der Fahrtwind, der durch die kleinen, geöffneten Scheiben hereinzog, kühlte seine schweißbedeckte Stirn. Unter ihm lag eine Landschaft, so schön, wie er sich immer das Paradies vorgestellt hatte: an Backbord der endlose, grünschwarze Dschungel, ein Blätterdach, aus dem einzelne, besonders hohe Baumkronen wie pflanzliche Springbrunnen herausragten, an Steuerbord der silberblaue Atlantik. Sie fuhren genau über die Nahtstelle, eine aus langen Buchten gebildete, gelbweiße Strandlinie, über die der Schatten des »Graf Zeppelin« wie ein riesiges Tier dahinlief. In weißen Schaumlinien brach sich das Meer einige Meter steuerbord querab über unsichtbaren Korallenriffen.

Alle ein, zwei Stunden schwebten sie über winzige Dörfer, Ansammlungen kleiner, strohgedeckter, von oben wie Militärzelte aussehender Hütten rund um einen Dorfplatz aus festgetretener Erde, zusammengequetscht zwischen Dschungel und Meer. Am Strand lagen Jangadas, kleine, wendige Segelflöße, mit denen die Männer durch die Brandung schossen, um auf dem Meer zu fischen. Große Reusen ragten weit bis in den Atlantik hinein, riesige, kompliziert geflochtene Netze, in denen sich Fischschwärme in herzförmigen Kammern fingen. Im flachen, glasklaren Wasser direkt am Strand schwammen große Seeschildkröten, die aus der Luft aussahen, als schwebten winzige, abgeflachte Zeppeline tief unten.

Kokospalmenhaine und kleine Gemüsegärten waren quadratmeterweise in den Dschungel hineingeschlagen worden. Wann immer der »Graf Zeppelin« über ein Dorf schwebte, rannten Männer, Frauen und Kinder aus Feldern, Hütten und Booten an den Strand und winkten. Parsch konnte ihre dünn zu ihm hinaufhallenden Stimmen hören, die sich gegen das ewig gleiche Rauschen der Brandung behaupteten: »Conde Seppeliiin!« Auf der Hinfahrt war er noch in der Stimmung gewesen, sich übermütig aus dem Fenster zu lehnen und ihnen zuzuwinken, doch jetzt blickte er nur stumm und reglos hinunter und wünschte sich plötzlich, einfach in einem dieser namenlosen Dörfer zwischen Dschungel und Meer für immer zu verschwinden.

Er zog noch einmal das Formular hervor, auf dem ihm das bis jetzt einzige Passagier-Telegramm hereingereicht worden war. Es kam von dem ständig grinsenden blonden Kerl mit der gebrochenen Nase, der zusammen mit dem alten Mann schon in aller Frühe an Bord gegangen war. Kurz nach dem Start, als alle anderen Passagiere noch aufgeregt aus den Fenstern gestarrt hatten, war er zu ihm in die Funkkabine gekommen. »Senden Sie das! Sofort!« hatte er herrisch gesagt und war wieder verschwunden, bevor Parsch etwas sagen konnte.

»Ankomme puenktlich und planmaessig – stop – mit f. – stop.« hatte die kurze Botschaft gelautet. Beunruhigt war Parsch nicht durch ihren Inhalt, sondern durch ihren Adressaten: das Gestapo-Hauptquartier in Berlin. »Der ist ganz bestimmt nicht wegen mir hier!« sagte sich Parsch immer wieder. Doch ein Gestapo-Mann an Bord hatte ihm gerade noch gefehlt.

Parsch erinnerte sich plötzlich wieder an eine Geschichte, die er einmal als Schiffsjunge von einem alten Bootsmann gehört hatte. Im Hafen von New Orleans wollte ein Polizist nach einer Kneipenschlägerei einen Matrosen vom Schiff weg verhaften. Doch der See-

mann entdeckte den Detective, als dieser gerade über die Gangway an Bord ging, und rannte unter Deck, um die Seeventile zu öffnen. Das Schiff sank innerhalb weniger Minuten im Hafenbecken. In diesem Durcheinander gelang dem Matrosen die Flucht – während der Polizist irgendwo an Bord hängenblieb, mit dem Schiff unter Wasser gezogen wurde und jämmerlich ertrank.
Parsch grinste matt. »Keine schlechte Idee«, flüsterte er vor sich hin. »Setz dein Schiff auf Grund und mach dich davon!« Er fragte sich, ob man einen Zeppelin wohl genauso schnell zu Bruch gehen lassen konnte wie ein ganz normales Handelsschiff. »Das kann so schwierig nicht sein«, murmelte er gedankenverloren.

Ute Schmitz lehnte sich bequem in die Kissen zurück, spreizte die Beine und ließ sich von dem Dicken besteigen. Augustus Steicher wälzte grunzend und schnaufend seine mehr als zwei Zentner auf sie und versetzte seine speckigen Hüften in eine gleichmäßige rhythmische Stoßbewegung, die sie unwillkürlich an das Schlagen mit einem geriffelten Holzhammer erinnerte, mit dem Fleischer den Schinken mürbe klopften. Mecha-

nisch streichelte sie seinen verschwitzten Rücken, ließ in wohl kalkulierten Abständen ein Stöhnen oder einen kurzen, spitzen, aber nicht zu lauten Schrei los, schloß die Augen und dachte über die letzten Stunden nach.
Augustus Steicher war so etwas wie der Prototyp des Bonzen: ein großer, dicker, rotgesichtiger Bayer mit sich lichtendem braunen Bürstenhaarschnitt, einer von Bier und Schnaps schon leicht blauviolett verfärbten Knollennase und einem Stiernacken, der in einer runden Welle über den Kragen seiner Uniform quoll. Er war jovial, gab sich halb lüstern, halb väterlich und war großzügig, doch er konnte auch engstirnig und brutal sein. Einer Kollegin von ihr, die im falschen Augenblick gelacht hatte, hatte er mit einem einzigen Hieb seiner plumpen Pranken die Oberlippe gespalten und drei Zähne ausgeschlagen. Ute Schmitz wußte, auf was sie sich eingelassen hatte, als sie vor einem halben Jahr beschlossen hatte, alles daranzusetzen, Steicher zu ihrem Stammfreier zu machen – mit Erfolg. Jetzt war sie im luxuriösen Zeppelin in Rio gewesen.
Den anderen Mädchen im »Venushaus« würde sie einiges erzählen können. Das Etablissement war diskret in zwei nebeneinanderliegenden großbürgerlichen Wohnungen in einem fünfstöckigen Haus nicht weit von der Wilhelmstraße untergebracht. Eine ideale Lage: Politiker, hohe Parteifunktionäre und Diplomaten kamen nach der Arbeit oder im Anschluß an einen der endlosen formalen Empfänge dorthin, um sich von Propagandareden, Geheimverhandlungen, Aufmärschen oder ihren mit Mutterkreuzen dekorierten Ehefrauen zu erholen. Ältere Männer mit Macht, fand Ute, zahlten gut, waren im Zweifel oft erpreßbar und ließen sich normalerweise noch leichter manipulieren als die halb-

betrunkenen Arbeiter und verklemmten Studenten, die die Stammkunden ihres früheren Arbeitsplatzes gewesen waren.
Natürlich nannte sie im »Venushaus« nie ihren richtigen Namen, da er so ziemlich der gewöhnlichste war, den man im ganzen Reich finden konnte und soviel erotische Ausstrahlung hatte wie ein Propagandafoto von einem Zeltlager des Bundes Deutscher Mädel. »Valerie« war ihr Künstlername, weil sich das auf »Cherie« reimte – das französische Wort, das auch der ungebildetste ihrer Freier kannte. Manchmal fragte sie sich, ob Steicher sich je die Mühe gemacht hatte, über eine seiner vielfältigen Beziehungen zu höchsten Ebenen ihren wahren Namen herauszufinden, oder ob er tatsächlich glaubte, daß ihr Pseudonym echt war.
Sie dachte an das heutige Abendessen zurück. Steicher war »Präsident der Reichskammer der Bildenden Künste in der Reichskulturkammer« – er, der vor dem Krieg zwei Semester Kunstgeschichte studiert und nach seiner Soldatenzeit nie beendet hatte, war im Propagandaministerium für Maler und Bildhauer zuständig. Sie firmierte für diese Reise offiziell als »Sekretärin«, eine Tarnung, die so lächerlich war, daß sie jede Menge dumme Bemerkungen und anzügliche Blicke zu spüren gehabt hätte, wenn ihr Freier nicht ständig in seiner respektgebietenden braunen Uniform herumgelaufen wäre.
Der Steward hatte ihnen Plätze an dem Tisch rechts vorn zugewiesen. An ihm standen sechs Stühle, doch da sie auf dieser Fahrt nicht ausgebucht waren, hatten sich nur zwei Männer zu ihnen gesellt. Das schienen ihr ausgerechnet die beiden seltsamsten Käuze der ganzen Reisegesellschaft zu sein.

Die beiden waren noch recht jung, Ende Zwanzig, schätzte sie, in billigen Anzügen von der Stange gekleidet – nicht das Kaliber von Männern, die eintausendfünfhundert Reichsmark lockermachen konnten, die die einfache Fahrt von Rio de Janeiro nach Friedrichshafen kostete. Der eine war schon beim Frühstück an ihren Tisch geschlendert, ohne daß ihm der Steward diesen Platz gewiesen hätte. Er war fröhlich und freundlich. Steicher, der während der Mahlzeiten alles hineinschlang, was auf seinen Teller geriet, und währenddessen nur gelegentlich Unverständliches grunzte, dafür aber beim anschließenden Cognac gern einer der Hauptakteure langer, dröhnender Herrengespräche war, hatte sich zwei Stunden lang mit seinem Nachbarn, der sich als Arthur Ohlbaum vorgestellt hatte, unterhalten.

Ute mochte diesen Ohlbaum nicht, irgend etwas stimmte mit dem nicht. Er gab sich so locker und ungezwungen wie ein amerikanischer Millionenerbe – aber diesem unter dem Sonnenbrand blassen, kahlköpfigen, dickbebrillten Kerlchen sah man auf hundert Meter den phantasielosen Buchhalter an, der er, wie er auch freimütig zugab, war.

Da Steicher sich auch beim Abendessen mit diesem seltsamen Ohlbaum unterhielt, wandte sie sich aus Langeweile dem anderen zu, der schon beim Frühstück so gut wie nichts gesagt hatte. »Erich Bäcker, Inka-Forscher«, hatte er sich vorgestellt. Ute hatte eine Zeit gebraucht, um herauszufinden, daß er Wissenschaftler war, der einen Kongreß in Rio besucht hatte, wo sich alle die getroffen hatten, die mit ihrem Leben nichts Besseres anzufangen wußten, als die Reste schon lange toter Indianer wieder auszugraben. Bäcker war

mittelgroß, schwächlich gebaut, mit übergroßen hellblauen Augen. Ständig strich er sich sein schlecht und offensichtlich zu selten geschnittenes weißblondes Haar aus der Stirn oder zupfte nervös an den Aufschlägen seines billigen blauen Jacketts.
Sie hatte ihn irgend etwas Belangloses gefragt, woraufhin er zuerst rot wurde, dann auf dem Stuhl nach vorn rutschte, bis er auf der äußersten Kante saß, zitternd sein Wasserglas abstellte, ungefähr zehn Sekunden vollkommen sinnlose Laute stammelte, sich dann erst zusammennehmen konnte und stockend, aber immerhin vernünftig antwortete.
»Armes Würstchen«, hatte sie gedacht und dann resigniert aus dem Fenster gestarrt. In der Abenddämmerung lag Bahia unter ihnen, eine Hafenstadt, die von zwei uralten, mächtigen portugiesischen Festungen bewacht wurde. Unzählige Kirchtürme überragten das Gewirr heller Hausdächer, »Dreihundertfünfundsechzig sollen es sein, eine für jeden Tag des Jahres«, wie der zahlenverliebte Ohlbaum ungefragt erklärte. Zwei Frachter machten gerade von den Kais los, dünn konnte sie ihre Schiffshörner tuten hören.
Während sich Steicher auf ihr zunehmend hektischer abmühte, überlegte sie sich, wie es wäre, zur Abwechslung mal mit einem schüchternen, zartgebauten Jüngelchen wie Bäcker zu schlafen. Er war so verklemmt, Ute ging jede Wette ein, daß er noch nie eine Frau gehabt hatte. Es wäre wahrscheinlich leicht für sie, ihn nach allen Regeln der Kunst zu verführen, doch seltsamerweise beunruhigten gerade gehemmt wirkende Männer wie Bäcker sie mehr als die lauten, brutalen Freier vom Schlage Steichers. Es gab immer einen Grund, warum sich solche Typen von Frauen fernhiel-

ten: entweder eine geheime, abscheuliche, furchterregende und gefährliche Perversion oder eine Leidenschaft für irgendein anderes Ziel, für eine Sache, die soviel Hingabe verlangte, daß man dafür sogar auf Sex verzichtete. Ute Schmitz hatte in ihrem Beruf alle Arten menschlichen Ehrgeizes kennengelernt – doch es gab manche, die sie immer noch nicht verstand und die ihr deshalb tiefes Mißtrauen einflößten.

Erleichtert atmete sie auf, als sich Steicher wieder von ihr herunterwälzte – erleichtert und wachsam, denn er war nicht gekommen. Wenn er ihr die Schuld dafür gab, konnte er es fertigbringen, sie krankenhausreif zu schlagen. Doch er stand nur ächzend vom unteren Bett auf und beugte sich nach vorn, um über seinen faßförmigen Bauch hinweg auf sein Glied zu sehen, das nun schlaff und rot herunterhing. »Ich hab meine Frau bis zum Mutterkreuz gevögelt«, murmelte er verlegen in einem gutturalen bayerischen Akzent, »hab also eigentlich genug Kraft. Doch heute abend waren es wohl zu viele von diesen verflixten Cognacs. Tut mir leid, Valerie.«

»Das macht doch nichts«, antwortete sie, was noch untertrieben war. Auf dem »Graf Zeppelin« gab es keine Badewannen und nicht einmal eine Dusche. Je sauberer man blieb, desto besser. Sie zog ihren leichten weißen, mit Spitzen besetzten, verführerisch kurzen Seidenbademantel über. »Ich mache mich fertig für die Nacht«, verkündete sie und trat auf den Gang hinaus.

Das Licht war abgedunkelt, alle Kabinentüren geschlossen. Von Ferne hörte man das sanfte Brummen der Motoren, doch der »Graf Zeppelin« wirkte unbeweglich und ruhig, ruhiger, als es der komfortabelste Zug oder der größte Ozeanliner je sein könnten. Ute

Schmitz hatte den Eindruck, in einem soliden Hotel am Boden auf einem festen Fundament zu stehen und nicht zweihundert Meter über dem Südatlantik mit fast hundert Kilometer in der Stunde dahinzuschweben. Sie teilte mit Steicher die erste Kabine auf der Backbordseite. Durch die geöffnete Tür sah sie in den Salon. An einem Tisch saß dieser seltsame Ohlbaum und kritzelte etwas in ein Notizbuch, an einem anderen Tisch saß der größere der beiden Journalisten – besser gesagt, er lag halb und war, den Kopf neben die auf einer Serviette abgestellten Leica gesunken, in einen offensichtlich ziemlich unruhigen Schlaf gefallen. Die anderen Passagiere waren in ihren Kabinen.

Ute Schmitz ging bis zum Damen-Waschraum und schloß sich ein. Mit einem zynischen Lächeln blickte sie in den Spiegel und warf ihre blondgefärbten Haare zurück. Sie hatte noch immer einen Körper, um den sie die meisten Frauen beneideten, doch wenn sie jetzt, ungeschminkt und nach dem Dienst am Freier, dicht vor den runden Spiegel trat, entging ihrem gnadenlos aufmerksamen Blick keines der Fältchen, die links und rechts von ihren Augenwinkeln Richtung Schläfen liefen, und nicht die ersten Anzeichen für die am Hals erschlaffende Haut. Sie war fünfunddreißig – kein Alter für eine von Dienern verwöhnte Gattin eines Arztes oder Industriellen, doch in ihrem Gewerbe, wo man hart rangenommen wurde, war das eine Grenze. »Noch ein paar Jahre dieses Leben, und ich muß mit meinen Preisen runtergehen!« dachte sie bitter.

Deshalb war ihr Steicher gerade recht gekommen. Einer ihrer Freier war nur ein kleines Tier bei der SS, arbeitete aber beim Sekretariat des Sicherheitsdienstes, der Zentrale der Gestapo. Es war erstaunlich, wieviel

dieser armselige Schreiberling über praktisch alle hohen Parteifunktionäre wußte. Sie hatte ihm einen Sonderpreis gewährt, damit er es sich leisten konnte, öfter zu kommen, und dann bei ihren »Massagen« diskret, aber gründlich über die anderen Stammkunden des »Venuskellers« ausgefragt, bis sie den idealen Kandidaten gefunden hatte: Augustus Steicher war ein hohes Tier, aber nicht so hoch, daß er ständig im Rampenlicht stand; mächtig, aber nicht so mächtig, daß er unerpreßbar war; und er war reich – zumindest hatte sie das noch bis vor kurzem geglaubt. Der SS-Mann hatte ihr verraten, daß Steicher 1935 einen großen Kunstbuchverlag gekauft und damit »arisiert« hatte. Die jüdischen Vorbesitzer waren gezwungen worden, den Verlag, in dem große Werkkataloge von Michelangelo, Leonardo, Tizian, Dürer und vielen anderen Klassikern herauskamen, für einen Spottpreis an den hohen Funktionär in der Reichskulturkammer zu verkaufen.
»Valerie« hatte Steicher schnell um den kleinen Finger gewickelt. Sie wollte ihn zwei, drei Jahre lang melken, bis sie genug Geld zusammenhatte, um ihn mit einem Tritt in die Wüste zu schicken. Dann würde sie sich eine Villa in Grunewald kaufen, einen nichtsnutzigen Erben aus Berlins bester Gesellschaft heiraten und sich bis an das Ende ihrer Tage mit teurem Schmuck, Mercedes-Sportcabriolets und einer Legion junger, gutaussehender Liebhaber vergnügen.
Es hatte nach Plan angefangen: ein Goldring, ein Diamantkollier, dann die Reise nach Brasilien, »auf Kosten der Partei«, wie er ihr dröhnend verkündet hatte. Offiziell hatte Steicher eine Ausstellung über »Alte und neue völkische Kunst aus Deutschland« in einem Museum in Rio eröffnet, doch sie hatte nach und nach be-

merkt, daß etwas nicht stimmte. Steicher hatte sie abends im Hotel zweimal an die Bar geschickt, damit er sich mit geheimnisvollen Männern ungestört in seinem Hotelzimmer treffen konnte. Es waren drei, ein reicher einheimischer Geck mit weißem Cowboyhut und hohen Stiefeln mit riesigen, klirrenden Silbersporen, ein verschlagen und heruntergekommen aussehender Amerikaner oder Brite und ein Indio, bis zur Unterlippe hoch eingehüllt in ausgewaschene Ponchos und Decken. Was immer diese Männer waren – offizielle Regierungsvertreter waren sie sicher nicht.

Dann standen plötzlich große Holzkisten in der Lobby des Hotels, versehen mit den gelbblauen, gummierten Papieraufklebern der Zeppelin Reederei, auf denen groß »Augustus Steicher, Berlin« prangte. Nach einer halben Stunde kamen Träger der Deutschen Zeppelin Reederei und schleppten sie zur Luftschiffhalle.

In ihrer letzten Nacht im Hotel hatte Ute ihren Freier so lange mit Sex und Rum bearbeitet, bis er, einer Ohnmacht als einem normalen Schlaf ähnlicher, schnarchend auf das Bett gesunken war. Dann hatte sie systematisch die große schwarze Ledertasche durchsucht, in der Steicher all seine Papiere aufbewahrte: Diplomatenpaß, Parteibuch, verschiedene offizielle Dokumente der brasilianischen Regierung – und einen schmalen, abgegriffenen Ringordner voller Briefe, Lieferscheine, Rechnungen, Mahnungen und Kontoauszüge. Es war eine interessante Nachtlektüre gewesen. Als der tropische Morgen sich schwül und grau am Fenster ankündigte, wußte Ute Schmitz endlich, daß ihr Freier praktisch pleite war.

Steichers Verlag lief nicht mehr. Niemand schien in Deutschland mehr Kunstbücher kaufen zu wollen.

Steicher hatte einige hunderttausend Reichsmark Schulden. Dem Ton der letzten Briefe nach zu urteilen, begannen die Banken die Geduld zu verlieren; der Geschäftsführer einer großen Druckerei aus Süddeutschland hatte offen damit gedroht, sich bei der Partei über Steicher zu beschweren.
Ute Schmitz hatte im »Venuskeller« genug Kunden aus dem inneren Machtzirkel gehabt, um zu wissen, daß hinter jedem Bonzen ein anderer stand, der nur darauf wartete, seinen Posten einzunehmen.
Wenn Steicher wirklich pleite gehen sollte, wäre er auch in der Politik erledigt. Im besten Fall würde er auf einen unwichtigen Posten abgeschoben werden, im schlimmsten bedeuteten solche »Ehrverfehlungen« Gefängnis oder KZ. Und ob sie, Ute Schmitz, dabei ungeschoren davonkäme, war längst nicht gesagt. Die Villa in Grunewald konnte sie sich dann auf jeden Fall abschminken. Es sei denn …
Sie ging zurück zu ihrer Kabine. Steicher lag auf dem unteren Bett, eingewickelt in ein Konvulut aus weißen Kissen und Decken wie ein Baby, und schnarchte so laut, daß man es bis auf den Gang hinaus hören konnte. Sie starrte auf sein feistes Gesicht mit der durch das Schnarchen zitternden Oberlippe. »Ich wüßte zu gern, was du da in diesen Kisten nach Deutschland schmuggelst«, flüsterte sie.

Rafael Schoschowski lag angezogen und unruhig auf dem schmalen Unterbett und starrte nach oben. Seine Frau hatte die obere Schlafstatt gewählt und rührte sich seit mindestens zwei Stunden nicht mehr. Es war unmöglich zu wissen, ob sie wach war oder schlief. »Sie könnte in diesem Augenblick sterben, ich würde es nicht bemerken«, dachte Schoschowski bitter. Er wäre so gern die schmale Aluminiumleiter zu ihr hochgestiegen, hätte sie berührt, in die Arme genommen und leidenschaftlich geliebt. Doch er wagte nicht einmal, sich zu räuspern, aus Angst vor einer ihrer ätzend spöttischen Bemerkungen.

Schließlich faßte er sich ein Herz, schlug behutsam die Decke zurück, stand langsam auf wie ein Kranker, der zum ersten Mal seit Wochen wieder das Bett verläßt, und schlich die zwei Schritte bis zum Fenster. Er blickte hinaus in die Nacht. Alles kam ihm unwirklich vor, als wenn ein festlich erleuchtetes Spielcasino durch die Luft schwebte. Auf dem Meer unter ihm spiegelte sich in silbrig schimmernden Schleiern auf den Wellen der fast volle Mond, den er von seinem Fenster aus nicht sehen konnte, weil er irgendwo hinter der riesigen Hülle stand. Die Brandungswellen über den Korallenriffen waren weiße, scheinbar aus eigener Kraft leuchtende, gezackte Lichtstreifen im Ozean parallel zu ihrem Kurs. Der Dschungel war irgendwo links unter ihm, da, wo es absolut finster war.

Seine Frau und er hatten die erste Kabine auf der Steuerbordseite. Die Fenster links neben dem ihrer Kabine waren die des Salons, aus denen jetzt durch Vorhänge gedämpftes rötliches Licht fiel. Ganz vorn meinte Schoschowski noch das fahle gelbweiße Leuchten wahrnehmen zu können, das von der Kommando-

brücke stammte. Das Fenster rechts gehörte zur Kabine mit der vorlauten jungen Amerikanerin und war jetzt dunkel, ebenso die nächsten beiden. Dann brach wieder ein schmaler Streifen Licht in die Nacht, doch er konnte nicht entscheiden, ob er aus dem Fenster der letzten Kabine auf der Steuerbordseite oder aus einem der Waschräume kam. Irgendwo ganz weit hinten – so weit hinten, daß sie zu einem unabhängigen, sie verfolgenden Flugzeug zu gehören schienen – leuchteten zwei winzige weiße Lichtpunkte. Aus ein paar Öffnungen in der gewaltigen Hülle über seinem Kopf strahlte es gelblich. Schoschowski hatte für einen Augenblick den absurden Eindruck, als sei das ganze riesige Innere des fliegenden Fisches erleuchtet, würde strahlen wie ein Festsaal, glühen wie ein Feuerwerk – und nur diese kleinen Öffnungen gäben eine Ahnung von der Pracht in seinem Innern.
Von irgendwoher fing sein Kabinenfenster einen Lichtstrahl ein, der sich brach und das Glas in einen unscharfen Spiegel verwandelte. Rafael Schoschowski sah sich selbst in Umrissen, seinen großen, stattlichen Körper und seinen wirren Haarkranz, der seine mächtige kugelförmige Glatze wie eine flauschige Dornenkrone umgab. Er lächelte kurz. Nicht aus Gleichgültigkeit hatte er sich diesen Zierrat zugelegt – wenn er schon kahl sein mußte, dann hätte er sich lieber auch die noch verbliebenen Haare abrasiert, was seinem Sinn für Harmonie und Gleichmaß mehr entsprochen hätte –, sondern als Markenzeichen. Seit Beethovens Zeit erwartete man sozusagen von einem genialen deutschen Musiker, herumzulaufen wie der eingeschworene Feind jedes guten Friseurs.
Überall in der Welt der Musik kannte man ihn, Rafael

Schoschowski. Er war jetzt zweiundfünfzig und auf dem Gipfel. Sein Haarkranz und seine dunklen, stechenden Augen waren seine Charakteristika. Er machte sich gut vor dem Pult, im perfekt sitzenden Frack, mit extra langem weißen Taktstock in seiner mächtigen Rechten, mit seinen Haaren, die das Scheinwerferlicht einfingen wie einen Heiligenschein oder eine Aura – wenn er fast ekstatisch dirigierte, war er ein dunkler Faust, der einen mephistophelischen Zauber beschwor, ein Dämon, der seine Musiker in Furcht versetzte, verhexte und zu nie geahnten Wundern trieb. Das Publikum verehrte ihn. Chefdirigent der Berliner Philharmonie. »Der größte lebende Beethoven-Interpret«, feierte die Kritik. »Du elender Schleimbrocken«, hatte seine Frau gesagt.

Schoschowski atmete tief durch und drehte sich um. Annegret war dreizehn Jahre jünger als er. Ganz gerade lag sie auf dem Rücken, mit geschlossenen Augen, als wäre sie eine Steinfigur, die über dem Grabe einer mittelalterlichen Königin in einer Kathedrale liegt. Sie war groß und schlank, ihr schmales Gesicht war von einer Flut dunkler Haare umrahmt. Schoschowski betrachtete ihre Hände: gepflegt, feingliedrig, kräftig und mit geradezu unnatürlich langen Fingern. Sie war eine junge Pianistin gewesen, als sie sich kennenlernten. Für ihn, den magischen Dirigenten, der sich gerade das erste Stück vom Weltruhm erspielte, hatte sie ihre Karriere aufgegeben. Robert und Clara Schumann in ihren besten Zeiten hätten nicht beeindruckender sein können als Rafael und Annegret Schoschowski. Noch immer flutete eine Welle von Liebe und Stolz durch ihn, wenn er an diese Zeit zurückdachte. Die Jahre vor 1933.

Er war der Dirigent eines guten Orchesters gewesen – eines guten, aber nicht des besten. Sie waren gerade für mehrere Gastspiele an der Pariser Oper gewesen, als ihn die Nachricht erreichte, daß die neuen Machthaber den bisherigen Chefdirigenten der Berliner Philharmonie abgesetzt hatten – aus »rassischen« Gründen. An ihn war der Ruf ergangen, die berühmte Philharmonie jetzt, in den Zeiten des nationalen Aufbruchs, zu neuem Glanz zu führen. Schoschowski hatte sich nie sehr für Politik interessiert und war in all den Jahren der Republik nicht einmal zur Wahl gegangen; die Nationalsozialisten fand er unangenehm, ihre laute Großmannssucht unkultiviert, ihre Brutalität abstoßend. Aber hätte er ablehnen sollen?
Annegret hatte ihn beschworen, in Paris zu bleiben, öffentlich zu protestieren, ein Zeichen zu setzen. »Die Berliner Philharmonie!« hatte er ihr laut geantwortet und dabei mit der Rechten unwillkürlich die Bewegungen gemacht, als dirigiere er gerade die ersten Takte von Beethovens Fünfter Symphonie. Natürlich hatte er den Ruf angenommen.
Seine Frau hatte ihn nicht verlassen. Zuerst war Rafael Schoschowski unendlich erleichtert gewesen, hatte gehofft, daß sie sah, wie bedeutend das war, was er schuf – viel bedeutender als die paar unvermeidlichen Kompromisse, die ihnen das neue Regime aufzwang. Doch inzwischen fragte er sich, ob es nicht besser gewesen wäre, wenn sie sich damals in Paris nach ihrem schrecklichen Streit in der luxuriösen Suite des Ritz nicht für immer getrennt hätten. »Ehekrieg« war sein Name für das, was Annegret seitdem mit ihm machte.
In der Öffentlichkeit war sie noch immer die Muse, die Inspiration, die perfekte Frau eines Genies. Doch wa-

ren sie allein, dann zeigte sie ihm mit tausend kleinen Gesten, mit spöttischen Bemerkungen und mit ihrer Verweigerung eine grenzenlose Verachtung, die ihn erschreckte. Sie überschüttete ihn mit vulgären Schimpfworten, die doppelt schockierend waren, weil sie aus dem Mund einer so kultivierten Frau stammten; sie weigerte sich, mit ihm über Musik, das Theater, über Malerei oder Literatur zu reden – er wußte nicht, was sie im Moment las und konnte nie sagen, ob sie die Aufführungen, die sie zusammen besuchten, bewunderte oder nicht; und sie schlief nicht mehr mit ihm.
Rafael Schoschowski zitterte plötzlich am ganzen Körper. Ihm war selbst nicht klar, ob vor unterdrückter Wut oder Lust. Annegret hatte ihre eigene Zukunft als Pianistin seiner Karriere geopfert. Und diesem Ziel hatte sie auch ihren Kinderwunsch untergeordnet: Es sollte nichts geben, was ihn von der Musik ablenken würde. Doch jetzt wollte er Kinder, wünschte sich sehnlichst einen aufgeweckten Sohn, eine strahlende Tochter, egal – nur ein Kind, bevor es dafür zu spät war. Und er wußte, daß auch sie es wollte.
Er hatte Monate gebraucht, um herauszufinden, warum sich Annegret nicht von ihm trennte. Nicht die Scheidung war ihr Ziel, sondern seine Position: für sie war die verhängnisvolle Nacht nicht eine endgültige Entscheidung gewesen – wie er dachte –, sondern nur die erste Schlacht in einem langen Krieg. Sie wollte, daß er als Chefdirigent der Berliner Philharmonie aufgab. Doch er klammerte sich an diese ruhmvolle Aufgabe und würde eher seine Seele an den Teufel verkaufen, als den Platz am Dirigentenpult zu räumen.
Also versuchte sie, ihn durch tausend Demütigungen zu zermürben. Er hatte keine Ahnung, ob sie einen

Liebhaber hatte, doch ihm war klar, daß er ihr umgekehrt nie lange etwas verheimlichen könnte. Würde er sich einer anderen Frau zuwenden, würde sie es schnell erfahren und einen Skandal daraus inszenieren, der sein Ende bedeuten würde. Also wagte er es nicht einmal, in einem Bordell Erleichterung zu suchen. Und eine Scheidung war auch unmöglich: Annegret würde sich einfach weigern und es auf einen spektakulären Prozeß ankommen lassen. Sie würde ihn als den moralisch Schuldigen dastehen lassen, als den rücksichtslosen Mann, der seine hingebungsvolle Frau – seine Muse, die für ihn ihre Karriere aufgegeben hatte! – kaltherzig verläßt. Dann wäre er untragbar für die Partei.
Bis jetzt hatte Schoschowski widerstanden. Er starrte wieder aus dem Fenster. Nun gab es jedoch etwas, was unzweifelhaft ihren Sieg bedeuten würde. Die einzige Hoffnung, die ihm blieb, war, die Sache so schnell anzugehen, daß sie geklärt wäre, bevor sie auch nur eine Andeutung davon erführe.
Vorsichtig schlich sich Schoschowski aus der Kabine. Er ging in den Salon, weil er dachte, dort mitten in der Nacht für einige Zeit allein sein zu können. Zu seiner Überraschung war jedoch der größere der beiden Journalisten da. Er sah aus, als hätte er bis eben wie ein übermüdeter Schüler auf dem Tisch geschlafen, auch seine Leica lag noch auf der Serviette.
Schoschowski war das peinlich, und er lächelte verlegen. Doch der andere – Jaeger hieß er, wie ihm jetzt einfiel – war offensichtlich genauso verwirrt. »Ich konnte nicht schlafen«, murmelte er entschuldigend.
Schoschowski fand seine Souveränität wieder. Er erinnerte sich an die geflüsterten Auseinandersetzungen zwischen seinem Gegenüber und diesem anderen, klei-

nen Journalisten vom »Völkischen Beobachter«, mit dem er die Kabine teilte. Gut möglich, daß Jaeger den Anblick seines Kollegen einfach nicht mehr ertragen konnte und in den Salon geflohen war. »Verständlich«, sagte Schoschowski deshalb unverbindlich und liebenswürdig, »schließlich fährt man ja nicht jeden Tag mit einem Zeppelin.«

»Ja, das ist es«, antwortete Jaeger und klang dabei erleichtert. »Ja, genau deshalb kann ich nicht schlafen.« Er deutete auf eine Cognacflasche. »Die habe ich mir vom Steward bringen lassen. Wenn Sie vorn in der Küche nachsehen, finden Sie ihn sicherlich.« Das, fand Schoschowski, war eine ausgesprochen gute Idee.

Kurz darauf ließ er die dunkle Flüssigkeit langsam in dem bauchigen Glas kreisen, bevor er einen ersten, genießerischen Schluck nahm. Dann starrte er aus dem Fenster. Den Journalisten, der ihm gegenüber saß, hatte er schon beinahe wieder vergessen – was Jaeger ganz recht zu sein schien, denn er war offensichtlich auch nicht zu Gesprächen aufgelegt.

Er zog seine goldene Taschenuhr hervor, und mit einem leisen, ihn immer wieder auf seltsame Weise beruhigenden »Klack« sprang der Deckel auf. Es war ein kleines Kunstwerk, das er in jungen Jahren von einem reichen Gönner nach seinem ersten Konzertabend geschenkt bekommen hatte: Das Zifferblatt bestand aus weißsilbern schimmerndem Perlmutt und schwarzen römischen Zahlen unter feinziselierten Zeigern. Die Innenseite des Sprungdeckels zierte eine erotische Miniatur im Stil des französischen Rokoko. Schoschowski zwang sich, nur auf das Zifferblatt zu starren. Es war Mitternacht. In ein paar Stunden würden sie für einen kurzen Zwischenstopp in Recife landen.

Vorgestern war die triumphale Südamerika-Tournee zu Ende gegangen. Doch ausgerechnet an diesem Tag war ein Telegramm von einem seiner glühendsten Bewunderer gekommen, einem Ministerialdirektor im Reichsministerium des Innern: »ueberpruefung ahnentafel – stop – inge schoschowski, geb. blumenthal – stop – empfehle umgehende klaerung des aergerlichen verdachts.«
Schoschowski hätte nie gedacht, daß jemals herauskommen würde, daß seine Großmutter väterlicherseits möglicherweise eine Jüdin gewesen sein könnte. Er wußte es selbst nicht genau, die Familie stammte aus dem Teil Schlesiens, der nach dem Krieg an Polen gefallen war. Alle Unterlagen waren verlorengegangen – das hatte er zumindest geglaubt. Doch wenn man nun etwas gefunden hatte ... Dann wäre er ein »Vierteljude« und die längste Zeit Chefdirigent der Berliner Philharmonie gewesen.
Er wollte nicht aufgeben. Rafael Schoschowski hatte mächtige Bewunderer in allen Ministerien und in der Partei. Gewisse Verdachtsmomente und Indizien ließen sich immer entkräften, wenn man nur schnell genug reagierte. Also hatte er sofort den »Graf Zeppelin« gebucht, natürlich zusammen mit Annegret, denn es hätte nach einer Flucht ausgesehen, wenn er seine Frau im Schiff hätte heimfahren lassen, während er in aller Eile nach Deutschland raste. So ließ man ihm das als typische Extravaganz eines Maestros durchgehen. Jetzt kam alles darauf an, rechtzeitig in Berlin zu sein, bevor die Sache so hohe Wellen schlug, daß man sie nicht mehr glätten konnte; und seine Sorgen vor Annegret geheimzuhalten, jetzt und für immer.
Und wenn die Vertuschung mißlang? Er nahm noch ei-

nen tiefen Schluck des erstklassigen Cognacs, um seine Nervosität zu dämpfen. Bevor er, Rafael Schoschowski, Dirigent der besten Philharmonie der Welt, sich in Deutschland einem peinlichen Verfahren stellen würde, machte er lieber Schluß! Er sah sich im Salon um – alles wirkte so solide, so groß, so unverletzlich. Doch ein Bekannter hatte ihm einmal verraten, daß es eigentlich sehr einfach war, einen Zeppelin in Flammen aufgehen zu lassen. All dieser Wasserstoff, der so leicht brannte ... Ein loderndes Fanal! So könnte er einen würdigen Abgang von der Bühne des Lebens inszenieren, und Annegret bliebe gar keine andere Wahl, als ihn auf seinem Weg in den Untergang zu begleiten.
Der Dirigent sah wieder auf seine Uhr: fünf Minuten nach Zwölf. Der Journalist war auf seinem Stuhl zusammengesunken und eingenickt. Manchmal stöhnte er im Schlaf, und Schoschowski, besessen von Furcht und Gier nach Annegret, fragte sich, ob er einen erotischen Traum hatte.

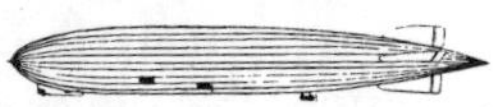

Carl Pflug erkundigte sich bei Schoschowski und dem übermüdeten Journalisten, ob sie neben dem Cognac noch irgendwelche Wünsche hätten: Kaffee? Einen letzten Imbiß? Der Dirigent verneinte höflich, Jaeger schreckte bei der Frage so heftig hoch, daß Pflug es für besser hielt, sich diskret zurückzuziehen. Er brachte dem wachhabenden Offizier und den beiden in graue Leinenoveralls gehüllten Rudergängern starken Kaffee in einer Thermoskanne auf die Brücke und sah kurz hinaus.

Der Seitenrudergänger steuerbord starrte unentwegt auf den Kreiselkompaß und griff nur gelegentlich hastig mit der Linken nach dem Kaffeebecher. Er war noch neu an Bord und deshalb nervös. Der Mann am Höhenrunder stand an Backbord und blickte scheinbar gelangweilt auf den Horizont. Lässig und geräuschvoll schlürfte er den Kaffee, doch Pflug wußte, daß er bei einer unerwarteten Windböe sofort und ohne Bedenken den Becher fallenlassen und gegensteuern würde. Bei schwerem Wetter konnte auf den beiden Rudern, die über komplizierte, viele hundert Meter lange Seilzüge mit den riesigen Heckfinnen verbunden waren, bis zu zwanzig Kilogramm Druck lasten.

Unter ihnen schien sich die nächtliche Küstenlinie seit Stunden nicht verändert zu haben. Steuerbord querab war in vielleicht einer Seemeile Entfernung das grüne Positionslicht und die phosphoreszierende Hecksee eines Frachters zu sehen, sonst gab es kein Anzeichen menschlicher Zivilisation. Der Vollmond hatte, wie so oft in den Tropen, einen farbigen Lichtkreis um den über die silbrigen Wellen gleitenden Schatten des »Graf Zeppelin« gelegt – die Besatzung nannte dieses Phänomen spöttisch den Heiligenschein.

Pflug nickte den schweigenden, uniformierten Gestalten zu. »Ich hau mich jetzt für ein paar Stunden aufs Ohr«, sagte er leise.

»Hau nicht zu feste, sonst findet dich deine hübsche Witwe in Recife nicht mehr schön!« antwortete der Wachhabende, ohne dabei das Fernglas von den Augen zu nehmen, mit dem er hinüber zum Frachter starrte. Der Mann am Höhenruder kicherte, der Seitenrudergänger sagte nichts. Pflugs brasilianische Liebschaft war bei der Besatzung des »Graf Zeppelin« längst bekannt, jedoch noch immer für allerlei schale Witzchen gut. Er hatte sich damit abgefunden. Was andere über ihn dachten, war ihm sowieso egal.
Pflug verließ die Brücke und kletterte über eine schmale Aluminiumleiter von der Gondel in den Kiel der Hülle. Es war, als dringe er in einen riesigen, nur spärlich beleuchteten nächtlichen Hochhaus-Rohbau ein. Straffe Stoffbahnen und mit Draht verspannte Aluminiumskelette leuchteten an verschiedenen Stellen auf. Dazwischen lag alles in einem diffusen Dämmerlicht. Es roch stark nach Bittermandeln, weil dem Treibstoff der Motoren Zyanwasserstoff beigemischt war.
Pflug hatte nicht die weichen Seemannsschuhe der Mechaniker, sondern die schwarzen, gelackten, hartsohligen Lederschuhe der Kellner an, mit denen man zwar auf den dicken Teppichen luxuriöser Hotels oder Schiffe lautlos gehen konnte, nicht jedoch auf dem schmalen Laufgang aus Aluminium, der von hier aus über zweihundert Meter weit nach hinten bis in die Heckfinnen führte.
Mit einem leisen »Klack-Klack« ging Pflug nach achtern, vorbei an im fahlen Licht geisterhaft schimmernden Benzin- und Wassertanks, an sauber aufgerollten Seilen, an verzurrten Werkzeugkisten, an penibel gefalteten Ballen silbrig imprägnierten Stoffes, mit denen

man im Notfall ein Leck in der Hülle flicken konnte. Die Mannschaftsquartiere waren nicht viel mehr als niedrige, stoffbespannte Verschläge links und rechts des Laufgangs, die gerade genug Platz boten für einen Schlafsack und die zusammengefaltete Uniform zum Wechseln.

Pflug kroch in sein »Zelt«, wie er es nannte, streifte sich erleichtert das weiße Jackett und den wie stets etwas zu eng gebundenen schwarzen Schlips ab. Tagsüber konnte es in den tropischen Breiten unerträglich heiß werden, doch nachts sorgte der Fahrtwind, der durch die dünne untere Stoffbespannung der Hülle pfiff, für eine angenehme Kühlung. Unter der Bespannung konnte er auf das Meer blicken. Mühsam zog er sich die Schuhe aus, dann legte er sich hin und schlief sofort ein.

Er konnte zu den unmöglichsten Zeiten schlafen, bei Lärm oder Licht, nur für wenige Stunden – es war, als habe er einen inneren Schalter, den er beliebig auf »ein« oder »aus« stellen konnte. Das, mehr noch als ein gutes Gedächtnis und Freundlichkeit, war die wichtigste Qualifikation für einen Kellner, fand Pflug. Er war jetzt achtunddreißig und seit vierundzwanzig Jahren in dem Gewerbe. Er hatte im Berliner Hotel »Adlon« gelernt, dem ersten Haus am Platze, hatte als junger Mann noch den Kaiser und seine Generäle gesehen, dann nach dem Krieg den unermeßlich reichen und exzentrischen Hugo Stinnes, exilierte russische Prinzessinnen, laute und trinkfeste amerikanische Journalisten, verkniffene sowjetische Diplomaten, den Hollywood-Kinderstar Jackie Coogan, Einstein, Tagore und andere Nobelpreisträger.

Insofern war er der ideale Kandidat gewesen, als die Deutsche Zeppelin Reederei 1928 mit dem damals brandneuen »Graf Zeppelin« zur ersten Amerikafahrt aufbrach. Wer konnte schon die Hunderte von Reichsmark aufbringen, die auch nur die einfachste Fahrt kostete? Die Reichen und Berühmten. Pflug war es nicht schwergefallen, nach fünfzehn Jahren beim »Adlon« zu kündigen und auf dem »Graf Zeppelin« anzumustern. Nach wenigen Jahren hatte er es bis zum Chefsteward gebracht, demnächst würde er auf den größeren, modernen »Hindenburg« wechseln.

Pflug hatte nicht wie die meisten seiner Kameraden in seinem engen Verschlag persönliche Dinge aufgestellt: Nippeskram, Talismane, Fotos von Frau, Freundin oder Kindern. Er hatte keine Familie im herkömmlichen Sinn und keine Neigung zu dem, was er »Sentimentalitäten« nannte. Er lebte in Friedrichshafen in einem Hotelzimmer, sein ganzer persönlicher Besitz paßte in einen Kleiderschrank. Als ihn einer seiner Kameraden einmal fragte, wo seine Heimat sei, hatte er nur geschwiegen.

Als Pflug ein paar Stunden später wieder erwachte, folgte dem routinemäßigen Blick auf seine Armbanduhr ein kurzes, zufriedenes Lächeln: Punkt halb vier Uhr morgens, Dienstag, 4. Mai. Pflug brauchte nie einen Wecker. Er wußte stets vor dem Einschlafen, wann er wieder wach werden mußte, und konnte seine innere Uhr mit einer seine Kameraden erschreckenden Präzision darauf einstellen. Schnell und methodisch rasierte er sich, betupfte sich mit reichlich Kölnisch Wasser und zog sich dann eine frische Uniform an. In wenigen Stunden würden sie in Recife sein, dem ersten und einzigen Stopp zwischen Rio de Janeiro und Friedrichshafen. Es war, als würde die komplizierte Technik des »Graf Zeppelin« hier noch einmal Luft holen, um

sich für den langen Sprung quer über den Atlantischen Ozean zu rüsten.
Pflug trottete wieder hinunter in die Gondel und nickte in der winzigen Kombüse dem Koch zu, der schon frischen Kaffee aufgebrüht hatte und gerade dabei war, den Teig für die Frühstücksbrötchen der Passagiere zu kneten. Das Gesicht des Smutje war grau und übernächtigt, er vertrug die tropische Hitze nicht gut. Schweigend ging Pflug mit einer neuen Thermoskanne voller Kaffee nach vorn zur Brücke, wo zwei neue Rudergänger und ein anderer Offizier auf Wache waren. Kapitän von Schiller war noch nicht da.
Hein Parsch saß schon in seiner Kabine, starrte jedoch nur trübsinnig auf den Sender. Sie nickten sich stumm zu. Pflug hatte Gerüchte gehört, wonach der Funker wieder einmal über die Stränge geschlagen hatte. Er war zu allem fähig, und Pflug war deshalb ganz froh, daß er demnächst zur »Hindenburg« wechseln sollte und nicht mehr mit diesem zu Gewaltausbrüchen neigenden Mann zusammen an Bord fahren mußte.
Pflug machte sich daran, den Salon für das Frühstück herzurichten, und holte aus einem Schrank die fein mit blauen Linien verzierten, modern und extravagant geformten Teller und Tassen und das schlichte Besteck.
Die Passagiere auf dieser Fahrt waren auch nicht seltsamer als auf anderen Fahrten. Da das Luftschiff nicht ausgebucht war, gab es weniger zu tun, was Pflug nur recht war. Alle waren jetzt in ihren Kabinen und schliefen, nur dieser Journalist hatte offensichtlich die ganze Nacht im Salon verbracht. Auf seiner linken Wange konnte man noch Reste des Musters der Tischdecke erkennen, auf der sein Kopf niedergesunken war, seine Augen waren gerötet und verquollen, doch trotzdem

kam er Pflug erleichtert vor. Auf jeden Fall nickte er ihm höflich zu und stand dann freundlich auf, damit er den Tisch decken konnte. Er sah Jaeger nach, der langsam zum ersten Fenster auf der Backbordseite ging und hinausstarrte.

Am östlichen Horizont, weit über dem Atlantik, zeigte sich ein erster silbriggrauer Streifen, der sich, wie in den Tropen üblich, schnell in gleißendes Morgenlicht verwandelte. Hier gab es nie eine richtig lange Dämmerung. Recife lag unter ihnen, die Hafenstadt in der Provinz Pernambuco, der östlichste, Afrika am nächsten gelegene Zipfel Brasiliens. Hier landeten sie immer, um Wasser und Flugbenzin nachzufüllen. Dies dauerte bestenfalls zwei Stunden, doch trotzdem würden sie bis zum Abend hierbleiben. Tagsüber wurde es nämlich so heiß, daß sich das Wasserstoffgas in den Tragzellen der Hülle so weit ausdehnte, bis es die kritische Marke überschritt und sich die Sicherheitsventile automatisch öffneten, um einen Teil des Überdrucks abzulassen. Unter diesen Bedingungen konnte der »Graf Zeppelin« zwar starten, doch sobald die Nacht über dem Atlantik Abkühlung brachte, würde sich das verbliebene Gas zusammenziehen und nicht mehr genügend Auftrieb liefern – sie würden in den Ozean stürzen. Deshalb war es notwendig, die Tageshitze abzuwarten und erst in der Abendkühle die Traggaszellen bis zum Maximum aufzupumpen. Die meisten Männer der Besatzung langweilten sich hier, einige haßten diesen Zwischenstopp geradezu, doch Pflug genoß diese tropisch-schwülen Stunden in Recife mehr als alles andere auf jeder Fahrt.

Kapitän von Schiller kam auf die Brücke, gefolgt vom Ersten Offizier. Schweigend grüßten sie die Männer.

Pflug brachte eine neue Kanne Kaffee und einen Becher milden Tees für den Ersten Offizier, der ein Magengeschwür hatte und keinen Kaffee mehr vertrug. Da die meisten Passagiere die nun folgenden Manöver verschlafen würden, blieb der Steward im Hintergrund der Brücke stehen und beobachtete die Vorbereitungen zur Landung.

Leise gab von Schiller seine Kommandos. Er war ein kleiner, gewitzt aussehender Mann, der die Kapitänsmütze stets in einem nicht mehr ganz vorschriftsmäßigen Winkel auf dem Kopf trug und bei den Männern sehr beliebt war. »Ruder Nullage«, sagte er. Die Männer am Höhen- und Seitenruder brachten sie in neutrale Position.

»Motoren Leerlauf voraus.« Der wachhabende Offizier bediente die fünf Maschinentelegraphen, und wenige Augenblicke später wurde das sanfte Gebrumm der Motoren noch leiser. Der Kapitän wartete, er und seine beiden Offiziere starrten aus den Fenstern. Um die Landung so ungefährlich wie möglich zu machen, war es wichtig, den »Graf Zeppelin« vorher zu trimmen, das heißt, ihn so lange auszubalancieren, bis er waagerecht in konstanter Höhe schwebte. An diesem Morgen sackte er am Heck in einem Winkel von vielleicht fünf Grad durch. »Achtern einhundert Wasser«, rief von Schiller in eine Sprechmuschel. Ein paar Sekunden später rauschten dicht vor der Heckfinne einhundert Liter Ballastwasser wie ein winziger Regenschauer in die Tiefe.

Der Kapitän trat zum Instrumentenpult vor einige große Hebel, die alle auf »geschlossen« zeigten. Mit ihnen konnte er die Ventile aller Traggaszellen bedienen. Jetzt öffnete er das der vordersten Zelle für einige

Sekunden und ließ Wasserstoff ab. Träge wie ein riesiger, schwebender Wal kam der »Graf Zeppelin« schließlich in die Horizontale. Von Schiller grinste zufrieden. »Maschinen halbe Kraft voraus, Seitenruder Steuerbord zehn, Höhenruder fünf abwärts«, befahl er. Der »Graf Zeppelin« nahm wieder Fahrt auf und näherte sich in einem sanften, abwärtsgerichteten Bogen der Stadt vom Meer her.

Recife war eine schöne, vergleichsweise saubere Hafenstadt mit einem weißen Gouverneurspalast, großen Kirchen und baumbestandenen Avenidas und Plätzen. Ein Korallenriff, das an einigen Stellen durch Felsquader verstärkt worden war, bildete eine kilometerlange natürliche Mole, hinter der Frachter und Fischerboote ankerten. Sie fuhren jetzt weniger als hundert Meter hoch. Steuerbord querab sah Pflug einen Hügel, auf dem das trutzige Kloster São Bento de Olinda lag, das von deutschen Mönchen geleitet wurde, die bei den Zwischenstopps gelegentlich zu Besuch an Bord kamen.

Direkt einen Kilometer voraus lag ihr Landeplatz: ein von einem schäbigen, halbhohen Drahtzaun eingefaßtes freies Feld mit einem kurzen, stählernen Ankermast neben zwei Baracken. In Recife war das Klima so konstant, daß Luftschiffhallen unnötig waren. Die Bodenmannschaft hatte wie üblich zur Information des Kapitäns in riesigen römischen Lettern die momentane Außentemperatur auf eine kahle Asphaltfläche vor dem Landemast gepinselt: »XXXII.«

Zwischen dem Landeplatz und der prachtvollen Innenstadt von Recife lagen die einfachen Vororte. Die Häuser waren Flechtwerke aus Bambusrohr und Weidenruten, ausgefüllt mit getrocknetem Lehm, mit

Dächern aus Palmwedeln. Viele glichen von oben Booten oder Schilfinseln, da sie inmitten eines Gewirrs künstlich angelegter Fisch- und Krebsteiche lagen.
Sechzig Meter über dem Boden befahl der Kapitän zuerst Leerlauf, dann: »Alle Maschinen voll zurück!« So bremste er den »Graf Zeppelin«, bis dieser, so sanft wie eine gigantische silbrige Feder, der am Boden wartenden Haltemannschaft förmlich in die Hand segelte. Auf den letzten Metern blickte von Schiller durch die in den Boden der Brücke eingelassene Camera Obscura direkt nach unten.
Der Erste Offizier, der von allen an Bord am besten Portugiesisch sprach, riß das Steuerbordseitenfenster auf und schrie mit dem Megaphon Anweisungen nach unten: »Sorta! Larga!« Das war eigentlich überflüssig, denn die lachenden und winkenden Männer nahmen die vom Bug herabgelassenen Halteseile routiniert auf und verankerten den Zeppelin am Haltemast. Ein mit großen Steinen beschwerter offener Eisenbahnwagen wurde unter die Heckfinne geschoben und mit ihr verbunden. Der Wagen fuhr auf einem großen Schienenhalbkreis. Morgens, wenn es heiß wurde, und abends, wenn sich die Luft wieder abkühlte, drehte sich der Wind jeweils um 180 Grad mit der Konstanz eines Uhrwerks. Mit Hilfe des Wagens konnte die Bodenmannschaft den »Graf Zeppelin« problemlos in den Wind drehen.
Sanft berührte der mehr als mannsgroße Gummipuffer unter der Spitze der Gondel den Boden und federte den Aufprall ab. Sie waren gelandet. »Bom dia!« riefen ihnen die verschwitzten Männer von draußen lachend zu. Es war kurz nach sechs Uhr morgens.
Pflug war sicher, daß die meisten Passagiere davon

nichts mitbekommen hatten und erst Stunden später aufwachen würden. Er ging in den Salon und überprüfte noch einmal die Gedecke, unterhielt sich kurz mit dem Koch und rief dann den Stewardsgehilfen zu sich. »Kommst du heute morgen allein klar?« fragte er ihn.
Es war ein junger Kellner, der ebenfalls im »Adlon« ausgebildet worden war. Der grinste und nickte. »Kein Problem, sind ja sowieso nicht zu viele. Falls hier wirklich was anbrennt, dann schicke ich einen der Maschinisten zu dir raus, um dich zu holen.«
Der Steward meldete sich bei von Schiller ab, der von der Brücke aus mit Hilfe des dolmetschenden Ersten Offiziers irgend etwas mit dem Major der brasilianischen Armee diskutierte, der die Gruppe anführte, die, wie bei jeder Landung, den »Graf Zeppelin« vor Dieben, Bettlern oder aufdringlichen Souvenirjägern schützen sollte. Der Kapitän nickte ihm nur kurz zu und rief ihm dann, als er die Gondel schon über die schmale Stahltreppe verlassen hatte, noch hinterher: »Und grüß mir die Kinder!« Die Männer auf der Brücke lachten, während er nur still vor sich hin lächelte.
Es waren nur ein paar hundert Meter bis zu einer der ersten Bambus- und Weidenhütten, die direkt an einem kleinen, etwas versumpften Fischteich lag. Amapá und die Kinder erwarteten ihn schon. Mit einem breiten Grinsen breitete er die Arme aus und umschloß die drei vor Freude schreienden und hüpfenden Kleinen und küßte dann die Frau.
Er hatte Amapá auf seiner zweiten Südamerikafahrt kennengelernt, eine dickliche Indianerin mit einem runden Gesicht, einer Stupsnase und unglaublich dich-

tem schwarzen Haar, das sie in zwei seildicken, bis über die Schulter reichenden Zöpfen geflochten trug. Er glaubte, daß sie eine Witwe war, vielleicht war sie aber auch noch verheiratet und nur von ihrem Mann schon vor langer Zeit sitzengelassen worden – er hatte es nie richtig herausfinden können, obwohl er inzwischen leidlich Portugiesisch verstand. Seit dieser zweiten Fahrt hatte er ein Verhältnis mit ihr, aus dem inzwischen drei Töchter hervorgegangen waren. Er wußte nicht, ob Amapá nicht noch andere Liebhaber hatte – es war ihm auch gleichgültig –, doch die Mädchen sahen sich auf jeden Fall sehr ähnlich und waren Mestizen, mußten also eindeutig einen weißen Vater haben.
Jeder aus der Besatzung zog ihn gelegentlich damit auf, doch ihm war das egal. Er sah Amapá regelmäßig und war doch die meiste Zeit allein für sich; er hatte Kinder, mußte sich jedoch nicht wirklich um sie kümmern; er hatte ein Heim, aber keinerlei Verpflichtungen. Es kam seinem Ideal einer Familie ziemlich nahe.
Pflug gab den Mädchen »Nigges«, kleine Geschenke, die er in Rio de Janeiro oder in Friedrichshafen gekauft hatte: Schokolade, kleine Kämme und winzige Spiegel für ihre Puppen. Jauchzend rannten sie mit ihren neuen Trophäen um das Haus, gefolgt von den neidischen Blicken einiger anderer Kinder, die zusammengelaufen waren, um Amapás Gast anzustaunen.
»Wie geht es dir?« fragte Pflug auf portugiesisch. Er fragte es jedes Mal. »Gut«, antwortete sie, wie immer lachend – es war ihr Begrüßungsritual. Sie lächelte und führte ihn ins Innere. Die Eingangsöffnung der Hütte hatte keine Tür, die Fensterlöcher kein Glas. Obwohl es noch früh am Morgen war und ein leichter Wind wehte, war es hier schon heiß und stickig. Pflug zog

Vorhänge aus einem zerschlissenem Stoff undefinierbarer Farbe vor die Tür- und Fensteröffnungen, bevor er sich auszog, seine Uniform sorgfältig zusammenfaltete und auf den einen grob zusammengezimmerten Holzstuhl legte, der neben dem wackeligen Tisch stand. Amapá war inzwischen bis zur Rückseite der Hütte gegangen, wo zwei große Pritschen standen, eine für sie und die andere für die drei Mädchen. Sie war schneller als er und lag schon nackt auf der Decke, als er noch an den Kragenknöpfen seines Hemdes nestelte. Als er endlich fertig war, legte er sich zu ihr, küßte und streichelte sie, bis sie leise seufzte, und nahm sie dann so gemächlich, als hätte er alle Zeit der Welt. Draußen standen die Mädchen, starrten neugierig durch den zerschlissenen Vorhang und kicherten.
Einige Zeit später, es war jetzt heller Vormittag und Pflug schätzte, daß die meisten Passagiere inzwischen aufgewacht sein mußten, stand Amapá auf und brachte ihm eine große Schüssel Wasser. Er wusch sich lange und zog sich dann wieder an. Jetzt durften die Mädchen wieder hereinkommen. Er plauderte noch etwas mit ihnen und ihrer Mutter, bevor er aufstand.
»Bis zum nächsten Mal, Carlos«, flüsterte Amapá lächelnd und küßte ihn zum Abschied. Die Kinder umarmten ihn und winkten, als er aus der Hütte trat. Sie hatten noch nie erlebt, daß er länger als ein paar Stunden dablieb, doch sie wußten, daß er immer wiederkam, jedesmal beladen mit geheimnisvollen »Nigges«.
Pflug blieb abrupt stehen, kaum daß er die Hütte verlassen hatte. Annegret Schoschowski stand vor ihm. Sie schien genauso erstaunt zu sein wie er und starrte ihn verwundert an. Daß die Besatzung ihn auslachte, war ihm gleichgültig, doch war es ihm peinlich, daß einer

der Passagiere sein Geheimnis kannte. »Hatten Sie eine angenehme Nachtruhe?« stotterte er verlegen.
Annegret Schoschowski lächelte. »Ja, danke. Die anderen frühstücken noch, doch ich war zu neugierig, um mich lange mit Kaffee und Brötchen aufzuhalten. Der Kapitän hat den Passagieren versichert, daß es vollkommen ungefährlich für uns ist, sich hier in Recife etwas umzusehen. Und da dachte ich mir…« Sie hielt inne.
Pflug mußte sich nicht umdrehen, um den Grund dafür zu kennen: Amapá und die Kinder waren aus der Hütte getreten. Annegret Schoschowskis Blick wanderte von der Frau zu den Kindern und dann zurück zu ihm. Zuerst lächelte sie charmant, dann schien ihr plötzlich etwas einzufallen. »Ich will Sie nicht weiter stören. Wir sehen uns ja bald wieder an Bord.« Sie nickte und verschwand zwischen den Hütten.
»Ja, gnäe' Frau«, antwortete Pflug und verbeugte sich. Er sah ihr nach, und ihm war plötzlich trotz der tropischen Schwüle kalt. Das war eindeutig etwas anderes gewesen als eine zwar peinliche, aber eigentlich unerhebliche Begegnung mit einem Passagier. Annegret Schoschowskis charmantes Lächeln hatte ganz plötzlich einem lauernden, berechnenden Ausdruck Platz gemacht, und sie hatte sich nicht einmal bemüht, ihn zu verbergen. »Sie hat mich angesehen wie ein Forscher einen exotischen Käfer, kurz bevor er ihn auf die Nadel spießt«, dachte er beunruhigt.

2

Recife, Dienstag, 4. Mai 1937

Hans Thomsen hatte keine Lust, in seiner Kabine langsam gekocht zu werden. Er hatte nur einen leichten Schlaf und war deshalb am frühen Morgen wachgeworden, als der »Graf Zeppelin« in Recife niedergegangen war. Er hatte kurz aus dem Fenster geblickt und gewartet, bis sie fest vertäut waren, dann hatte er Forster geweckt. Der Professor schreckte hoch, schaute sich einen Augenblick verwirrt um und rückte dann verlegen seine Nickelbrille zurecht, die er nicht abgenommen hatte und die während des Schlafes verrutscht war. Wieder einmal fragte sich Thomsen, was diese lächerliche Person für das Reich so wichtig machte, daß er sie um jeden Preis und so schnell wie möglich nach Deutschland bringen mußte. »Schlafen Sie immer mit Brille, Herr Professor?« bemerkte Thomsen spöttisch.

Der Alte lächelte verlegen. »Eine Marotte von mir, ich weiß. Meine Frau sagt immer, daß ...« Dann verstummte er, sah Thomsen plötzlich zornig an und stand auf, wobei er sich bemühte, in seinem weißen, weiten Nachthemd so würdevoll wie möglich aufzutreten.

»Sehen Sie, Herr Professor«, meinte Thomsen süffisant, »die Leute gestehen der Gestapo die unglaublichsten Dinge. Das kommt ganz von selbst.«

Er wartete, bis sich Forster, zitternd vor hilflosem Zorn, angekleidet hatte, dann gingen sie in den Salon. Sie hatten den kleinen Vierertisch Steuerbord hinten für sich allein, denn Thomsen hatte mit Hilfe seines allmächtigen Polizeiausweises durchgesetzt, daß die anderen beiden Plätze unbesetzt geblieben waren. Einige Passagiere hatten ihnen gestern zwar neugierige Blicke zugeworfen, doch niemand wagte es, sie anzusprechen. Sie waren beinahe die einzigen Frühaufsteher, selbst der Steward schien nicht dazusein, sein Gehilfe brachte ihnen das Frühstück. Nur Annegret Schoschowski saß allein am anderen Vierertisch in der gegenüberliegenden Ecke des Salons und nickte ihnen kurz zu. Ein paar Minuten später stellte sie ihre Kaffeetasse mit einem leisen Klirren ab, rückte ihren Stuhl eine Spur zu laut nach hinten, erhob sich so kraftvoll, als wolle sie in die Luft springen, und hatte dann mit drei langen, energischen Schritten den Salon verlassen. Gleich darauf erblickte Thomsen sie draußen, wie sie über staubige, durch häßliche, windschiefe Drahtzäune markierte Wege in Richtung der erbärmlichen Hütten schritt, die Verbeugungen der schäbigen brasilianischen Wachsoldaten mit einem nur angedeuteten Nicken quittierte und in der armseligen Siedlung verschwand wie eine exilierte Königin, die sich nicht mit ihrem Schicksal abfinden will.
»Möchte wissen, warum die so wütend ist«, meinte Thomsen spöttisch.
»Sie möchten wohl gern alles über alle Menschen wissen!« zischte Forster.
»Das wäre wirklich nicht schlecht«, antwortete er gutgelaunt. »Obwohl Sie mir glauben können, daß die allermeisten Menschen geradezu deprimierend wenig

zu verheimlichen haben. Immer die gleichen armseligen Seitensprünge, trivialen Betrügereien, heimliche Verachtung von Eltern oder Vorgesetzten, Klatsch und Tratsch über die Nachbarn, Filmschauspieler oder den Führer. Die Arbeit der Gestapo kann zutiefst langweilig sein.«
»Ihr Zynismus ist unerträglich«, meinte Forster und starrte ihn an, wie er wohl auch einen anderen Arzt angestarrt hätte, der eine seiner Meinung nach falsche Diagnose gestellt hatte. »Es muß Ihnen doch offensichtlich eine perverse Freude bereiten, in diesen, wie Sie es nennen, ›deprimierenden‹ persönlichen Geheimnissen anderer Menschen herumzuwühlen!«
Wenn Thomsen jetzt laut aufgelacht hätte, dann hätte er nur die unwillkommene Aufmerksamkeit des Stewardgehilfen auf sich gelenkt, deshalb beherrschte er sich, wenn es ihn auch einige Mühe kostete. Er versuchte sogar, sein höhnisches Grinsen zu unterdrükken. »Aber Herr Professor«, sagte er milde, »wir wühlen doch gar nicht – es sind die Leute selbst, die damit zu uns kommen.«
Forster sah ihn verständnislos an.
»De-nun-zi-an-ten«, flüsterte Thomsen wie ein Märchenonkel, der einem Kind etwas Geheimnisvolles verrät. »Jeden Tag, jede Stunde ungezeichnete oder auch stolz unterschriebene Briefe, Telegramme, Telefonanrufe, persönliche Anzeigen ehrlich empörter Pg's – die Menschen schütten uns mit übler Nachrede zu, es ist, als ob sie all die Jahre nur auf uns gewartet hätten. Die Frau will ihren Mann loswerden? Die Eltern ihrem mißratenen Sohn einen Denkzettel verpassen? Ein Bauer streitet sich mit seinem Nachbarn um einen Acker? Der kleine Angestellte möchte gern auf dem be-

quemen Sessel seines Chefs Platz nehmen? Der verwitwete Rentner hat nichts mehr zu tun im Leben? Alle, alle kommen sie zu uns!« Thomsen machte mit spöttischer Miene eine weit ausholende Geste wie ein zweitklassiger Zirkusdirektor. »Hereinspaziert zur Gestapo! Unser Problem, Herr Professor, ist nicht, daß wir zu wenig Informationen über Juden, Sozialisten und andere Volksschädlinge haben, sondern viel zu viele! Wir müssen filtern, aus all dem Unrat das herauspicken, was wirklich wichtig ist.«

»Das glaube ich Ihnen nicht«, antwortete Forster schwach.

Daß er, Thomsen, ausgerechnet in Forsters Fall nicht wußte, was wirklich wichtig war, ja, warum er überhaupt hier war, das ärgerte ihn besonders. Er ließ Forster in Ruhe zu Ende frühstücken, obwohl der Professor endlos damit beschäftigt war, ein halbes Brötchen so mit Butter zu bestreichen, daß es am Ende aussah, als hätte es von Künstlerhand ein exakt angepaßtes, gelb-cremiges kleines Dach aufgesetzt bekommen.

»Ob er für den Führer etwas bauen soll?« sinnierte Thomsen, als er ihn dabei beobachtete, und dachte dies nur halb im Scherz. Er fragte sich, ob der Neurologe vielleicht irgendeine Waffe entwickelt hatte. Geheimnisvolle Strahlen, mit denen man die Gehirne anderer Menschen manipulieren konnte? Dann hätte ihn Heydrich wenigstens warnen sollen! Thomsen fluchte innerlich. Was war, wenn der verrückte Professor ihn dazu bringen konnte, irgend etwas gegen seinen Willen zu tun? Vielleicht war diese lächerliche Gestalt an seinem Tisch doch viel gefährlicher, als sie auf den ersten Blick aussah.

Inzwischen war es draußen schon tropisch schwül geworden. Thomsen konnte sich leicht ausrechnen, daß sie über die Mittagszeit in ihrer Kabine schwitzen würden wie in einem türkischen Bad. Er überlegte sich, was er in den nächsten Stunden mit seinem Gefangenen machen sollte. Konnte man es riskieren, durch Recife zu spazieren wie Annegret Schoschowski?
Während er noch darüber nachdachte, sah er plötzlich zu seinem Erstaunen, wie Kapitän von Schiller, einer seiner Offiziere und zwei Mechaniker auf dem Feld draußen vor der Gondel mit dem Major der brasilianischen Wachmannschaft verhandelten. Die Deutschen zogen ein paar Scheine aus der Tasche – und bekamen dann von den Brasilianern Gewehre, Munitionstaschen und Kavalleriepferde ausgehändigt. Zwei Minuten später preschten sie in vollem Gallopp davon, während die Soldaten lachend zur Kantine der Deutschen Zeppelin Reederei ein paar hundert Meter neben dem Landeplatz gingen.
Thomsen winkte den Stewardsgehilfen zu sich, deutete hinaus, wo man noch die Staubfahne der Reiter und die feixenden Soldaten sehen konnte, und fragte: »Was, bitteschön, war denn das!»
Der Steward erschrak über den scharfen Ton der Frage. »Das ist hier schon Tradition«, antwortete er unsicher. »Die Herren Offiziere und auch ein paar Mann der Besatzung verbringen ihre dienstfreie Zeit in Recife mit der Jagd.« Thomsen starrte ihn an. Der Steward wurde noch verlegener und wand sich. »Ein paar Milreis genügen, das sind umgerechnet nur wenige Pfennige, und sie können von den brasilianischen Soldaten Gewehre, Munition und Pferde … ausleihen, um damit im Dschungel zu jagen.«

Mit einer verächtlichen Geste schickte Thomsen den Steward wieder weg, doch kaum hatte der ihm den Rücken zugedreht, grinste er breit. »Wissen Sie was, Herr Professor? Wir machen einen kleinen Ausflug!« Er hatte beschlossen, das Risiko einzugehen und seinem Gefangenen eine winzige Chance zur Flucht zu geben. »Ich will doch einmal sehen, ob du sie nutzen wirst!« dachte er.

Eine halbe Stunde später trabte Thomsen auf einem brasilianischen Kavalleriepferd durch einige lichte Palmen- und Bananenhaine auf den Dschungel zu, der sich wie eine grünschwarze Wand hinter den letzten ärmlichen Hütten der Vororte von Recife erhob. Lässig hatte er den Armeekarabiner geschultert. Neben ihm ritt der Professor, natürlich unbewaffnet, und hinter ihnen glitzerte der Zeppelin, der wie ein vor Anker gegangenes Riesenschiff dicht über dem Feld schwebte.

Als sie den Dschungel erreicht hatten, sah er sofort, daß die Jagd zwecklos sein würde. Die Bäume waren zwanzig, dreißig Meter hoch, ihr dichtes Laubdach ließ nur wenig grüngefiltertes Sonnenlicht hindurchdringen. Zwischen den mächtigen Stämmen, die ihn mit ihren gewaltigen Windungen an die Flamboyant-Gotik der späten französischen Kathedralen erinnerten, wuchsen Riesenfarne, Schlingpflanzen und dornenbewehrte Büsche zu einem undurchdringlichen Dickicht zusammen. Nicht einmal zu Fuß würden sie hier weit eindringen können, geschweige denn hoch zu Roß. Nur auf den ersten Metern, wo es noch etwas lichter war, konnten sich die Pferde vorsichtig Schritt für Schritt einen Weg bahnen. Die Luft war drückend schwer, feucht und roch nach Blüten, Gewürzen und Moder. Die Welt über ihren Köpfen war erfüllt von geheimnis-

vollen Geräuschen, ein immerwährendes, an- und abschwellendes Crescendo aus Schreien, Pfeifen, seltsamen Knack- und Zischlauten. Überall bewegten sich Schatten im grünen Halbdunkel, doch es war unmöglich zu sagen, ob es Vögel waren, Affen, Schlangen, große Insekten – oder einfach nur Lichtspiele im Laub. Thomsen hielt kurz an, sah sich um und beschloß dann, das Pferd ziellos durch die noch begehbare Übergangszone zwischen Dschungel und Palmen- und Bananenhainen traben zu lassen. Unauffällig beobachtete er den Professor. »Komm schon!« dachte er gereizt, »wenn du verschwinden willst, dann versuch es jetzt!« Nach wenigen Minuten lief ihm der Schweiß in kleinen Rinnsalen die Schläfen hinunter, obwohl er nicht mehr getan hatte, als sich möglichst entspannt auf dem Pferd zu halten. Forsters Gesicht war knallrot, ständig wischte er sich mit seinem großen Taschentuch über den Kopf. Mücken umschwirrten sie und kleine schwarze Fliegen, die es offensichtlich auf den salzigen Schweiß auf ihrer Haut abgesehen hatten.
»Lassen Sie uns umkehren«, sagte der Professor, und Thomsen hätte ihm sofort zugestimmt, wenn er nicht noch hinterhergesetzt hätte: »Hier schießen Sie sowieso nichts!«
Wütend zog Thomsen die Zügel des Pferdes an. Der Professor ließ sich zu keiner unbedachten Handlung provozieren, schlimmer noch: Er schien ihn verhöhnen zu wollen! Gleichmütig blieb das Pferd stehen und fing an, an den Blättern eines Busches zu knabbern. Sie standen fast verborgen im Unterholz des Dschungelrandes. Von dort aus blickte Thomsen in einen Palmenhain, wo einige kleine Kinder spielten. Plötzlich lächelte er kalt. Den Mittelpunkt der Kinderrunde bil-

dete ein grauweiß gestreiftes Kätzchen, das mit den Stöcken und Stoffäden herumtollte, die die vergnügt kreischenden Kleinen ihm hinhielten. Sie waren ungefähr zwanzig Meter entfernt, noch hatte sie niemand gesehen. Bevor Forster überhaupt wußte, was vorgehen würde, hatte Thomsen mit einer schnellen, geschmeidigen Bewegung den Karabiner von der Schulter genommen, angelegt und gefeuert. Das Kätzchen überschlug sich und blieb dann regungslos liegen. Die Kinder waren einen Augenblick starr vor Schreck, sahen sich entsetzt um, ohne Thomsen zu entdecken, und rannten schließlich weinend davon.

»Was haben Sie getan!« schrie Forster.

»Ich habe gejagt«, unterbrach ihn Thomsen ungerührt und lud nach. »Sie sollten wirklich nicht an meinen Fähigkeiten zweifeln, Herr Professor.« Dann ritt er zurück zum »Graf Zeppelin«, und seinem Gefangenen blieb nichts anderes übrig, als ihm stumm und verbittert zu folgen.

Heydrich hatte Thomsen eingeschärft, Forster um jeden Preis gesund in Berlin abzuliefern. Jetzt sah es jedoch so aus, als würde der Professor durch die tropische Schwüle, die ungewohnte Anstrengung des Ritts und seine innere Erregung kurz vor einem Kollaps stehen: das Gesicht dunkelrot und verschwitzt, die Adern an Hals und Stirn dick geschwollen. Thomsen hatte aus seinem Gefangenen nicht nur nichts Neues herausbekommen, er mußte überdies jetzt auch noch fürchten, daß sein rätselhafter Begleiter vor seinen Augen zusammenbrach. Dafür würde ihn Heydrich an die Wand stellen lassen. Zurück auf dem »Graf Zeppelin« mußte er ihn nicht lange überzeugen, damit er sich hinlegte und ausruhte. Vom Steward ließ er sich kaltes Wasser

und feuchte Tücher bringen. Thomsen betrachtete den alten Mann, wie er, ausgepumpt und mit hektischem, flachen Atem, auf dem Polster der Bank lag und starr nach oben blickte. Forster würde für einige Zeit außer Gefecht sein. Er konnte ihn also getrost hierlassen und ihm ein paar Stunden Ruhe gönnen.
Thomsen schlenderte in den Salon und nahm den Stewardgehilfen beiseite. »Niemand betritt meine Kabine, verstanden!« sagte er halblaut. Es klang sachlich, zugleich jedoch auch wie eine unterschwellige Drohung.
Der Stewardgehilfe nickte eifrig und war sichtlich erleichtert, als ihn der Gestapo-Mann mit einer kurzen, unwirschen Geste entließ. Thomsen ging wieder nach draußen und verließ den »Graf Zeppelin«. Ziellos schlenderte er auf die Hütten zu. Das weite Feld war ausgestorben, die Luft flirrte. Es war Mittag. Die Passagiere und Besatzungsmitglieder hatten sich entweder hingelegt, waren in Recife oder aßen in der Kantine der Deutschen Zeppelin Reederei. Er streunte zwischen den Hütten herum und lächelte die Kinder an, die auf den schmutzigen Wegen herumspielten. Plötzlich berührte eine Hand seinen Arm. Er fuhr herum. Normalerweise war er nicht so schreckhaft, doch die Hitze hatte selbst ihn träge und unaufmerksam gemacht. Vor ihm stand ein älterer, schmutzig gekleideter, dicker Mestize, auf dessen hoher Stirn ein Kreis feinster Schweißperlen glänzte.
Der Dicke fuhr erschrocken zurück, als Thomsen so heftig reagierte, dann verbeugte er sich übertrieben unterwürfig. »Kein Angst, kein Angst!« rief er immer wieder in gebrochenem Deutsch.
»Was willst du?« herrschte er ihn an.

»Sie Entspannung?« fragte der Mestize und vollführte ein paar seltsam ungelenke Bewegungen, deren Sinn Thomsen nicht ergründen konnte. »Kommen, kommen! Billig, wenig Milreis, noch weniger Dollar, wenn haben. Kommen!«
Da er nichts Besseres vorhatte, ließ er sich von dem Dicken zu einer Hütte am Rand der Siedlung führen. Als er hineinblickte, hatte er verstanden.
Vier Frauen waren dort, alle jung, ziemlich korpulent und schmutzig. Als sie ihn sahen, sprangen sie vom Boden auf, wo sie auf einfachen Matten gesessen hatten, und plapperten auf ihn ein. Zwei von ihnen hatten große Zahnlücken. Der Mestize schob sich an ihm vorbei in die Hütte, griff nach der Jüngsten, öffnete ihre verwaschene Bluse und nahm eine ihrer Brüste in seine plumpen Hände. »Groß, gut!« rief er und strahlte ihn an. »Wenig Milreis, noch weniger Dollar!»
Thomsen starrte ihn und seine Frauen verächtlich an und wollte sich schon abwenden, als sein Blick zufällig in die hintere Hälfte der Hütte wanderte. Dort hockte ein Junge und sah ihn gleichgültig an. Er war vielleicht zwölf Jahre alt und schien Thomsen eine Mischung aus Indio und Schwarzem zu sein. Für ein paar Augenblicke blickte er ihn abschätzend an, dann lächelte er dünn. »Den da nehme ich«, sagte er zu dem Mestizen und warf ihm ein paar zerknitterte Geldscheine zu.
Ein paar Stunden später war Thomsen zurück. Er war entspannt, gutgelaunt und auf angenehme Weise müde. Forster saß in seiner Kabine und las. »Es freut mich, daß es Ihnen wieder besser geht, Professor!« meinte Thomsen zu Begrüßung.
Forster verzichtete auf eine Erwiderung und reichte

ihm statt dessen einen Zettel. »Das ist für Sie«, sagte er ausdruckslos.
Thomsen faltete ihn auseinander und las. Mit einem Schlag war seine Müdigkeit verflogen und hatte einer lauernden Spannung Platz gemacht. »Wie haben Sie das bekommen?« fragte er leise.
»Jemand hat es unter der Tür hindurchgeschoben«, antwortete Forster, dem die ganze Sache sichtlich unangenehm war.
»Aber Sie können mir natürlich nicht zufällig sagen, wer es gewesen war?« meinte Thomsen spöttisch.
Der Profesor schüttelte den Kopf. »Ich war noch etwas … müde. Bis ich mich erhoben und nachgesehen hatte, war der Gang vor der Kabine schon wieder leer.«
Thomsen sah ihn prüfend an. Auf der Vorderseite des Zettels hatte jemand in krakeliger Handschrift seinen Namen geschrieben. »Haben Sie den Zettel gelesen?« fragte er.
»Natürlich nicht!« antwortete Forster empört, doch er war ein schlechter Lügner.
»Das macht nichts«, entgegnete Thomsen spöttisch und lächelte dünn. Auf der Rückseite des Zettels stand in derselben ungelenken Schrift nur ein Satz: »Thomsen, achten Sie auf Heinrich Parsch, Erster Funker!«

Weil er in der Nacht erst spät und nach zwei oder drei guten Cognacs zu Bett gegangen war, hatte Rafael Schoschowski wie ein Toter geschlafen. Von der Landung in Recife hatte er nichts gespürt, doch war er wachgeworden, als Annegret die Kabine verlassen hatte – angekleidet und dezent geschminkt, das heißt, sie mußte schon eine ganze Zeit vor ihm aufgestanden und sich bereits im Waschraum frischgemacht haben. Sie hatte zu ihm kein Wort gesagt, ihn nicht einmal eines Blickes gewürdigt. Mit der Mühseligkeit des Schlaftrunkenen hatte er sich von der Liege hochgestemmt und war benommen nach hinten zum Waschraum getaumelt, wo er sich mit einem mit Kölnisch Wasser getränkten weichen Lappen Stirn und Nacken so lange massierte, bis er wieder einigermaßen klar denken konnte und manierlich aussah. Professor Forster, der in einem komischen weißen Nachtgewand am anderen Waschbecken stand und sich umständlich rasierte, grüßte er nur mit einem kurzen »Guten Morgen!« Seine Stimme hörte sich belegt an.
Dann hatte sich dieser seltsame, unhöfliche Begleiter des Professors in den Waschraum gedrängt und Forster wie ein ungezogenes Kind hinausgezerrt. Schoschowski fand dies höchst ungewöhnlich, ja geradezu empörend. Doch er hatte selbst so schon genug Sorgen und mischte sich deshalb nicht ein.
Statt Krawatte schlang er sich ein blütenweißes Seidentuch um den Hals und stopfte den aufwendigen Knoten in den Kragenausschnitt seines Hemdes – auch ein Privileg, das nur Musiker genießen durften. Als Schoschowski endlich sein beeindruckendes Äußeres wieder hergestellt hatte und in den Salon trat wie ein Tenor, der im ersten Akt auf die Bühne schreitet, sah er

seine Frau nur noch durch das Fenster der Gondel: Annegret verschwand zwischen den ärmlichen Hütten Recifes. Beunruhigt fragte er sich, was sie dort vorhaben mochte.
Er sah sich verstohlen um. Am anderen kleinen Tisch diagonal gegenüber saßen Forster und sein unverschämter Begleiter und frühstückten schweigend. Der Professor sah bedrückt aus, doch der Blonde wirkte so ungerührt, als hätte die erniedrigende Szene im Waschraum nie stattgefunden. Die anderen Plätze waren noch leer. Allerdings hatte sich jetzt von den Kabinen bis zu den Waschräumen und Toiletten ein kleiner Pendelverkehr müde schlurfender oder aufgeregt hin und her tänzelnder Passagiere in Bademänteln, Pyjamas und seidigen Nachtgewändern entwickelt, so daß es im Salon nicht mehr allzu lange ruhig bleiben würde. Dann könnten alle Passagiere sehen, daß der berühmte Dirigent Rafael Schoschowski ohne seine Frau frühstückte; er säße allein an seinem Tisch wie auf einem peinlichen Präsentierteller. Was war bloß in Annegret gefahren?
Hastig beschmierte er ein Brötchen mit Honig und schlang es mit zwei Tassen Kaffee hinunter. Dann stand er auf und ging zum Ausgang. Er hatte kein richtiges Ziel außer dem, den Salon verlassen zu haben, bevor die anderen – »die Meute« – wie er zu Annegrets Mißfallen grundsätzlich alle Gruppen ihm kaum bekannter Menschen nannte – sich über das Frühstück hermachen würden.
Sollte er auch durch die Armenviertel von Recife bummeln, seiner Frau hinterher? Und wenn er ihr begegnete? Irgendwie hatte Rafael Schoschowski das Gefühl, daß es dabei nur zu einem peinlichen Zusammentref-

fen kommen könnte. In die Kantine der Deutschen Zeppelin Reederei, wo jetzt sicherlich ein Großteil der Besatzung saß? Da wäre er nur vom Regen in die Traufe gekommen, von einem Präsentierteller auf den anderen gesprungen.
Dann sah er rund dreihundert Meter die staubige Straße hinunter, am Rande des Flugfeldes ein wartendes Taxi. Es war nur ein uralter, dreckbespritzter und ziemlich verbeulter Ford T, doch das einzige Auto weit und breit. Der Fahrer, der, wie Schoschowski zu seinem Mißfallen bemerkte, mindestens genauso dreckbespritzt und verbeult wirkte wie sein Gefährt, verbeugte sich lächelnd. Es war ein Schwarzer, und sein Mund gab ihm etwas Dämonisches, denn die vier Vorderzähne oben und unten fehlten, so daß seine Eckzähne extrem groß wirkten – wie die Hauer eines Keilers.
Schoschowski hatte eigentlich noch immer keine klare Vorstellung, was er in Recife wollte. Doch während der Fahrer nach vorn ging, um sein vorsintflutliches Gefährt mit der Kurbel anzuwerfen, dachte er zum ersten Mal wirklich über die Stadt nach. Vor ihrer Südamerika-Tournee hatte er alle Bücher über Brasilien gelesen, deren er habhaft werden konnte. Recife, irgend etwas war in Recife... Ein Kloster, ein von Deutschen geführtes Kloster. Er versuchte, es dem Mann mit den Wildschweinhauern mit den wenigen portugiesischen Sprachbrocken, die er inzwischen beherrschte, klarzumachen, was erstaunlich schnell gelang. »São Bento de Olinda!« rief der Fahrer. Offensichtlich waren im Laufe der Jahre schon einige Zeppelin-Passagiere auf diese Idee gekommen.
Der Ford ruckelte und sprang über die schlechten

Straßen, so daß sich Schoschowski festklammern mußte, um nicht hinauszufallen. Beinahe hätte er sein Frühstück wieder von sich geben müssen, doch zum Glück dauerte die Fahrt nur zwanzig Minuten. São Bento de Olinda war ein kleines Kloster im brasilianischen Barockstil am Hügel mit Blick auf Recife. Dunkle Feuchtigkeitsschlieren hatten sich tief in den an einigen Stellen abblätternden weißen Putz gefressen. Ob es die salzige Meeresluft war oder der feuchte Dunst des nahen Dschungels, der dem Gebäude so zusetzte, vermochte Schoschowski nicht zu sagen.

Ein junger einheimischer Mönch öffnete ihm und führte ihn auf seine Bitten zu einem älteren deutschstämmigen Padre, einem hageren, gleichmütig blickenden Mann, der sich als Dom Sebastião Heber Vieira da Costa vorstellte. Schoschowski, der nur aus reiner Verlegenheit bis hier hinaus gefahren war und sich nicht wirklich für São Bento de Olinda interessierte, raffte sich zu einem halbherzigen Versuch auf, echte Neugier vorzutäuschen, und stellte ein paar Fragen. Der Padre, der dies entweder durchschaute oder der diese Fragen von Zeppelin-Passagieren einfach schon zu oft gehört hatte, antwortete höflich, aber ebenfalls mit deutlichem Desinteresse.

Sie waren beide erleichtert, als Schoschwoski darum bat, sich ungestört umsehen zu dürfen. Der Padre deutete auf den Kreuzgang, in dessen Mitte sie sich getroffen hatten, und auf die kleine, geduckt wirkende Kirche und sagte: »Dies steht Ihnen selbstverständlich zur Verfügung. Die anderen Räumlichkeiten ... nun, wir sind kein Museum.« Dom Sebastião lächelte dünn, verbeugte sich und verschwand in einer der »anderen Räumlichkeiten«.

Schoschowski war es ganz recht so. Er überlegte einen Augenblick ernsthaft, ob er in die Kirche gehen und dort eine Kerze anzünden solle als Fürbitte, daß es ihm in Berlin gelingen möge, seine dubiose Familiengeschichte reinzuwaschen, doch dann fand er diesen Akt zu theatralisch. Er war seit Jahren nicht mehr in einer Kirche gewesen, außerdem hatte er den Verdacht, daß es Gott, im Gegensatz zur Partei, herzlich gleichgültig sein könnte, ob er nun eine jüdische Großmutter gehabt hatte oder nicht. Also setzte er sich auf eine kleine steinerne Bank zwischen zwei Säulen des Kreuzgangs und starrte auf den leise plätschernden Springbrunnen in der Mitte des Hofs.

Inzwischen war die Sonne so hoch geklettert, daß sie ungehindert in den Kreuzgang brennen konnte. Kein Lufthauch regte sich. Der Springbrunnen, der in den Klöstern Spaniens, Italiens oder Südfrankreichs – dort, wo die Hitze trocken war – eine angenehme Abkühlung bringen mochte, war hier in dieser feuchtsatten Luft so gut wie wirkungslos. Nur im Schatten der Gänge ließ es sich gerade noch aushalten. Schoschowski erhob sich schließlich, weil er befürchtete, daß die Mittagszeit im Kreuzgang unerträglich sein müßte. Also betrat er doch die Kirche, in deren dunklen, nach Weihrauch und Kerzenwachs riechendem Innern es angenehm kühl war. Er setzte sich auf die hinterste der harten Holzbänke, drückte seine glühende Stirn gegen den kühlen, steinernen Schaft einer Säule – und nickte ein.

Er schreckte erst wieder hoch, als ihn jemand sanft auf die Schulter tippte. Dom Sebastião stand vor ihm und sah ihn, so kam es Schoschowski auf jeden Fall vor, spöttisch an. »In einigen Stunden wird das Luftschiff starten. Es ist vielleicht besser, wenn Sie jetzt gehen, bevor sich noch jemand an Bord Ihretwegen Sorgen macht.«

Verlegen stand Schoschowski auf, drückte dem überraschten Padre hastig ein paar Scheine in die Hand: »Eine Spende«, murmelte er und verließ das Kloster. Er hatte Glück und fand nach wenigen Minuten ein Taxi, das kaum weniger klapprig war als das, das ihn hierhergebracht hatte. Bald war er wieder auf dem Flugfeld.

Die Sonne stand nicht mehr weit vom westlichen Horizont entfernt, der von der grünschwarzen Dschungelwand gebildet wurde, doch es war noch nicht merklich kühler geworden. Trotzdem hielten jetzt einige Tankwagen neben den Motorgondeln des »Graf Zeppelin«. Die Mechaniker und einige brasilianische Techniker bereiteten die Betankung vor. Schoschowski betrat den Salon. Er war leer, die anderen Passagiere mochten in ihren Kabinen sein, in Recife, in der Kantine oder sonstwo. Der Raum lag zwar im Schatten der gewaltigen Zeppelinhülle, doch es regte sich kein Lufthauch. Schoschowski glaubte plötzlich, ersticken zu müssen. Mühsam zog er sein Seidentuch aus dem Hemdkragen und wischte sich damit gedankenlos über die Stirn, dann raffte er sich auf und ging mit betont gemessenen Schritten quer durch den Salon und zu seiner Kabine. Es konnte ja immer möglich sein, daß ihn jemand beobachtete.

Halb erwartete er, Annegret in der Kabine zu treffen, doch er wurde enttäuscht: Der schmale Raum war leer. Er ließ sich keuchend auf die Bank fallen. Er konnte sich nicht erinnern, sich jemals so erschöpft gefühlt zu haben. Es war nicht nur die tropische Hitze, sondern auch die nervliche Anspannung, die ihn langsam zermürbte. Nachdem er sich eine halbe Stunde lang erholt hatte, ging er in den Waschraum und machte sich frisch, dann wollte er noch ein wenig um den »Graf Zeppelin« schlendern, dessen Vorbereitungen für die Atlantiküberfahrt sich, soweit er das beurteilen konnte, ihrem Ende näherten. Ein Tankwagen fuhr gerade davon.

Er war schon auf der Aluminiumtreppe vor der Tür, als ihm der junge Stewardgehilfe hinterhergelaufen kam und rief: »Ein Funktelegramm aus Berlin!«

Er zwang sich zu einem Lächeln, doch seine Hände zitterten, als er das Blatt entgegennahm. Er mußte den Drang in sich niederkämpfen, den Zettel zu zerknüllen oder in tausend Fetzen zu zerreißen. Schnell sah er sich um: Niemand war in der Nähe. Trotzdem ging er zurück in die Kabine, schloß sorgfältig ab und faltete erst dann das Formular auseinander. Der Absender war, wie er befürchtet hatte, sein Bewunderer im Innenministerium, doch er brauchte einige Zeit, bis er den Sinn dieser Botschaft wirklich verstanden hatte: »geruechte rmvp – stop – gezielte veroeffentlichung in montagspresse moeglich – stop – bemuehe mich um klaerung.«

Es dauerte lange, bis Schoschowski enträtselt hatte, daß »rmvp« das Reichsministerium für Volksaufklärung und Propaganda meinte, und noch länger, bis er die wirklichen Implikationen dieser Nachricht begriffen hatte. Natürlich hatte er Feinde und Neider in Berlin. Wenn sich einer von ihnen an das Propagandaministerium wenden und dort einen Zeitungsartikel über den »Vierteljuden Schoschowski« lancieren konnte, dann wäre alles verloren. Dann gäbe es nichts mehr zu

vertuschen, nicht der Öffentlichkeit und der Partei gegenüber und schon gar nicht Annegret.
Würde man ausgerechnet im Propagandaministerium ihn, einen der berühmtesten Kulturschaffenden des Dritten Reiches, so desavouieren? Es wäre unsinnig und dumm. Aber hatte nicht Goebbels oder Göring oder irgendeine andere Parteigröße noch vor ein paar Wochen gesagt: »Bei Juden hört der Spaß auf!« Es gab genug Männer in der Partei, deren Fanatismus groß genug war, um sogar auf einen SS-Mann loszugehen, wenn sich herausstellen sollte, daß er nicht »astreine« Vorfahren hatte, von einem Dirigenten ganz zu schweigen.
Schoschowski dachte plötzlich an die beiden Journalisten, die auf dem »Graf Zeppelin« mitfuhren. Es war lächerlich. Und doch – warum eigentlich waren sie an Bord? Dieser Jaeger schrieb für die »Frankfurter Zeitung«, das angesehenste Blatt in Deutschland und berühmt für sein Feuilleton. Wäre das der geeignete Platz, um einem bekannten Dirigenten den publizistischen Todesstoß zu versetzen? Oder eher der »Völkische Beobachter«, für den der andere Kerl schrieb, dessen Namen er vergessen hatte? Das würde bedeuten, daß auch höchste Stellen ein Interesse daran hatten – und daß der Artikel vor Häme tropfen würde. Schoschowski schloß die Augen und lehnte sich zurück. »Alles vorbei!« murmelte er.
Wieder dachte er daran, einfach Schluß zu machen. Die letzte Flucht anzutreten. Endgültig Ruhe zu haben. Es war eine verführerische Vorstellung. Wäre ein schäbiger Selbstmord jedoch ein würdiges Ende seiner Karriere? Mit vor Gift verzerrten Zügen und heraushängender, blauschwarzer Zunge gefunden werden? An

einem selbstgeknoteten Strick erhängt wie ein gemeiner Verbrecher? Mit einem Kopf, von der Gewalt einer Pistolenkugel zerfetzt wie eine überreife Tomate? Ihm schauderte.

Wenn er Schluß machte – falls er überhaupt Schluß machte –, dann nur, wie es einem Mann seines Rufes zukam: heldenhaft unterzugehen in einer schrecklichen Katastrophe, sein Leben in einem tragischen Fanal enden zu lassen, so groß und gewaltig, daß nie jemand auf die Idee kommen würde, es könnte Selbstmord gewesen sein. Er versuchte, sich auszumalen, wie er den »Graf Zeppelin« in einer gewaltigen, wagnerianischen Lohe vergehen lassen könnte: Rafael Schoschowskis letzte, spektakulärste Inszenierung …

Arthur Ohlbaum gehörte nicht zu den Menschen, die ihre Armbanduhren gedankenlos bis zum Anschlag aufzogen oder sonstwie mit ihnen herumspielten. Vor jedem Abendessen nahm er seine Uhr langsam vom linken Handgelenk ab und zog sie sorgfältig auf, wobei er die Krone sanft, beinahe zärtlich zwischen seine Fingerspitzen nahm, aus Angst, mit zuviel Gewalt die empfindliche Welle verbiegen oder überdehnen zu können. Von diesem Ritual ließ er sich auch durch den Start in Recife nicht abhalten: Während alle anderen gebannt aus den Fenstern starrten, setzte er sich hin und widmete sich ungefähr eine Minute lang nur seiner Uhr.

Es war jetzt Dienstag abend gegen 20 Uhr – noch ungefähr vier Stunden, und er wäre dreißig. Nachdem er seine Uhr wieder angelegt hatte, gesellte er sich erneut zu Steicher und seiner aufregenden »Sekretärin«. »Kolossal«, sagte der dicke Funktionär immer wieder, »kolossal.« Ohlbaum konnte beim besten Willen nicht erkennen, was draußen so Beeindruckendes vor sich gehen sollte, doch er war klug genug, hin und wieder zustimmend zu nicken.

Die letzten Tankwagen waren gerade rumpelnd davongefahren. Einige Soldaten ließen kleine, mit Wasserstoff gefüllte Ballons in den Himmel steigen. Kapitän von Schiller verfolgte ihre Bahn mit einem Spezialtheodeliten bis in über einen Kilometer Höhe. So informierte er sich exakt über die Luftströmungen in der Höhe. Ohlbaum schüttelte den Kopf über diese Verschwendung. Das mochte in Friedrichshafen, Frankfurt oder Lakehurst sinnvoll sein, wo das Wetter veränderlich war. Doch hier in Recife, wo die Winde so regelmäßig wehten, war es nur ein überflüssiges Ritual. Er nahm sich vor, es nach der Landung in Friedrichshafen der Buchhaltung zu melden. So ließen sich pro Fahrt sicherlich einige Dutzend Reichsmark einsparen. Erst dann fiel ihm wieder ein, daß er, wenn sein Plan funktionieren sollte, die Abteilung »Buchhaltung« der Deutschen Zeppelin Reederei nie wiedersehen würde.

Halbnackte Arbeiter und brasilianische Soldaten hat-

ten die Haltetaue ergriffen, die jedoch noch so lange schlaff herunterhingen, wie der »Graf Zeppelin« am Landemast fest vertäut war. Allerdings machten sich dort jetzt drei Mann zu schaffen. Der ballastbeladene Eisenbahnwaggon, auf den sich die riesige Heckfinne des Luftschiffes stützte, war schon vor ungefähr einer Stunde von schwitzenden Männern über den Schienenhalbkreis gezerrt worden, so daß die Spitze des Zeppelins im Abendwind lag. Ein Offizier lehnte sich weit aus dem Fenster und schrie durch das Megaphon Kommandos zur Bodenmannschaft hinunter.
Ein leises Zittern lief fast unmerklich durch den Giganten. Dann sah Ohlbaum, wie der Haltemast und die lachenden und winkenden Bodenmannschaften, die Wiese, die staubige Straße und die ärmlichen Hütten am Rande des Flugfeldes langsam unter ihm kleiner wurden. Sanft wie ein Blatt, das von einem Lufthauch emporgehoben wird, schwebten sie nach oben. In fünfzig, sechzig Meter Höhe erwachten die Motoren mit ihrem entfernten Grollen.
Der »Graf Zeppelin« nahm Fahrt auf und fuhr zuerst am Kloster São Bento de Olinda vorbei in einem Halbkreis über Recife, wo die Leute auf der Straße stehenblieben und winkten, bis hinaus auf den Atlantik. Ohlbaum stand auf und lehnte sich auch weit aus dem Fenster. Der Fahrtwind war schwer vor Feuchtigkeit, warm und roch nach dem Moder des Dschungels und nach Salzwasser. Mit starr gegen den Stirnbügel gepreßtem linken Zeigefinger hielt er seine dicke Brille fest, damit sie ihm der Wind, der seine wenigen fahlen Haare zerzauste, nicht vom Kopf wehen konnte. Andere Passagiere hatten sich ebenfalls weit hinausgelehnt. Sie starrten alle nach vorn, hinaus auf den Atlan-

tik, dort, wo in einigen Tagen Afrika und Europa auftauchen sollten. Ohlbaum war der einzige, der zurücksah. In einigen Kilometer Entfernung kam ihm Recife so vor wie ein schmales helles Band, eine Insel der Zivilisation, im breiten schwarzgrünen Dschungelrand, der sich hinter der vielfach unterbrochenen weißen Linie der brechenden Wellen auftürmte. Dann war es in der dunstigen Luft gar nicht mehr zu unterscheiden vom Rest des dunklen Strichs am westlichen Horizont, der Brasilien jetzt nur noch war.
Ohlbaum fühlte sich auf unbestimmte Art verbittert und leer. »So«, dachte er, »muß sich Columbus gefühlt haben, nachdem er Amerika entdeckt hatte und es wieder verlassen mußte.«
Er betrachtete wieder seine Uhr. Wie gern hätte er eine Jaeger LeCoultre Reverso gehabt, elegant und modern und mit einer wundervollen, ausgeklügelten Mechanik, die es erlaubte, die Oberseite mit dem kratzempfindlichen Glas nach innen zu drehen und den soliden Metallboden nach außen. Das war männlich, aber nicht protzig, elegant, aber nicht snobistisch, avantgardistisch, aber nicht unpraktisch – kurz, es hatte Stil, fand Ohlbaum, dessen große Leidenschaft Armbanduhren waren. Wenn andere sich in Briefmarken, Modelleisenbahnen oder Tauben vernarrt hatten und alles darüber lasen, dann fand er es bei weitem würdevoller, sich in Bücher und Prospekte über diese nützlichen mechanischen Wunderwerke zu versenken.
Leider reichte sein Gehalt nicht für die Verwirklichung seines Traums und würde auch nie dafür reichen. An seinem Handgelenk hing eine tonneauförmige, stählerne ZentRa für fünfunddreißig Reichsmark – eine Allerweltsuhr, die seine Finanzen bereits gehörig

durcheinander gebracht hatte. Ohlbaum drehte den Kopf, blickte nun nach Osten und lächelte grimmig in den Fahrtwind: »Bald werde ich mir alle Uhren dieser Welt leisten können, nicht mehr nur ihre Prospekte!« dachte er. Dann setzte er sich wieder zu Augustus Steicher, seiner verführerischen Begleiterin und dem seltsam verschüchterten Inka-Forscher zum Abendessen an den Tisch.

Er hatte es bereits aufgegeben, Steicher unauffällig nach dem auszuhorchen, was er im Gepäck hatte. Ohlbaum hatte darauf weniger aus Furcht vor dem möglichen Mißtrauen des Parteibonzen verzichtet, der ein Schwätzer war, den man leicht einwickeln konnte, sondern aus Vorsicht gegenüber seiner arroganten Begleiterin, die es nicht einmal für nötig gehalten hatte, ihm ihren Namen zu sagen, ihn aber ständig zu belauern schien. Erich Bäcker, der vierte Mann ihrer Tischrunde, war ihm gänzlich rätselhaft. »Ein noch größerer Versager, als ich es bin!« hatte Ohlbaum in einer seiner bitteren Anwandlungen gedacht, doch wirklich sicher war er sich dessen nicht.

Heute abend langweilte sie Steicher mit einer lauten, weit ausholenden Beschreibung der demnächst öffnenden Reichskunstausstellung »Schaffendes Volk« in Düsseldorf. Ohlbaum täuschte Aufmerksamkeit vor und starrte zwischendurch hinaus auf den Atlantik, wo das Wasser in der untergehenden Sonne die Farbe glühender Bronze annahm. Zwei kleine Wolkenbällchen standen schräg über ihnen, ansonsten schien es nichts mehr zu geben zwischen dem endlosen Meer und dem Himmel als den »Graf Zeppelin«.

Zu Ohlbaums heimlichen Entsetzen bereitete Steicher nach dem Nachtisch eine der feinen, teuren weißen

Stoffservietten der Deutschen Zeppelin Reederei vor sich auf dem Tisch aus, zog einen schweren, vergoldeten Füllfederhalter aus einer Uniformtasche und fing an, etwas zu skizzieren. »Edwin Scharff – guter Name, nicht wahr, nomen est omen, überzeugter Nationalsozialist, Akademieprofessor – hat das entworfen. Wird den Eingang flankieren. Kolossal.«
Ohlbaum brauchte ein paar Augenblicke, bis er begriffen hatte, daß Steicher immer noch von der Ausstellung »Schaffendes Volk« sprach, dann sah er zu seinem Erstaunen, wie die plumpen, behaarten Finger des Parteifunktionärs in wenigen, schnellen Strichen eine beeindruckende Skizze der Skulptur auf die Serviette warfen: ein sich aufbäumendes Pferd, am Zaumzeug gehalten von einem muskulösen nackten Mann. »Zwölf Meter hoch, ganz aus Granit. Zwei davon. Kolossal«, schnaufte Steicher.
Ohlbaum war alarmiert. Er hätte dem stiernackigen Funktionär soviel Talent nicht zugetraut und fragte sich jetzt, ob er ihn auch in anderen Bereichen sträflich unterschätzte. Würde Steicher plötzlich unvermutete Qualitäten auch dort zeigen, wo es für Ohlbaums Vorhaben kritisch wurde? Was sollte er tun, wenn sich der Parteibonze doch nicht so leicht täuschen ließ wie gedacht? Es wäre Ohlbaums Ende.
Nach dem Cognac verbeugte er sich kurz vor ihm und seiner Begleiterin, nickte auch Bäcker zu, der den ganzen Abend auf beinahe schon peinliche Weise geschwiegen hatte, stand auf und schlenderte wieder zum Fenster. Er hatte Mühe, seine Erregung nicht nach außen dringen zu lassen.
Unauffällig sah er sich um. Am zweiten Sechsertisch schräg gegenüber in der anderen Ecke des Raumes

saßen die Livingstons mit ihrer Dienerin und den beiden Journalisten. Gerry Livingston wirkte eindeutig nervös und trank sehr schnell einen Cognac nach dem anderen, was seine stark geschminkte Frau, deren Glas weißen Rheinweins noch so gut wie unberührt war, mit mißbilligenden Blicken, aber schweigend quittierte. Die Tochter unterhielt sich angeregt mit Jaeger und Krauss, die ihre Stühle jeweils etwas vom Tisch weggerückt und zu ihr hingedreht hatten. Hell klang ihr Lachen durch den Raum, Ohlbaum vermutete, daß sie einen kleinen Schwipps hatte. Sie schien aufgeregt zu sein – ob wegen der Fahrt im Zeppelin oder des Flirts mit zwei Männern, konnte er nicht sagen. Er vermutete, daß die beiden Journalisten ihr nur deshalb soviel Aufmerksamkeit schenkten, weil Annegret Schoschowski zu berühmt war, Steicher seine aufregende Begleiterin demonstrativ mit Beschlag belegt hatte und sonst keine andere attraktive Frau mit ihnen reiste. Allerdings schien sich Jaeger wirklich aufrichtig um die junge Amerikanerin zu bemühen – was seinen Kollegen, der aus irgendeinem Grund sowieso schon schlecht auf ihn zu sprechen war, zusätzlich verärgerte. »Diese Idioten!« dachte Ohlbaum mit einer Mischung aus Überlegenheitsgefühl und Minderwertigkeitskomplexen. Er fand Sarah Livingston pummelig und albern. Sein Blick wanderte zur Dienerin, die, von niemandem beachtet, schweigend am Tisch saß, geistesabwesend mit einem kleinen, abgegriffenen Silberkreuz spielte, das an ihrem Hals hing, und ab und zu an ihrem Glas Rotwein nippte. Maria Ficcini – er hatte, wie es seiner Gewohnheit als Buchhalter entsprach, sich vor der Abfahrt in Rio von der Deutschen Zeppelin Reederei eine komplette Passagierliste besorgt und die Namen aller Reisenden in einer ruhigen Minute auswendig gelernt. Er schätzte die Italienerin auf fünfundzwanzig, sie war mittelgroß und kräftig und hatte ihre dichten schwarzen Haare zu einem Dutt zusammengebunden. Ihre dunklen Augen hatte sie gelangweilt auf den Tisch gerichtet, doch plötzlich blickte sie auf und zu ihm hinüber – und schenkte ihm für einen Augenblick ein freundliches, verschwörerisches Lächeln.

Ohlbaum wurde rot und grinste verlegen zurück. Er fragte sich, ob ihr Lächeln nicht mehr als nur freundlich oder schon auffordernd war. Frauen wie Steichers blondierte Begleiterin oder Annegret Schoschowski schüchterten ihn so sehr ein, daß er nicht einmal davon träumte, sie zu besitzen. Er machte sich keine Illusionen darüber, daß er ihren hochgezüchteten Ansprüchen niemals genügen würde, in der feinen, internationalen Gesellschaft nicht und auch nicht im Bett. Selbst Sarah Livingston verunsicherte ihn, obwohl sie albern und vielleicht sogar noch Jungfrau war – doch für seinen Geschmack war sie viel zu reich und verwöhnt.

»Aber die Ficcini ist mein Kaliber!« dachte er. Sie war wie Lúcia, nur jünger: zu kräftig und unelegant, als daß sie vielen Männern aufgefallen wäre, aber sicherlich leidenschaftlicher als seine Verlobte oder die anderen grauen Mäuse in Friedrichshafen, die bereit wären, mit ihm auszugehen. Wäre er nicht schon als einfacher Buchhalter ein sozialer Aufstieg für sie, die nur Dienerin war? Er würde ihr imponieren können – wenn er denn je mit ihr sprechen könnte. Ohlbaum seufzte. Er wünschte sich, sich jetzt einfach lässig vom Fenster zu lösen, mit federndem, selbstsicheren Schritt quer durch den Salon zu gehen, Maria Ficcini charmant lächelnd anzusprechen und ... Und dann was? Eine Bar gab es an Bord des »Graf Zeppelin« nicht, erst recht keine Tanzfläche. Sollte er einfach zu der ihm vollkommen unbekannten Dienerin einer steinreichen amerikanischen Familie hingehen und sie vor allen Passagieren in seinem in mühsamen Abendkursen angeeigneten holprigen Italienisch fragen, ob sie mit ihm auf die Kabine gehen möchte? Lächerlich!

In ohnmächtiger Wut ballte Ohlbaum die Fäuste, atmete dann tief durch und starrte wieder hinaus. Der Vollmond stand wie ein riesiger, aber fahler Flakscheinwerfer am Himmel und zauberte weißsilberne Muster auf das Meer. Es war sehr schwierig, das unter diesen Bedingungen zu schätzen, doch Ohlbaum vermutete, daß sie zur Zeit zweihundert oder dreihundert Meter hoch über dem Atlantik dahinfuhren. Der »Graf Zeppelin« über dem Ozean kam ihm plötzlich so vor wie ein langsam brummender Käfer, der knapp über einen riesigen Silberteller hinwegschwirrte.

Fernando de Noronha tauchte unter ihnen auf, der letzte Außenposten Brasiliens, die Gefangeneninsel. Für einen Augenblick traten alle Passagiere an die Fenster, als der Steward sie darauf hinwies, und Ohlbaum fühlte sich auf unbestimmte Art bedrängt. Fernando de Noronha bestand aus einer bergigen, wild zerklüfteten Landschaft und mehreren vorgelagerten, kleineren Inseln. Eine wild und abweisend nach oben ragende Felsnadel nannte man den »Finger Gottes«, obwohl sie Ohlbaum eher so vorkam wie eine gigantische Hand, die sich zum Führergruß aus dem Berg quetschte. Auf dem Hinweg hatte er beobachtet, wie einige hundert zerlumpte Gefangene aus ihren schäbigen Hütten gestürzt kamen und wie verrückt zu ihnen hochgewunken hat-

ten, so, als hätten sie die absurde Hoffnung, mitgenommen zu werden. Jetzt war Fernando de Noronha nur ein bizarr gezacktes, stilles schwarzes Gebirge inmitten der Silberscheibe des Atlantiks. Nach einigen Minuten setzten sich die anderen Passagiere wieder, Ohlbaum hatte die Gelegenheit, dem »Finger Gottes« schnell und heimlich mit einem spöttischen Hitlergruß zu antworten.
»Gleich bin ich dreißig!« dachte er voll hilfloser Wut, während er seinen Körper in einer unnatürlichen Verrenkung dicht an die nach außen geneigten Fenster gedrängt hatte, damit keiner der anderen Passagiere sehen konnte, wie eine Erektion die leichte Hose seines hellen Sommeranzuges ausgebeult hatte. Er fühlte sich, als sei er immer noch der pubertierende, bei den Mädchen des Dorfes hilf- und hoffnungslose Schüler von vor fünfzehn Jahren.
Dann dachte er an sein Vorhaben. Wenn es ihm gelingen sollte, Steichers geheimnisvolle Schmuggelware unerkannt zu stehlen, dann würde ihn zwar eine wie Annegret Schoschowski immer noch nicht ansehen und eine wie die blonde Puppe von Steicher würde ihn nur so lange ausquetschen, bis sie genug Geld von ihm hätte, aber eine wie Maria Ficcini – die würde mit Arthur Ohlbaum, einem reichen, cleveren Arthur Ohlbaum, nicht nur ins Bett, sondern auch bis ans Ende der Welt gehen. Er gab sich wilden Träumen hin, die, so paradox es auch war, ihn nach und nach ruhiger machten. Schließlich brachte er es sogar fertig, seinem Spiegelbild im Fenster zuversichtlich zuzulächeln.
Als er sich wieder dem Salon zuwandte, sah er, wie die Schoschowskis gerade den Raum verließen. Der Professor und Thomsen waren schon verschwunden, ebenso Erich Bäcker. Steicher saß noch am Tisch und

schüttete so regelmäßig Cognac in sich hinein, als wolle er sich systematisch Mut antrinken. Die Blondine saß daneben und unterhielt sich flüsternd mit ihm. Ihr verführerischer Mund lächelte, doch ihre Augen blickten kalt und berechnend wie die einer Schlange, die nach dem Biß wartet, bis ihr Gift beim Opfer anfängt zu wirken. Am gegenüberliegenden Sechsertisch hatten Jaeger, Krauss und die Livingstons angefangen, »Siebzehn und Vier« zu spielen. Maria Ficcinis Rolle schien dabei die des Croupiers zu sein, der Karten ausgibt und ansonsten nicht in das Spiel eingreift.

Als Ohlbaum eine Flasche Sekt bestellte, zeigte der Steward für einen winzigen Augenblick so etwas wie Überraschung und unbestimmte Mißbilligung, doch dann brachte er ihm in einem großen, eisgefüllten Kühler eine Flasche Deinhard Kabinett und einen breiten Sektschwenker.

Ohlbaum hätte lieber einen schmalen Kelch gehabt, nicht weil er zu den Kennern gehörte, die behaupteten, daß in schmalen Gläsern Champagner und Sekt nicht so schnell ihr Prickeln verlören wie in breiteren, sondern weil in solchen der perlende Sekt beim Trinken ungehindert seine dicken Brillengläser mit einem Schleier winzigster süßer Tropfen überziehen konnte. Doch heute abend ließ er sich davon nicht irritieren. Sorgfältig nahm er seine Brille ab, klappte sie zusammen und steckte sie in seine linke Hemdtasche, dann wandte er sich mit einem randvollen Sektglas dem Fenster zu.

Ohne Sehhilfe war er zwar halbblind – der Mond ein diffuser Lichtfleck, der Atlantik eine schwarzsilberne Aura vager Konsistenz irgendwo unter ihm –, doch das störte ihn jetzt nicht. Als seine ZentRa Mitternacht an-

zeigte, hob er das Glas und trank dem unbestimmbaren Draußen zu, das ein sehr gutes Spiegelbild seiner Gefühle abgab. »Dreißig«, flüsterte er.
Halb hoffte, halb fürchtete er, daß ein paar Passagiere – vom Steward oder Zahlmeister heimlich informiert – zu ihm kommen würden, um ihm ein Ständchen oder etwas anderes darzubringen, das ihn unglaublich verlegen machen würde, doch niemand achtete auf ihn.
Rasch trank er noch zwei Gläser, bis er merkte, wie ihm der Deinhard gleich einem sanften, zähen Nebel in den Kopf stieg. Er fühlte sich schwer und leicht zugleich, angenehm entspannt und doch voll schwer bezähmbarem Tatendrang. Seine Geduld wurde auf keine sehr lange Probe mehr gestellt, denn gegen Viertel nach Zwölf stand Steicher mühsam auf. Sein Gesicht war vom Cognac gerötet. »Kolossal«, murmelte er und nickte Ohlbaum fahrig zu, dann straffte er schnaufend seinen Körper und versuchte, halbwegs erfolgreich mit geradem Schritt die Tür zum Kabinenflur zu erreichen. Die Blondine folgte ihm, ohne nach links oder rechts zu blicken.
Ohlbaum sah ihnen nach und überlegte. Er hoffte, daß Steicher noch nüchtern genug war, um jetzt seine »Sekretärin« zu besteigen. Dann wäre er nicht nur beschäftigt und anschließend todmüde, sondern würde damit auch seine beunruhigende Begleiterin eine Zeitlang blockieren. Bei den Livingstons und den beiden Journalisten ging es hoch her, alle lachten, selbst die stark geschminkte Frau und Maria Ficcini. Jaeger und die Tochter flirteten ausgelassen miteinander. Die anderen Passagiere waren in ihren Kabinen, der Steward in der Kombüse. Niemand achtete auf ihn. Langsam stellte Ohlbaum den Deinhard ab, drückte sich an den

Fenstern und der vorderen Trennwand entlang und schlüpfte dann lautlos in den Gang Richtung Kommandobrücke.
Hier hing dicht unter der Decke eine fingerdicke Kordel. Er zog an ihr und holte so eine nach oben führende Klappleiter aus Aluminium zu sich herab. Hastig und ungeschickt kletterte er hoch und klappte die Leiter wieder ein. Mit klopfendem Herzen sah er sich um. Er stand in einer halbdunklen Welt, die eher den Eingeweiden eines Wals oder den gigantischen Kulissen eines surrealen Theaterstückes glich, als einem planvollen technischen Meisterwerk. Es roch ungesund.
Die silberne Hülle war nur die formgebende Außenhaut für ein verwirrend kompliziertes Skelett aus miteinander mit Drähten verspannten trapezförmigen Längs- und kreisförmigen Querträgern aus dunklem Aluminium. Dazwischen waren die gewaltigen Gasblasen gespannt, die den Wasserstoff und das Kraftgas, mit dem die Motoren angetrieben wurden, enthielten. Er stand auf dem nur rund dreißig Zentimeter schmalen Boden eines etwas mehr als mannshohen und an seiner obersten, breitesten Stelle ungefähr eineinhalb Meter durchmessenden Trägers aus zusammengenieteten Aluminiumprofilen. Nach vorn stieg dieser in steilem Bogen wie die Laufschiene einer Achterbahn zum Bug hin an und erstreckte sich in sanftem Bogen mehr als zweihundert Meter weit achteraus und verlor sich dabei im Dunkeln: der mächtige Kiel des »Graf Zeppelin«.
Mit unsicherem Schritt ging Ohlbaum nach hinten. Zu beiden Seiten türmten sich gewaltige, hochhausgleiche Stoffbahnen empor, straff gespannt von Drähten und Gas. Siebzehn Zellen waberten über ihm, jede fünfzehn

Meter lang und zwanzig Meter hoch, gefüllt mit hochbrennbarem Wasserstoffgas. Darunter befanden sich fünfzehn nur unwesentlich kleinere Zellen mit Kraftgas. Im fahlen Licht lag ein matter, goldener Schimmer über den Gassäcken. Ohlbaum kannte den Namen, die Preise, die Lieferanten; »Goldschlägerhaut« nannte man das: Hunderte von zusammengenähten Rinderblinddärmen, mit einer Aluminiumbronzierung elektrisch leitfähig gemacht, damit das Gas nicht durch Funken entzündet werden konnte.
Unter den riesigen Gasblasen vollendete nur eine dünne Stoffbahn die stromlinienförmige Hülle. Ohlbaum glaubte, wenn er abstürzte, dann würde er durch die Hülle schlagen wie ein schwerer Stein durch Seidenpapier. Dann wartete zwei-, dreihundert Meter unter ihm der Atlantik. An Bord des »Graf Zeppelin« würde man nicht mal seinen letzten, gellenden Schrei hören können.
Ihm schwindelte für einen Augenblick, und er klammerte sich an einen der silbernschimmernden, faßförmigen Tanks, die in langen Reihen beidseits des Längsträgers angeschweißt waren und Benzin für die Stromgeneratoren enthielten. Daneben schwappten in großen, jetzt noch prallgefüllten Säcken Hunderte Liter Wasserballast, die vor der Landung zum Austrimmen abgelassen werden konnten.
Als er sich wieder etwas beruhigt hatte, lauschte er. Das Motorbrummen klang hier lauter als in der Gondel, jedoch immer noch gedämpft und weit entfernt. Irritierend waren die sanften Geräusche aus den gewaltigen Gassäcken. Es war ein beständiges Seufzen und Singen, ein leichtes, langgezogenes Stöhnen und Kratzen, dabei seltsam verzerrt und dumpf. »So muß

das Wasser für die Fische klingen«, dachte Ohlbaum. Menschliche Stimmen konnte er zu seiner Erleichterung nicht hören.
Er hatte lange genug bei der Deutschen Zeppelin Reederei gearbeitet, um die technischen Daten des »Graf Zeppelin« einigermaßen im Kopf zu haben. Das Gepäck der Passagiere wurde links und rechts des Kiels in speziellen, mit Stoffbahnen abgetrennten Bereichen dicht hinter der Gondel untergebracht. Er mußte also nur wenige Schritte gehen. Ohlbaum tastete sich voran. Aus dem Kommandobereich der Gondel drang ein fahles Leuchten nach oben in die riesige Hülle, irgendwo weiter hinten gab es auch eine Lichtquelle – vielleicht arbeiteten hier gerade ein paar Mechaniker –, doch das reichte nur für einen schwachen, wenige Meter weit in das Geflecht aus Aluminiumträgern, Drähten und Stoffbahnen hineinreichenden Schimmer.
Er hob eine schwere Stoffbahn an, die nicht straff gespannt war, und blickte dahinter: schwere hölzerne Vorratskisten und sauber an Leisten fixierte Werkzeuge. Im nächsten Bereich lagen Postsäcke aus Brasilien und Argentinien. Doch dann hatte Ohlbaum Erfolg. Er hob eine Bahn an Steuerbord und sah eine ganze Batterie sauber gestapelter Koffer, Reisetaschen und Seesäcke vor sich. Triumphierend lachte er auf und kroch unter dem Stoff hindurch.
Dann kam die Ernüchterung. Sobald die Stoffbahn wieder hinabgefallen war, war es hier fast stockfinster. Er hatte in seiner Aufregung nicht an eine Taschenlampe gedacht. Dann fiel ihm ein, daß er auch nichts dabei hatte, um einen verschlossenen Koffer zu öffnen, kein Taschenmesser, keinen Schraubenzieher, keine Nagelfeile. Ratlos fingerte er für ein paar Augenblicke im

Dunkeln an den Koffern herum. Zwecklos. Er konnte ja nicht einmal sehen, welche der Gepäckstücke seine eigenen waren, geschweige denn, welche Steicher gehörten.
Enttäuscht und wütend stand er in der Dunkelheit, dann schlug er verärgert mit der Faust gegen einen Koffer. Doch was immer das war, was er so traf, es war unnachgiebig hart und spitz. Tränen sprangen ihm in die Augen, er japste nach Luft, ging vor Schmerz in die Knie und hielt sich mit der Linken seine pochende Faust. Er fühlte sich besiegt und gedemütigt, ein Gefühl, das er schon seit seiner Schulzeit nur zu gut kannte. Doch er war wild entschlossen, das jetzt und für alle Zeit zu ändern. »Ich werde wiederkommen«, dachte er mit grimmiger Wut, »und dann hält mich nichts und niemand auf!«
Unbeholfen stolperte er wieder zur Stoffbahn und hob sie mit seiner immer noch schmerzenden und halb tauben Rechten an, um wieder hinauszukriechen. Er hatte sich schon halb auf den Aluminiumträger gezwängt, als er sah, wie eine Gestalt in Höhe der Gondel den Kiel hinunterschlich, genau auf ihn zu.
Ohlbaum warf sich zurück. Wenn jemand aus der Besatzung nachts in dem »Graf Zeppelin« etwas zu tun hatte, dann leuchtete er sich mit einer kleinen, ähnlich den Grubenlampen der Bergleute isolierten Taschenlampe den Weg. Nur wer – wie er – hier nichts zu suchen hatte, mußte sich heimlich und ohne Licht vorantasten. Fieberhaft dachte er nach. Wenn es niemand aus der Besatzung war, dann war es ein Passagier, der denselben Weg genommen hatte wie er. Und was für ein anderes Ziel sollte er haben, als den Gepäckraum?
Er hatte das schreckliche Gefühl, in der Falle zu sitzen.

Schon glaubte er, leise Schritte auf dem Aluminium draußen zu hören. Hastig tastete sich Ohlbaum nach hinten, fingerte an den Koffern herum, befühlte sie, zerrte an ihnen – vergeblich. Sie waren mit Netzen und Hanftauen fest miteinander verzurrt und irgendwo im Dunkeln an Ösen im Skelett des »Graf Zeppelin« festgemacht. Ohlbaum spürte, wie die Panik in ihm hochstieg. In seiner Verzweiflung begann er, auf die Wand aus Koffern und Taschen zu klettern. Er legte sich flach auf einen ledernen Reisekoffer oben und tastete mit seinen Händen in der Dunkelheit herum. Seine Rechte berührte eine glatte Fläche mit dickem Stoff bespannten Holzes, fuhr daran entlang, spürte eiserne Beschläge und Ecken: ein großer Schrankkoffer. Ohlbaum robbte über den Lederkoffer hinweg und betastete die Rückseite des Schrankkoffers. Zwischen ihr und der dicken Stoffbahn, die das äußere Ende des Gepäckabteils markierte, lagen ein paar Zentimeter Luft.
Er zwängte sich hinein. Seine Hände spürten die äußeren Haltegurte für die Koffer. Ohlbaum ging hinter dem Schrankkoffer in Deckung und klammerte sich an die Außenseite des Flechtwerks aus Stahl und Hanf wie eine übergroße Spinne, die im Netz hängt. Der silbrige Stoff der Außenhülle drückte gegen seine Schulterblätter und seinen Hinterkopf. »Wenn ich jetzt loslasse, stürze ich in den Atlantik!« dachte Ohlbaum und verfluchte den Tag, an dem ihn die Deutsche Zeppelin Reederei nach Brasilien geschickt hatte, Lúcia, die geheimnisvollen Frachtpapiere Steichers und seine verrückten Träume.
Dann hörte er, wie jemand die Stoffbahn zum Gepäckabteil vorsichtig hochhob und hindurchschlüpfte. Es folgte ein leises »Klick«, und plötzlich erfüllte der

Lichtschein einer kleinen Taschenlampe den Raum. »Verloren!« dachte Ohlbaum und schloß vor Angst und Scham die Augen. Doch es kam keine harte Hand, die ihn aus seinem Versteck hinauszerrte, keine kalt-offizielle Stimme ließ sich vernehmen, keine Hohnworte. Statt dessen Geräusche vom gegenüberliegenden Ende des Gepäckabteils, als würde dort jemand versuchen, einen Koffer zwischen anderen hervorzuzerren. Ohlbaum atmete auf.

Nach ein paar Minuten konnte er seine Neugier nicht mehr bezähmen. Der zweite Eindringling hantierte noch immer mit dem Koffer. Also zog sich Ohlbaum ganz langsam in seinem Versteck hoch, so weit, bis er schließlich einen raschen Blick über das Oberteil des Schrankkoffers werfen konnte, bevor er sofort wieder in Deckung ging. Kaum zwei Meter entfernt, doch mit dem Rücken zu ihm, machte sich Sarah Livingston an einem Koffer zu schaffen, den sie unter den anderen herausgezogen hatte.

»Wie gut, daß ich einen Schwipps habe!« dachte Sarah und bemühte sich, ein Kichern zu unterdrücken, das sie hätte verraten können. In ihrem ersten Jahr in Wel-

lesley hatte sie miterlebt, wie einige der bestaussehensten und klügsten Mädchen aus den reichsten Familien abends heimliche Gelage veranstaltet hatten, in denen süßer, klebriger Punsch, aber auch Rum, Cognac und Whiskey in Strömen geflossen waren – die wahren Spezialistinnen konnten jeden Matrosen unter den Tisch trinken und doch am nächsten Morgen wieder so taufrisch im Seminarraum sitzen, als wären sie brav um acht Uhr nach einem Schlummer-Tee zu Bett gegangen. Sarah hatte zweimal versucht, mit ihnen mitzuhalten, was stets damit geendet hatte, daß sie vor der Toilette gekniet und sich jämmerlich übergeben hatte.
An diesem Abend war es anders. Sie hatte sich dank des weißen Rheinweins und zweier Gläser Deinhard gerade so viel Mut angetrunken, daß sie heiter, vorwitzig, abenteuerlustig und selbstsicher war. Während der ersten Mahlzeiten war die Atmosphäre am Tisch zwischen den Livingstons und den beiden deutschen Journalisten noch sehr förmlich gewesen, doch heute – sie wußte nicht genau, weshalb – schien es so zu sein, als hätten sie alle zusammen plötzlich beschlossen, gute Freunde zu sein.
Sie genoß die Aufmerksamkeit der beiden Männer. Krauss von diesem Parteiblatt war ihr ziemlich gleichgültig, doch bemühte er sich so offensichtlich um sie, wie sie es nicht oft erlebt hatte. Deshalb ermunterte sie ihn gelegentlich durch Scherze oder vorgespieltes Interesse.
Den anderen dagegen mochte sie wirklich. Walter Jaeger war schon an Orten gewesen, die sie nicht mal vom Schulatlas her kannte, prahlte jedoch nicht damit wie einige von Daddys Freunden, die ebenfalls schon überall herumgekommen waren und solche Hobbys

hatten wie Großwildjagd in Afrika oder Hochseesegeln vor den Bermudas. Jaeger war ohne Zweifel ein erfahrener Mann und auch verheiratet, wie der Ehering zeigte, den er, wie fast alle deutschen Männer, an der rechten Hand trug. Doch die durch seine dicken Brillengläser noch vergrößerten wasserblauen Augen blickten ständig irgendwie erstaunt und verschreckt in die Welt. Als Sarah nach dem zweiten Deinhard mit ihrer Hand wie zufällig seine berührte, wurde er rot wie ein Schuljunge. Sie mochte das. Einige von Daddys Geschäftsfreunden waren ungefähr so alt wie der Journalist, aber stattlicher, attraktiver, selbstsicherer. Manchmal hatte sie davon geträumt, wie es wäre, von einem von ihnen verführt zu werden – und gleich danach war sie davor zurückgeschreckt. Denn eine häßliche Stimme in ihrem Hinterkopf flüsterte ihr zu, daß erfahrene, attraktive Männer sich nur höchst selten in Leidenschaft nach pummeligen achtzehnjährigen Mädchen verzehrten. Jaeger dagegen war nicht viel forscher als die schüchternen Jungen ihres Alters, die sie gelegentlich auf Empfängen ihrer Eltern kennenlernte.

Sarah hatte sich für einen Augenblick verführerischen, wenn auch sehr diffusen Träumen von einer leidenschaftlichen Affäre mit einem ihr kaum bekannten Mann im Zeppelin hoch über dem Atlantik hingegeben, aus denen sie ihre Mutter jedoch mit einem lauten »Vielen Dank für diesen herrlichen Abend, meine Herren!« wieder herausgeholt hatte. Hannah Livingston war aufgestanden und hatte den beiden Journalisten, die hastig aufgesprungen waren, huldvoll ihre Hand gereicht. Es war ein Befehl gewesen. Daddy, der schon ziemlich einen sitzen gehabt hatte, blieb gar nichts an-

deres übrig, als sich ebenfalls mühsam zu erheben, von Maria ganz zu schweigen.
Also hatte sich Sarah wohl oder übel fügen müssen. Allerdings hatte sie einen Trick ausprobiert, den ihr eine in diesen Dingen schon sehr erfahrene Mitstudentin in Wellesley verraten hatte: Sie hatte Jaeger zum Abschied die Hand gegeben – und genau in diesem Augenblick noch einmal ein scherzhaftes Gespräch angefangen. So hatten ihre Hände für eine wundervoll lange Zeit ineinander gelegen, ohne daß man es als unschicklich hätte empfinden können. Nur Krauss hatte ausgesehen, als wollte er seinen Kollegen am liebsten erwürgen.
Sarah hatte sich danach artig von ihren Eltern verabschiedet, war in ihrer Kabine verschwunden – und hatte gelauscht, bis draußen auf dem Gang alles ruhig geworden war. Ihr Sinn stand heute nach Abenteuer. Am Nachmittag hatte sie sich aus schierer Langeweile vom Steward eine Zeichnung des »Graf Zeppelin« geben und sich alles erklären lassen. Jetzt schnappte sie sich ihre kleine blaue Taschenlampe, die sie immer bei sich hatte, seit sie als Zehnjährige einmal mitten in der Nacht in dem stockfinsteren kalifornischen Hotel, in dem sie gerade Urlaub gemacht hatten, aus einem Alptraum aufgewacht und schreiend durch das dunkle Haus geirrt war.
Sie schlich den Gang hinunter und spähte in den Salon. Leer. Schnell huschte sie hindurch, hinein in den vorderen Flur und zog die Leiter herunter, wie es ihr der Steward gezeigt hatte. Im Nu war sie oben.
Zuerst war sie erschrocken, als sie sich umblickte: Es war dunkel und geheimnisvoll hier wie in der düsteren Kathedrale in einem der englischen Schauerromane

aus dem letzten Jahrhundert, stank jedoch wie nach einem mißglückten Experiment im Chemiesaal ihrer alten High-school. Dann besann sie sich auf einen anderen Trick, den ihr ihre Freundin in Wellesley gezeigt hatte: Sie zwang sich, nicht sehr laut und albern zu kichern. Es war lächerlich – und es wirkte. Ihre Bedrückung verflog. Es war noch so hell hier, daß sie schemenhaft alles erkennen konnte, also verzichtete sie auf ihre Taschenlampe, um sich nicht zu verraten. Sie wollte zum Bereich, wo das Gepäck verzurrt war. Ihr Ziel: Daddys Koffer.

»Wäre doch gelacht, wenn ich nicht herausbekomme, warum er uns nach Deutschland mitschleppt!« sagte sie sich. Dann glitt sie zwischen den Stoffbahnen hindurch in das Gepäckabteil und knipste ihre Lampe an. Nervös sah sie sich um. Sie hatte das entnervende Gefühl, als ob ihr jemand ständig von hinten zwischen die Schulterblätter starren würde. Nichts. Sie zögerte kurz, dann suchte sie mit dem Strahl der Taschenlampe schnell und entschlossen das Gepäck ab. Da war er! Daddy reiste immer mit einem uralten, abgewetzten, ehemals lodengrünen Lederkoffer, dessen Schäbigkeit und Alter ihre Mutter jedesmal aggressiv machte, wenn sie ihn erblickte, von dem er sich aber nie trennen wollte. Auf dieser Reise hatte er zum ersten Mal einen zweiten, nagelneuen Koffer mitgenommen: aus braunem Leder mit massiven Stahlkappen an allen Ecken. Wenn es bei Daddys Gepäck etwas zu finden gab, dann dort.

Sie zerrte den Koffer unter einem Stapel anderer Gepäckstücke hervor. Sarah hatte Zweitschlüssel für Mutters Schrankkoffer und Daddys altes grünes Stück »für alle Fälle«, wie ihre Eltern immer sagten. Sie pro-

bierte die von Vaters Koffer an diesem aus – sie paßten ebenfalls. Sarah grinste: ihr Vater haßte große Schlüsselbunde, also hatte er sich in den neuen Koffer das gleiche Schloß einbauen lassen wie in den alten. War wahrscheinlich ziemlich teuer gewesen.
Als sie den Deckel vorsichtig hochklappte, fiel der Strahl der Taschenlampe auf einen dicken Stapel Papiere. Verblüfft blätterte sie diese durch. Es waren große Blätter, so groß, daß sie nur sauber zusammengefaltet in den Koffer paßten. Auf vielen prangte links oder rechts oben das Symbol von »Livingston & Darthmor«, auf anderen das anderer Firmen, von denen ihr manche Namen vage bekannt vorkamen. Es waren Pläne. Die meisten waren elektrische Schaltkreise – so abstrakt, daß sie, hätte es keine aufgedruckten Zahlen und Buchstaben gegeben, nicht einmal gewußt hätte, wo oben und unten war. Andere zeigten detaillierte Rißzeichnungen: Motoren, Rümpfe, Tragflächen, ganze Flugzeuge. Kampfflugzeuge.
Sarah machte die Taschenlampe aus und saß für einige Augenblicke wie erstarrt in der Dunkelheit. Dann knipste sie sie wieder an, scharrte hastig die Papiere zusammen, verschloß den Koffer sorgfältig, schob ihn zwischen zwei Hanfseilen hindurch zurück zum anderen Gepäck und schlich eilig zurück.
Sie hatte Glück und konnte die Aluminiumleiter unbehelligt hinunterklettern. Im Salon mußte einer der Stewards die meisten Lampen abgeschaltet haben, so daß sie sich wie ein schwarzes Gepsenst vorkam, das durch ein verlassenes Restaurant spukte. Dann war sie endlich wieder in ihrer Kabine.
Ihr Herz schlug ihr im Hals. Sarah hatte keine Ahnung von Politik, aber sie wußte, daß die Deutschen liebend

gern das unbrennbare und auch sonst harmlose Heliumgas für ihre Zeppeline in den USA kaufen wollten – was ihnen der Kongreß verboten hatte. Wenn Hitler nicht einmal Helium haben durfte, was würde die Regierung in Washington dann erst zu Konstruktionsplänen von Flugzeugen sagen?

Als Walter Jaeger erwachte, strömte das erste graue Tageslicht durch das Bullauge in die Kabine. Krauss schnarchte – wenn Schnarchen das richtige Wort war für das halblaute, hohe, sich zugleich kindisch und gequält anhörende Fiepen, das in unregelmäßigen Abständen aus seinem Mund drang. Jaeger blieb für einen Augenblick liegen, schloß die Augen wieder und genoß das Gefühl ungeheurer Erleichterung, das seinen Körper durchströmte, als würde ihn überall zugleich eine Riesenhand sanft massieren. Keine Alpträume!
Die erste Nacht an Bord war schrecklich gewesen: Hingesunken auf dem Tisch im Salon wie ein Betrunkener in einer Art Halbschlaf, hatte er zwar nicht vom Krieg geträumt, dafür jedoch vom älteren seiner beiden Söhne.
Hans war zwölf und seit einiger Zeit, sehr zur Freude

seiner Mutter, ein begeistertes Mitglied der Hitlerjugend. Vor vier Wochen war er abends wütend nach Hause gekommen und hatte beim Abendessen verkündet, er habe heute seinem Scharführer »gestehen« müssen, daß sein Vater nicht in der Partei war. »Ich schäme mich für dich, Vater«, hatte er verkündet. Später, als die Kinder schon im Bett waren, hatte ihn auch seine Frau wieder einmal gedrängt, endlich einzutreten.
Jaeger, der zwar vor den alten, längst zerschlagenen Parteien der Weimarer Republik kaum Hochachtung hatte, hegte trotzdem einen unbestimmten, eher vom Gefühl als vom Verstand bestimmten Widerstand gegen einen Parteieintritt. »Vergiß nicht, was du der Partei zu verdanken hast!« hatte seine Frau gesagt, worauf es zu einem schlimmen Ehekrach gekommen war, denn das war Jaegers wunde Stelle. Klara wußte ganz genau, daß er, nach seinem Archäologie-Studium, sich ohne feste Stelle jahrelang als freier Mitarbeiter verschiedener Zeitungen mehr schlecht als recht durchgeschlagen hatte. Erst nach der Machtergreifung, als die neuen Herren die Presse »an die Kandare« genommen und reihenweise jüdische, sozialistische und sonstige mißliebige Journalisten entlassen hatten, hatte er die Chance auf eine feste Redakteursstelle bei der »Frankfurter Zeitung« bekommen und genutzt. Jaeger hatte sich geschworen, durch hervorragende Artikel zu zeigen, daß er die Stelle wirklich verdiente, und er war seitdem eigentlich zufrieden mit sich und seiner Arbeit gewesen. Trotzdem blieb ihm im tiefsten Innern immer bewußt, daß er vom Unglück eines anderen profitiert hatte.
Er dachte oft an den Streit mit seiner Frau. Doch erst in diesem Dämmerzustand war ihm aufgefallen, daß sein

älterer Sohn ihn seit jenem Abend mit »Vater« anredete und nie mehr, wie früher, mit »Papa«, was ihn stärker verletzte als alles, was er sonst gesagt hatte.
Solche selbstquälerischen Halbträume hätte er nicht noch ein zweites Mal durchgehalten, er mußte sich für ein paar Stunden in der Kabine in einem richtigen, wenn auch engen Bett hinlegen. Die ständigen Sticheleien von Krauss, seine aggressiven Behauptungen, kaum verhohlenen Unterstellungen und die versteckte Drohung, ihn wegen aller möglichen »ehrverletzenden« oder das Ansehen des Reiches »herabsetzenden« Äußerungen im Propagandaministerium anzuzeigen, hatten ihn zusätzlich zermürbt.
»Gewagt – gewonnen!« dachte er nun triumphierend. Vielleicht hatte es am guten Wein gelegen, an der heiteren Unterhaltung mit den Livingstons oder am unbekümmerten, naiven Charme ihrer lebenslustigen Tochter – jedenfalls konnte sich Jaeger nicht erinnern, wann er zuletzt so gut geschlafen hatte. Er dachte an Sarah Livingston. Er genoß ihre Unbekümmertheit, ihre amerikanisch direkte Art, die Sachen anzusprechen, ihren unbezwingbaren Optimismus. Je länger er sich mit ihr unterhielt, desto stärker fühlte er sich zu ihr hingezogen. Es war, als hätte er seit Jahren in einem stickigen Zimmer gesessen und würde plötzlich zum ersten Mal wieder eine kräftige Brise reiner Luft einatmen. Er fing an, wie ein Schuljunge wilde Geschichten zu erzählen und mittelprächtige Witze zu reißen, nur um immer wieder ihr helles Lachen zu hören. »Paß auf«, dachte er glücklich, »du bist auf dem besten Wege, dich in ein Mädchen zu verlieben, das noch nicht einmal ganz erwachsen ist!«
Jaeger sprang vom schmalen Bett auf und trat ans Fen-

ster. Aus Rücksicht auf seinen schlafenden Mitreisenden unterdrückte er das Bedürfnis, laut und fröhlich vor sich hin zu pfeifen, während er auf dem kleinen Tisch nach seiner Brille tastete. Als er klar sehen konnte, blickte er hinaus – und erstarrte. Vorn voraus, genau auf Kurs des »Graf Zeppelin«, erstreckte sich eine breite, häßliche, schwarzgraue Wolkenwand über den ganzen Horizont.

Jaeger bezwang den Impuls, aus der Kabine hinauszustürzen und Warnrufe auszustoßen. Erstens hatte man die Wolken sicherlich längst auf der Brücke gesehen, und zweitens fuhren sie ja nicht mehr auf einem alten Dreimastsegler, sondern in einem der modernsten Gefährte der Welt. Betont langsam ging er in den Waschraum und machte sich fertig. Erst nach dem Rasieren ertappte er sich dabei, wie er nervös und gedankenlos zugleich wieder und wieder Rasierwasser auf seine Wangen klatschte, bis diese glutrot waren und er so stark nach »4711, Sir« duftete, als wäre er ein Parfum-Vertreter.

Der Steward schien überrascht zu sein, ihn schon so früh im Salon sitzen zu sehen. Es duftete verführerisch nach frischen Brötchen und Kaffee – zumindest der Smutje machte sich also keine großen Sorgen wegen des Wetters. Pflug kam auf ihn zu und verneigte sich. »Der Koch sagt, daß die Brötchen noch ein paar Minuten im Ofen bleiben werden, Sie müssen sich leider noch ein wenig gedulden. Wenn ich Ihnen aber schon einmal Kaffee bringen dürfte?« Jaeger nickte.

Dann blickte er auf die Uhr an der Stirnseite des Salons: fast sieben Uhr. Verwundert starrte er seine Armbanduhr an, die von gestern abend bis heute morgen plötzlich eine Stunde verloren zu haben schien. Pflug bemerkte das, als er mit einer Kanne dampfenden Kaffees wiederkam und lächelte dünn: »Wir sind in einer neuen Zeitzone«, sagte er höflich, »wir sind bereits eine Stunde weiter. Während der Fahrt werden es nach und nach noch drei mehr werden.«

Für Jaeger war dies eine gute Gelegenheit, um, wie er meinte, unauffällig auf die drohende Wolkenwand zu sprechen zu kommen. Er versuchte, mit einer scherzhaften Geste nach draußen zu deuten, und fragte betont gleichmütig: »Und wie oft werden wir während der Fahrt in so etwas hineingeraten?»

Der Steward lächelte unverbindlich, und man konnte nicht sagen, ob ihn Jaegers Besorgnis amüsierte oder nicht. »Wenn wir über Europa gutes Wetter haben werden, wird es das einzige Mal sein. Man nennt es die ›Kalmenzone‹, ein Gürtel mitten im Atlantik, der sich gut dreihundert Kilometer nördlich und südlich des Äquators erstreckt. Hier blasen die schönen, stetigen Passatwinde leider nicht, es weht kaum je ein Lüftchen, dafür gibt es immer Regen, viel Regen.« Er lächelte vielsagend. »Segler ärgern sich, weil sie nur langsam vorankommen, für die Passagiere auf Motorschiffen ist es nichts weiter als ein langes, aber tropisch warmes Schmuddelwetter, doch an Bord eines Zeppelins ist es wirklich ein Erlebnis, vor allem auf der Brücke!«

Weniger das, was Pflug sagte, beruhigte Jaeger, sondern eher die Art, wie er es sagte: mit der beiläufigen Routine eines Mannes, der dies auf jeder Fahrt erlebte. Gleichzeitig erwachte sein journalistischer Ehrgeiz, zumal sein wenig geschätzter Kollege noch friedlich vor sich hinschnarchte und er deshalb diese Geschichte für sich allein haben konnte. »Wäre es wohl möglich«, fragte er höflich, »daß ich auf der Brücke

sein kann, wenn wir in diese … diese Wolken hineinfahren?»
Der Steward nickte verständnisvoll. »Ich werde einen der Offiziere fragen müssen, aber ich denke, daß es gehen wird.«
Fünf Minuten später fand sich Jaeger, eine Kaffeetasse in der einen, die Leica in der anderen Hand, auf der Brücke wieder. Zu seiner Überraschung hatte ihn Kapitän von Schiller persönlich im Salon abgeholt und mitgenommen. Vielleicht hatte er von der Deutschen Zeppelin Reederei einen diskreten Hinweis darauf bekommen, daß ein wohlwollender Reisebericht zur Zeit sehr im Sinne der Geschäftspolitik der Direktion läge.
Allerdings war er doch nicht der einzige Passagier, der dabei sein durfte. Zu seiner Überraschung war plötzlich der farblose Buchhalter, dessen Namen er vergessen hatte, im Salon aufgetaucht und hatte, kaum daß er die beiden gesehen hatte, gefragt, ob es erlaubt sei, mitzukommen. Dem Kapitän machte dies nichts aus, und Jaeger wollte nicht grob unhöflich erscheinen und rang sich ein verbindliches, einladendes Lächeln ab.
Die Wolken türmten sich als schwere, düstere, bis fast auf das Meer hinabreichende Wand direkt vor ihnen auf. Sie wirkten so solide, als könnte der »Graf Zeppelin« an ihnen zerschellen, wenn er auf sie träfe.
»Maschinen AK«, sagte von Schiller ruhig. Ein Offizier riß rasch nacheinander die Hebel der fünf Maschinentelegraphen auf »Alle Kraft voraus« herunter. Das ferne Gebrumm der Motoren wurde nach einer winzigen Verzögerung stärker, doch Jaeger konnte nicht feststellen, ob und wenn ja wieviel sie tatsächlich schneller geworden waren.
Wie eine Klippe vor einem Bergland lag eine erste Wol-

kenbank direkt voraus. »Könnte sein, daß wir drüberkommen«, murmelte der Kapitän. »Höhenruder zehn!« befahl er.
Der Rudergänger drehte am Rad, und sanft, aber merklich hob sich der Bug des Zeppelins. Achthundert Meter zeigte der Höhenmesser, achthundertfünfzig, neunhundert, neunhundertfünfzig, eintausend – bei eintausendundfünfzig glitten sie knapp über die schwarze Wolke hinweg, die wie ein aufgewühltes Meer direkt unter ihnen lag, nur daß sie weiterhin vollkommen ruhig dahinfuhren. Doch das schwarze Gebirge dahinter war noch höher. »Keine Chance«, sagte von Schiller.
Einer der Offiziere deutete nach rechts, wo sich in den Wolken so etwas wie ein Riß, ein Loch oder eine Höhle, eine hellere, milchig-gelbe Stelle zeigte. »Seitenruder Steuerbord fünf!« befahl der Kapitän. »Da stoßen wir hinein!« rief er fröhlich.
Erste graue Schleier waberten an den Fenstern vorbei wie übergroße, schmutzige Gaze-Schleier, dann kleine Wolkenknäuel, die Jaeger wie schwarze Eisberge vorkamen, die im Luftmeer dahintrieben. Längst hatte er seine Kaffeetasse irgendwo abgestellt und amüsierte die Offiziere und Rudergänger mit seinen hastigen Notizen auf einen kleinen Block und seinem hektischen Hantieren mit der Leica, deren leises Klicken vor dem Hintergrundgeräusch des Motorgebrumms auf der Brücke gut zu hören war, weil außer dem Kapitän, der gelegentlich leise Befehle gab oder Jaeger kurz etwas erläuterte, niemand ein Wort sprach.
Auf die Aluminiumträger, die, anders als im Salon oder in den Kabinen, nicht hinter bunt bedruckten Stoffbahnen kaschiert wurden, sondern kahl durch die Brücke

führten wie im Innern einer kleinen Fabrikhalle, hatte die Besatzung des »Graf Zeppelin« zwei seltsame Talismane aufgestellt: einen prall aufgeblasenen gelben Gummivogel und einen kleinen, ausgestopften Hund. Diese skurrilen Glücksbringer erzitterten nun plötzlich, so, als erwachten sie auf geheimnisvolle Weise zum Leben.

Erste, fette Regentropfen klatschten gegen die Fenster. Dann stieß der »Graf Zeppelin« mit voller Fahrt in die schwarze Wolkenwand hinein. Unwillkürlich hielt sich Jaeger fest, weil er einen Anprall erwartete, einen Stoß, zumindest heulende Windböen. Nichts dergleichen.

Sie glitten hinein wie in Watte – oder einen weichen, vollgesogenen Schwamm. Denn urplötzlich fielen Sturzbäche auf den Zeppelin nieder. Es waren nicht mehr einzelne Tropfen, die die Scheibe sprenkelten, sondern ein mehr als fingerdicker Wasserfilm, der ununterbrochen vorbeifloß. Die riesige Hülle glänzte plötzlich vor Feuchtigkeit. Das tausendfache Trommeln der schweren Tropfen hallte leise durch die hausgroßen Gassäcke bis zu ihnen hinunter und verschluckte das Gebrumm der Motoren.

Man konnte nur noch wenige Meter weit sehen – und was man sah, waren schwarze Wolkenberge, zwischen denen ein paar weiße Fetzen trieben wie Gischt auf dem Meer. Der Himmel, der Horizont, der Atlantik irgendwo unter ihnen, nichts konnte Jaeger mehr erkennen. Selbst die gewaltige Hülle verschwand nach wenigen Metern achteraus in schwarzen Schleiern.

Als Jaeger zufällig wieder auf den Höhenmesser blickte, erstarrte er: sechshundert Meter. Sie hatten in wenigen Minuten fast die Hälfte ihrer Fahrthöhe verloren, ohne daß er es bemerkt hätte.

Der Kapitän sah seinen Blick und lachte. »In dieser Suppe könnten wir auf den Ozean aufschlagen und würden das erst bemerken, wenn er bereits durch die Fenster hereinkommt!« Die Rudergänger grinsten. »Gut, daß es den Höhenmesser gibt. Ich werde jetzt ein bißchen durch diesen Schmuddel hüpfen wie ein übermütiges Lamm – mal sehen, wo wir am besten durchkommen. Ich bin wie ein Wildwasserfahrer in Stromschnellen, nur daß mein Kajak über zweihundert Meter lang ist!»
Jaeger zuckte zusammen, weil genau in diesem Augenblick hinter ihm ein Schuß losging. Er fuhr herum und starrte dann fassungslos in den Navigationsraum, wo ein Offizier gerade ein Gewehr aus einer Öffnung im Kabinenboden herauszog.
Der Kapitän und seine Männer lachten wieder. »Sieht wild aus, nicht wahr?« rief von Schiller heiter. »Das ist das Behm-Echolot, unser Höhenmesser, wenn der Grund nicht zu sehen ist. Es mißt die Zeit, die die Schallwellen eines Schusses benötigen, bis sie vom Boden wieder bis zu uns reflektiert werden. Sieht primitiv aus, ist jedoch bis auf ein Prozent genau. Allerdings ist es uns streng verboten, diese Messung über Großstädten und Kuhweiden vorzunehmen!«
Jaeger hatte keine Ahnung, ob die letzte Bemerkung des Kapitäns wahr oder nur so etwas wie Luftschiffer-Seemansgarn war. Auch das breite Grinsen der Rudergänger machte ihn nicht schlauer. Aus Angst, sich zu blamieren, verzichtete er darauf, nachzufragen.
Der Kapitän ließ das Höhenruder wieder anlegen. Der »Graf Zeppelin« stieg erneut, diesmal jedoch deutlich langsamer und auch nicht mehr so hoch wie zuvor. Der Kapitän deutete auf die unablässig an den Fenstern

herablaufenden Wasserschlieren. »Schätzen Sie, um wieviel uns der Regen schwerer macht!« rief er.
Jaeger zuckte mit den Achseln. »Hundert Kilo?« antwortete er.
Schon wieder lachten alle Männer auf der Brücke, diesmal selbst der Buchhalter und der Steward, der gerade einen neuen Pott Kaffee brachte. »Zehn Tonnen!« rief von Schiller. »Unser Baby setzt ganz schön Fett an, was?!»
Jaeger notierte sich die Zahl und unterstrich sie dreimal kräftig.
Der »Graf Zeppelin« tastete sich in unterschiedlichen Höhen durch die Wolken. Für Jaeger sahen sie immer gleich dunkel, schwer und bedrohlich aus, doch von Schiller fand offensichtlich eine Schicht, in der er hoffte, besser vorankommen zu können. »Höhenruder fünf!« befahl er, dann wandte er sich an Jaeger. »Wir sind jetzt so schwer, daß wir in normaler Fahrt selbst bei allen Motoren AK voraus langsam und unerbittlich zu Boden sinken würden. Aber es gibt einen Trick: Wir stellen den Bug leicht an, so wirkt der Zeppelin wie ein einziger, riesiger Flügel. Es reicht nicht, um weiter zu steigen, wir können zumindest jedoch unsere Höhe halten.«
»Und wenn einer der Motoren gerade jetzt ausfällt?« wollte Jaeger wissen.
»Dann werfen wir allen Ballast über Bord, zum Beispiel das Gepäck der Passagiere!« antwortete der Kapitän lachend. Endlich einmal konnte Jaeger in die allgemeine Heiterkeit einstimmen, doch diesmal wurde der Buchhalter schlagartig leichenblaß. »Das war nur ein Scherz, Herr Ohlbaum«, versicherte von Schiller schnell, »machen Sie sich um Gottes willen keine Sorgen! Wir wür-

den es auch mit einem oder zwei Motoren weniger noch recht gut schaffen.«
Jaeger war erstaunt über die ängstliche Reaktion des anderen Passagiers. Vielleicht war es deswegen, daß er zum ersten Mal genauer auf ihn achtete, als sie kurze Zeit später – da es nun für Stunden nichts anderes mehr zu sehen geben würde als schwarze Wolkentürme und Regenbäche am Fenster – zusammen die Brücke verließen. Als Ohlbaum sich bei Kapitän von Schiller bedankte und ihm die Hand schüttelte, konnte Jaeger zufällig einen Blick in die rechte, etwas ausgebäulte Jackettasche des Buchhalters werfen. Dort steckte eine kleine Taschenlampe, die genauso aussah wie zwei andere, die noch in ihren Halterungen an der Rückwand der Brücke hingen. Eine dritte Halterung war leer.

Ute Schmitz hätte nie geglaubt, daß der Anblick des Meeres spannender sein könnte als jeder Kinofilm. Mehr als einen Tag war es schon her, daß sie mit Fernando de Noronha Brasiliens letzten Vorposten hinter sich gelassen hatten, dann hatten sie gestern vormittag den Äquator passiert. Eine Äquator-Taufe hätte es

eigentlich nicht geben dürfen, denn jeder von ihnen war ja schon mindestens einmal über diese magische Linie gekommen, doch der reiche Amerikaner hatte darauf bestanden, weil er unbedingt eine Zeppelin-Urkunde haben wollte. Also hatten er, seine Frau und seine alberne Tochter vom Kapitän eine Flasche Deinhard spendiert und dann die kitschigen Urkunden überreicht bekommen. Sie zeigten einen fetten, auf dem Äquator tanzenden Gott namens Aeolus, der einen heranstürmenden Zeppelin grüßt, während unter ihm der Meeresgott Poseidon wütend seine Faust schüttelt. Livingston hatte sich gefreut wie ein Kind und alle Passagiere zu einem Umtrunk eingeladen, der in ein regelrechtes Besäufnis ausgeartet war, weil es nichts anderes zu tun gab. Draußen zogen Stunde um Stunde nur dichte, schwere Regenwolken vorbei, die alle Sicht nahmen.
Doch als Ute Schmitz an diesem Morgen – es war Donnerstag, der 6. Mai, und Ute Schmitz' vierter Tag im Zeppelin – aufgewacht war, hatten sie die Kalmenzone endlich durchquert. Dunkelblau schimmerte der Atlantik, keine Wolke stand am Himmel. Steicher hatte am Abend zuvor soviel getrunken, daß er noch fest schlief. Nachdenklich hatte sie auf ihn hinunter gestarrt. Ihr Freier hatte schon immer gern gegessen und getrunken, doch was er in den letzten Tagen gesoffen hatte, sprengte jedes Maß. »Du mußt wohl deine Nerven beruhigen?« hatte sie geflüstert und ihm eine spöttische Kußhand zugeworfen.
Seit dem Frühstück saß sie allein an ihrem Tisch und starrte aus dem Fenster: Der schwarze Schatten des »Graf Zeppelin« glitt schräg unter ihnen über die Wellen.

Plötzlich erblickte sie ein Schiff – ein Dampfer mit italienischer Flagge am Heck. »Die ›Neptunia‹«, sagte Ohlbaum, der sich irgendwo ein Fernglas besorgt haben mußte und einige Meter neben ihr durch das Fenster hinunterstarrte. Unten rannten die Passagiere aufs Deck und schwenkten Hüte und Mäntel; schwach und kläglich kam das Heulen des mächtigen Nebelhorns bei ihnen an. Die Männer und Frauen im Salon winkten zurück, schrien die idiotischsten Sachen und warfen Servietten nach draußen. Die Dienerin der Amerikaner hatte Tränen in den Augen.

Noch größer war die Aufregung, als Jaeger zwei Stunden später einen Segler Backbord voraus entdeckte – eine riesige Viermastbark, die im gleichmäßigen Passatwind alle Segel gesetzt hatte und majestätisch durch die Wellen pflügte. Ute Schmitz kam sie so vor wie eine alte, etwas verrufene Diva, die mit trotzigem Stolz und besonders hoch erhobenem Haupt über das Parkett gleitet. Es imponierte ihr.

»Ein deutsches Schiff!« rief Krauss.

»Reederei Rickmers, die ›Padua‹«, antwortete Ohlbaum nüchtern. Wenn der pedantische Buchhalter sich von romantischen Großseglern begeistern ließ, dann merkte man es ihm auf jeden Fall nicht an.

Unten waren die Matrosen auf die obersten Rahen geklettert und winkten ihnen so heftig zu, daß man jeden Augenblick befürchten mußte, daß sie das Gleichgewicht verlieren und in die Tiefe stürzen müßten. Ute Schmitz fand diese winzigen Gestalten, die wie Äffchen im Klettergerüst in halsbrecherischer Begeisterung zwischen den Segeln herumturnten, attraktiver als alle die welterfahrenen, blasierten Herren, die in ihrem Salon saßen. Heimlich holte sie einen Lippenstift

aus ihrer Handtasche und ließ ihn aus dem Fenster fallen, als sie genau über dem Schiff hinwegfuhren.
Die beiden Journalisten und der Amerikaner kamen einige Zeit später mit einer Melone, die vom Frühstück übriggeblieben war, zum Fenster am anderen Sechsertisch. »Höchstens einhundert Meter«, ließ Krauss vernehmen. »Zweihundert«, sagte Jaeger, und Livingston stimmte zu: »Sixhundred feet, maybe a little bit more.«
Die drei öffneten das Fenster, dann warf der Amerikaner die Melone hinaus, während Krauss an seiner Uhr hantierte. Die Frucht fiel als kleiner, gelbgrüner Ball tiefer und tiefer. Es schien eine Ewigkeit zu dauern. Als sie schließlich aufschlug, zerplatzte sie an der Wasseroberfläche wie eine Bombe. Krauss schrieb die Sekundenzahl des Falles in sein Notizbuch, rechnete und stutzte, dann rechnete er wieder, schüttelte ungläubig den Kopf und verkündete: »Sechshundert Meter!«
Ute Schmitz hätte schwören können, daß sie höchstens fünfzig Meter hoch fahren würden, so klar schien ihr die Sicht, so greifbar nahe die Wellen. Jetzt huschten plötzlich kleine silberne Geschosse knapp über die Gischt, rasten wie verirrte Silvesterraketen einige Dutzend Meter dicht über das Wasser und tauchten dann wieder ein – ein Schwarm fliegender Fische, den das Motorgebrumm des »Graf Zeppelin« hochgeschreckt hatte. Hin und wieder sah sie große Rochen, die wie Schmetterlinge des Ozeans dicht unter der Oberfläche mit trägem Schlag dahinglitten.
Plötzlich krallte sie unwillkürlich ihre Hände in das Tischtuch. Auch die anderen Passagiere riefen aufgeregt durcheinander, rannten zu den Fenstern und starrten hinunter. Sarah Livingston setzte zu einem spitzen

Schrei an, brach mittendrin ab und hielt sich erschrokken die Hand vor den Mund, verstörter vielleicht durch die Lust, die in diesem Schrei mitklang, als durch die Angst. An der Wasseroberfläche wälzte sich ein riesiger, grau schimmernder Wal in einer großen Wolke aus weißer Gischt; er zog eine über hundert Meter lange Fahne aus Blut durch das Meer, seine flache Schwanzflosse schlug immer wieder heftig auf die Wellen. In dem weißen, kochenden Wasser zu beiden Seiten erkannte man kleinere, dunkle Schatten, die in seine Flanken fuhren und riesige, blutige Stücke herausrissen.
»Haie!« rief Jaeger entsetzt.
»Ich würde eher sagen, daß es Orcas sind, Killerwale«, entgegnete Ohlbaum. Auch er klang nicht mehr so nüchtern wie zuvor.
Der »Graf Zeppelin« fuhr mit über einhundert Stundenkilometern über die Szene dieses Kampfes hinweg, die bald weit achteraus lag und sich schnell im Einerlei der Wellen verlor. Doch Ute Schmitz starrte noch immer hinaus und sah Wasser, das so blutig war wie das, mit dem sie sich einst an einem kalten, grauen Januarmorgen gewaschen hatte.
Mit sechzehn Jahren hatte sie sich von dem Teil Schlesiens, der bald darauf an Polen gefallen war, nach Berlin durchgeschlagen, eine Waise ohne eine Mark in der Tasche, aber mit aller Hoffnung dieser Welt. Doch in Berlin hatte Bürgerkrieg geherrscht, rechte Freikorps gegen linke Spartakisten. Sie war vom Zug aus direkt in eine Demonstration oder einen Kampf geraten, sie wußte bis heute nicht genau, was es gewesen war. Plötzlich hatten Männer in Uniformen den Bahnhofsplatz gestürmt, Passanten waren geflohen, irgendwo hatte sie die hackenden Schüsse eines Maschinenge-

wehrs gehört. Und bevor sie es überhaupt richtig begriffen hatte, war sie von vier Soldaten angerempelt, umgestoßen, geschlagen, auf einen Lastwagen gezerrt und mit Dutzenden von anderen Männern und Frauen irgendwo in einen Keller in ein provisorisches Gefängnis gesperrt worden.

Die folgenden Stunden wurden zu einem Alptraum aus Schlägen und Tritten, Flüchen, sinnlosen Fragen in langen Verhören, aus Kälte, Hunger und Durst. Dann waren Soldaten gekommen und hatten sie in eine andere Zelle gezerrt, wo ein paar schmutzige Matratzen und leere Bierflaschen auf dem Boden lagen und wo kein anderer Gefangener war …

Ute Schmitz schloß die Augen. Was dann geschah, war für sie nur eine schreckliche Mischung aus unrasierten, stinkenden Männergesichtern gewesen, die manchmal über ihr aufgetaucht waren wie die Köpfe von Dämonen, und aus Schmerzen, die wie Messer von unten nach oben durch den Körper gekrochen kamen.

Das nächste, an das sie sich klar erinnern konnte, war, wie sie auf einer muffigen Matratze gesessen hatte, einen Eimer kalten Wassers vor sich, und sich mit einem Fetzen aus ihrem Rock den Unterleib gewaschen hatte, so daß Wasser und Blut die Innenseite ihrer Schenkel hinabgeflossen waren.

»Fühlen Sie sich nicht gut?«

Ute Schmitz fuhr herum, erschrocken und zornig zugleich. Neben ihr saß Erich Bäcker, der rätselhafte Indianer-Forscher. In seinem von Aknenarben zerfurchten Bubengesicht dominierten die übergroßen, wasserhellen blauen Augen, die sie nun besorgt und schüchtern anstarrten. Als sie ihn mit blitzenden Augen anfunkelte, wurde er rot und senkte den Blick. »Ich habe,

glaube ich, irgendwo gelesen, daß Wale nach einer Zeit an der Oberfläche genug Luft eingeatmet haben, um tief wegtauchen zu können, so tief, daß keiner ihrer Feinde ihnen folgen kann. Der Wal hat noch eine echte Chance – glaube ich«, stammelte er verlegen.
Ute Schmitz hätte vor Erleichterung beinahe laut losgelacht. Den Wal hatte sie längst vergessen. Ihr Zorn war verflogen. »Es ist schön, daß Sie mir das sagen«, antwortete sie höflich und fragte sich zugleich, ob ihm die Doppeldeutigkeit dieses Satzes auffiel.
Bäcker wurde noch eine Spur dunkler im Gesicht, stammelte etwas, was sich entfernt nach einer Entschuldigung anhörte, und wollte aufstehen.
Doch Ute Schmitz fand, daß sie lange genug auf den Atlantik hinausgestarrt hatte. Sie legte ihre Hand ganz kurz auf die seine. »Bleiben Sie doch noch sitzen«, sagte sie freundlich und lächelte ihn charmant an. Es war ein Befehl.
Bäckers schmächtiger Körper schien sich unter inneren Qualen zu winden, während er auf dem Stuhl neben ihr saß wie ein verschreckter Schüler in der Prüfung. Doch nach einiger Zeit – und nachdem ihm Ute Schmitz einen Cognac aufgedrängt hatte – schien er sich zu entspannen. »Er ist ganz erleichtert, daß ich ihn nicht fresse«, dachte sie spöttisch. »Warte nur ab, mein Freund, ob sich das nicht noch als Irrtum herausstellen wird!«
Doch sie ließ sich ihren Spott nicht anmerken, sondern tat ganz interessiert, um ihn nicht wieder zu verunsichern. Bäcker erzählte von dem Kongreß in Rio, von Inkas und Mayas, von versunkenen Städten im Regenwald, geheimnisvollen Hieroglyphen und Göttern, deren Namen alle mit »X« oder »Q« anfingen und so lang

waren, daß kein normaler Mensch sie aussprechen konnte. Er schien über alle Maßen erstaunt zu sein, daß sich tatsächlich jemand für die Hierarchie der Inka-Gottheiten oder Datierungsprobleme anhand des Maya-Kalenders interessierte.
Ute Schmitz hörte lange Zeit nicht wirklich zu, sondern war schon damit zufrieden, diesen seltsamen Kauz endlich zum Reden gebracht zu haben. Doch irgendwie kam das Gespräch schließlich auf ihn, und plötzlich wurde sie aufmerksam.
Bäcker stammte aus einer wohlhabenden Großbürgerfamilie aus Hamburg. Seine Eltern, bei denen er trotz seiner siebenundzwanzig Jahre noch immer wohnte, waren streng, dachten antidemokratisch und national und waren, wie er sich ausdrückte, »wirklich keine Juden-Freunde«.
Ute Schmitz sah ihn aufmerksam an. Es war nicht schwer zu erraten, daß er unter seinen Eltern litt, aber viel zu schwach war, um sich von ihnen lossagen zu können. Vielleicht war ein exotisches Studium wie das der Altamerikanistik sein Zeichen des Protests gegen den Geist, der zu Hause herrschte.
»Wußten Sie, daß die Inka unter ihrem Herrscher praktisch im Zustand des verwirklichten Kommunismus lebten? Alles gehörte dem Inka und damit der Gemeinschaft!« sagte Bäcker plötzlich mit leuchtenden Augen.
Ute Schmitz sah sich rasch um. Gut möglich, daß dieser Exzentriker Kommunist war, nur um seine national gesinnten Eltern zu provozieren. Das konnte einem in der heutigen Zeit schnell das KZ einbringen. »Bedenken Sie, daß, wie Sie mir gerade selbst erzählt haben, ein paar Dutzend spanische Konquistadoren ausgereicht haben, um den ›perfekten Kommunismus‹ der Inka zu

vernichten. Das ist nicht gerade eine Empfehlung«, sagte sie spöttisch.
Bäcker wurde dunkelrot, starrte sie ängstlich an und setzte dann zu einer weitschweifigen Entschuldigung an, die ihn, da war sie sicher, nur noch stärker kompromittiert hätte. Er schien über alle Maßen nervös zu sein, so, als befürchtete er, ihr plötzlich unfreiwilligerweise ein schreckliches Geheimnis verraten zu haben. Doch so gefährlich war seine Äußerung nun doch nicht gewesen. Also unterbrach sie ihn kurzerhand und zeigte nach draußen. »Sehen Sie, Inseln!»
Es waren einige kleine, kahle Eilande aus gelb-rötlichem Fels und Erde. Von weitem sahen die niedrigeren so aus, als habe das Meer an dieser Stelle ein paar Rostflecken. Kapitän von Schiller ließ sich kurz im Salon sehen, nickte den Passagieren zu und sagte: »Das sind die Kapverden. Bald haben wir Afrika erreicht, würden wir von hier aus direkt auf Ostkurs gehen, wären wir in weniger als sieben Stunden in Dakar!«
Der »Graf Zeppelin« fuhr westlich an der über zweitausendachthundert Meter hohen Felsnadel von Fogo vorbei. Nur auf den größeren Inseln São Tiago, Sal und São Vicente gab es armselige Dörfer. Der einzige grüne Fleck war der Park rund um den Gouverneurspalast, vor dem eine aus ihrer Höhe winzig wirkende portugiesische Fahne flatterte. Auf den kargen Eilanden gab es nur wenige Menschen. Keiner der Passagiere machte sich die Mühe, diesem kleinen Publikum zuzuwinken.
»Es ist wohl nicht gerade das Paradies auf Erden, aber doch sehr schön, wenn man nach Tagen, in denen man nur auf Wellen starren konnte, endlich mal wieder etwas Land unter der Gondel sieht«, meinte Ute Schmitz.
Es war gegen 18 Uhr, als sie die Inseln passierten, sie

hatten ihre Uhren wieder eine Stunde vorstellen müssen. Erst jetzt trat Steicher in den Salon, noch immer sichtlich mitgenommen von den Folgen des gestrigen Abends. Kaum war er da, glitt Ohlbaum von seinem Platz rechts in der Ecke des Raumes heraus und auf ihn zu.

Die beiden Männer kamen, in ein Gespräch vertieft, an ihren Tisch. Sie hielt es für besser, wenn Bäcker in Gegenwart von Steicher nicht über seine Inka-Kommunisten redete, und plapperte deshalb weiter über die Eintönigkeit des Ozeans. Bäcker war noch immer so nervös, daß seine Hände zitterten und er sich mühsam einen Cognac nachschenkte, den er in einem Zug hinunterkippte – etwas, was er in den Tagen zuvor nie getan hatte. Erst als Steicher und Ohlbaum ihre harmlose Plauderei ungerührt an ihrem Tisch fortsetzten, schien er sich langsam zu beruhigen.

Es wurde ein angenehmer Abend, der schönste bis jetzt an ihrem Tisch. Das lag zum einen daran, daß Steicher ungewohnt einsilbig war und nur selten mit dröhnender Stimme die Konversation an sich zog, zum anderen an Bäcker, der viel mehr aus sich herausging als früher – und klug genug war, keine weitere möglicherweise verräterische Äußerung mehr zu tun.

Und doch fühlte sich Ute Schmitz wie eine Katze, die dem munteren Treiben im Haus nicht traut, weil irgendwo die Witterung eines Wolfshundes in der Luft liegt. Ohlbaum gab sich auf eine lächerliche Art jovial und weltmännisch und war entnervend selbstzufrieden. Sie ahnte, daß er irgend etwas im Schilde führte.

Und der schüchterne Inka-Forscher war ihr plötzlich viel zu redselig, so, als versuche er krampfhaft, von etwas abzulenken. Er hatte seinen großen Kongreß zwar hinter sich, war jedoch so nervös und stand so offensichtlich unter innerem Druck, daß Ute Schmitz sicher war, daß er nicht von einem wichtigen Ereignis zurückkam, sondern ihm erst entgegenreiste. Erich Bäcker hatte etwas vor – etwas, was ihm selbst eine höllische Angst einjagte.

Carl Pflug schob ein paar leere Teller in die Durchreiche zur Küche, wo sie der Smutje in Empfang nahm. Dann sah er sich schnell und unauffällig im Salon um – es war wie immer. Die Passagiere waren auf den ersten ein oder zwei Tagen der Fahrt fasziniert vom Zeppelin und hatten nur wenig mehr als formale Höflichkeiten für ihre Mitreisenden übrig, doch über dem scheinbar endlosen Ozean änderte sich das. Dann hatten sie sich an die Fahrt gewöhnt, es gab wenig zu sehen, doch sie waren in einer Art permanenter leicht euphorischer Stimmung, in der man schnell neue Freundschaften schloß.
So war es auch diesmal, zumindest bei den meisten Reisenden: Die beiden Journalisten schienen sich prächtig mit den Amerikanern zu verstehen, jedenfalls

ging es an ihrem Tisch immer hoch her. Jaeger und Sarah Livingston turtelten miteinander wie zwei verliebte Oberschüler. Am anderen großen Tisch waren die beiden biederen jungen Männer sichtlich aufgetaut, die aufregende Blondine gab sich charmant, der Parteibonze war fast die ganze Zeit angetrunken und heiter.
Der stille, seltsame Professor und sein stets wachsamer Begleiter legten dagegen keinen gesteigerten Wert auf nähere Kontakte, allerdings schien zumindest Thomsen damit recht zufrieden zu sein. Als Pflug einmal zu dem Professor gehen wollte, um ihm einen Cognac anzubieten (er fand, daß der ältere Herr irgendwie mitgenommen aussah), hatte ihm Thomsen blitzschnell den Weg versperrt und reichlich unhöflich gefragt: »Was wollen Sie?«
Der Steward hatte verlegen eine undeutliche Entschuldigung gestammelt und sich eilig zurückgezogen. Die Botschaft des Gestapo-Mannes war eindeutig: »Finger weg von Forster!« Pflug hatte nicht ahnen können, daß mit dem Professor irgend etwas nicht stimmte, doch war er klug genug, von nun an einen möglichst großen Bogen um die beiden zu schlagen und sich nur zu nähern, wenn ihn Thomsen rief.
Auch die Schoschowskis hielten sich bewußt abseits. Beim Essen schwiegen sie sich an, zwischen den Mahlzeiten sah es so aus, als wollte Annegret Schoschowski soviel Distanz zwischen sich und ihren Mann legen, wie es in der kleinen Gondel überhaupt möglich war. War er in der einen Ecke des Salons und starrte aus dem Fenster, saß sie in der anderen und las; schlenderte er wie zufällig in ihre Richtung, klappte sie schnell das Buch zusammen, ohne ein Lesezeichen hineinzutun, und verschwand in ihrer Kajüte; ging er

ebenfalls hinein, dann dauerte es meist nur ein paar Augenblicke, bis sie auf den Gang trat und sich vorn auf der Brücke von einem Offizier etwas erklären ließ oder für Stunden in einem der hinteren Waschräume verschwand.

Der Dirigent wirkte bedrückt und unruhig. Immer wieder fragte er Pflug, wann sie in Friedrichshafen sein würden und ob es dort auch garantiert einen direkten Anschluß nach Berlin gäbe. Als ihm die Zug- und selbst die reguläre Lufthansa-Verbindung über Frankfurt zu langsam waren, ging Schoschowski zum Funker und bestellte per Telegramm ein Flugzeug für sich und seine Frau nach Friedrichshafen. Pflug hatte im »Adlon« schon Künstler mit ganz anderen Spleens kennengelernt, weshalb er sich darüber weiter keine großen Gedanken machte. Vielleicht vertrug Frau Schoschowski die Fahrt im Zeppelin nicht und hatte eine Ehekrise inszeniert, bis sie wieder festen Boden unter den Füßen haben würde.

Pflug sah nach draußen. Es war dunkel geworden, doch der Vollmond hatte den Atlantik in eine riesige, rauhe Schale aus getriebenem Silber verwandelt. Der Schatten des »Graf Zeppelin« kroch über die schimmernde Fläche, umgeben von einem schwach leuchtenden, bunten »Heiligenschein«. Es war ein beruhigendes Bild. Früh am nächsten Morgen würden sie über die Kanarischen Inseln fahren, am nächsten Abend wären sie an der marokkanischen Küste. Dann war es noch ein Tag bis Friedrichshafen. Pflug kannte den Fahrplan auswendig: nächster Start am 11. Mai, nächster Stopp in Recife am 15. Mai.

»Macht es Ihnen etwas aus, mich durch das Luftschiff zu führen?«

Pflug zuckte zusammen. Annegret Schoschowski stand vor ihm. In einem langen, dunklen Rock, dunkelgrauer, hochgeschlossener Bluse und mit ihren straff zurückgekämmten Haaren wirkte sie sehr streng, doch lächelte sie ihn kurz an – was ihn aber nur noch mehr verwirrte.
»Sie wollen einen Rundgang durch die Hülle unternehmen, gnäe' Frau?« vergewisserte er sich. »Jetzt?«
Für einen Augenblick zuckte ein spöttisches Lächeln um ihre schön geschwungenen Lippen. Ihre Hände mit den unglaublich langen Fingern vollführten eine Geste, die ihn unwillkürlich an das Einsatzzeichen eines Dirigenten erinnerten. »Das muß sie unbewußt von ihrem Mann übernommen haben«, dachte er irritiert.
»Es ist sicher ungewöhnlich, im Dunkeln durch diese gewaltige Konstruktion zu gehen«, antwortete sie.
Pflug sah sich rasch im Salon um: an den beiden großen Tischen war die Stimmung gut und laut, die meisten Flaschen, die die Passagiere bestellt hatten, waren noch gefüllt, Sekt und Rheinwein bei den Amerikanern und den beiden Journalisten, Cognac bei den anderen. Krauss war an seinem Tisch der Lauteste, Steicher (ziemlich betrunken) am anderen. Die junge Amerikanerin hatte aus ihrer Kabine ein kleines, transportables Grammophon geholt, das jetzt mit quietschender Nadel und dröhnendem Lautsprecher Charleston spielte – nicht mehr ganz modern, aber schnell. Offensichtlich hätte Sarah Livingston am liebsten getanzt, doch keiner der anwesenden Herren traute sich, sie aufzufordern. Die anderen waren in ihren Kabinen – auch Rafael Schoschowski.
»Kommt Ihr Gatte mit, gnäe' Frau?« fragte er.
»Mein Mann fühlt sich ein bißchen unwohl und hat sich zurückgezogen«, antwortete sie.

Pflug verbeugte sich leicht und bat Annegret Schoschowski, einen Augenblick zu warten. Ihre Bitte war so etwas wie ein Befehl. Er öffnete die Durchreiche. »Kommst du ein paar Minuten allein zurecht?« fragte er den Smutje, der müde nickte. Dann ging er zur Brücke und sagte dem Wachhabenden Offizier Bescheid. »Um diese Zeit?« sagte der verwundert und schüttelte dann den Kopf. »Dieser Service ist wohl im Fahrpreis inbegriffen, schließlich ist er hoch genug.« Die Rudergänger grinsten.
Pflugs letzte schwache Hoffnung, daß der Offizier einen Rundgang zu dieser späten Stunde aus Sicherheitsgründen verbieten würde, war dahin.
Seufzend zog er noch einmal seinen Schlips extra fest und griff sich eine der Taschenlampen, die auf der Brücke hingen. »Wissen Sie, wo eine von unseren Lampen abgeblieben ist?« fragte der Wachhabende.
»Keine Ahnung«, antwortete der Steward müde. »Vielleicht hat sie einer der Passagiere als Souvenir mitgehen lassen. Ich werde mich darum kümmern.« Es klang nicht so, als würde er demnächst mit aller Energie danach suchen, und das sollte es auch bedeuten. Wenn ihm die Offiziere nicht bei seiner Arbeit halfen, warum sollte er sich dann um deren Angelegenheiten kümmern?
Pflug half Annegret Schoschowski die schmale Aluminiumleiter hoch, dann standen sie auf dem Laufgang. Der Steward knipste die Taschenlampe an und wollte Richtung Heckfinnen vorangehen. Doch seine Begleiterin blieb zunächst stehen und lauschte dem seltsamen Singen in den riesigen Gassäcken. »Eine ungewöhnliche Musik«, flüsterte sie. Den unangenehmen Geruch nach Bittermandeln schien sie nicht wahrzunehmen.

Pflug zuckte mit den Achseln und verzichtete auf eine Antwort. Sie schien sich vom Zauber der ungewöhnlichen Klänge zu befreien. Nüchtern deutete sie mit ihren schönen Händen nach hinten, wo im Strahl der Taschenlampe einige Stoffbahnen zu sehen waren. »Was gibt es dort?« fragte sie.
»Das Gepäck und die Post, gnäe' Frau«, antwortete er. »Dahinter haben die Männer der Besatzung ihre Kojen. Der Tag ist in drei Wachen eingeteilt. Jetzt steht ein Offizier auf der Brücke, dazu zwei Mann für Höhen- und Seitenruder. Außerdem hat an jeder der fünf Motorgondeln ein Mechaniker Bereitschaft, um einzugreifen, falls die Maschine einmal unruhig laufen sollte, Öl braucht oder per Maschinentelegraph der Befehl für höhere oder niedrigere Drehzahl kommt. Die anderen Männer schlafen um diese Zeit.« Das war der deutlichste Hinweis, den Pflug sich ihr gegenüber erlaubte.
Doch sie ignorierte ihn. »Wir wollen Ihre Kameraden nicht stören. Gibt es nicht noch einen anderen Weg? Wohin führt zum Beispiel diese Leiter?«
Der Steward zögerte. Längs durch den ganzen Zeppelin führte in ungefähr halber Höhe noch ein schmaler Mittelgang vom Bug zum Heck, den die Besatzung normalerweise nur für Kontroll- und Wartungsarbeiten betrat. Er erklärte es ihr, setzte dann aber hinzu: »Der Gang ist zwischen den Traggas- und den Kraftgaszellen, ziemlich hoch über uns, gnäe' Frau. Zehn Meter, wenn Sie es genau wissen möchten. Es ist ziemlich anstrengend, eine Leiter über so eine Höhe zu erklimmen.«
Annegret Schoschowski lachte kurz. »Ich kann nicht gerade behaupten, daß die letzten Tage an Bord sehr anstrengend gewesen sind. Ein bißchen Bewegung tut

mir nur gut.« Und schon hatte sie das schmale Aluminium umfaßt und die ersten Sprossen erklommen.
Pflug seufzte und folgte ihr. Unauffällig hatte er sich schnell die Krawatte ein wenig gelockert, dann kletterte er hoch, sich mit der Rechten an der Leiter festhaltend, in der Linken die Taschenlampe, mit der er nach oben leuchtete, damit Annegret Schoschowski sehen konnte, wo sie hingelangte. Als sie endlich oben waren, war er etwas außer Atem, aber erleichtert, daß seine Begleiterin nicht abgestürzt war.
Der Mittelgang ähnelte dem Laufgang unten, doch war er noch schmaler und filigraner: ein rund zweihundertvierzig Meter langer dünner Steg aus mit Baumwollstoff bespannten Aluminiumträgern. Hier waren sie von den gewaltigen Gassäcken eingeschlossen, Tausende Kubikmeter Kraftgas unter ihnen, über einhunderttausend Kubikmeter Wasserstoff zu ihren Köpfen. Hier klang das Seufzen des Gases stärker als unten, als wären sie Zwerge in einer Höhle, an deren Ende irgendwo ein Riese leise weint. Pflug war selbst erst zweimal hier oben gewesen – tagsüber – und fühlte sich unwohl.
Annegret Schoschowski war begeistert. Sie ging Richtung Heck, vorbei an zwei gewaltigen Sicherheitsventilen, die sich, sollte es in den Zellen einmal zu einem gefährlichen Überdruck kommen, automatisch öffneten. Sie lagen unten, weil sich dort das durch normale Luft verunreinigte, weniger traggfähige und damit weniger wertvolle Wasserstoffgas sammelte, das durch die Ventile und spezielle Leitungen zur Oberfläche der Hülle und ins Freie abgelassen wurde. Dann kamen sie an eine Stelle, an der einer der riesigen Querringe zwei Gaszellen voneinander schied. Dünne Aluminiumträ-

ger und ein Gewirr straffgespannter Drähte trennten die sanft wabernden bronzefarbenen Wasserstoffballons voneinander und verbanden gleichzeitig den Mittelgang mit dem Querring.
Hier hielt Annegret Schoschowski inne und sah sich um. »Das ist der richtige Platz«, sagte sie.
»Gnäe' Frau?« fragte Pflug, der nicht ahnte, was sie damit meinte.
Sie schenkte ihm ein dünnes Lächeln. »Ich möchte, daß Sie mich hier lieben«, sagte sie bestimmt.
Er glaubte, sich verhört zu haben. Doch bevor er in seiner Verlegenheit noch etwas sagen konnte, war Annegret Schoschowsi schon dabei, sich Bluse und Mieder aufzuknöpfen. Ihre Brüste waren klein und fest wie bei einem jungen Mädchen. »Machen Sie bitte die Taschenlampe aus«, flüsterte sie.
Carl Pflug stand in einer dunklen, seltsamen Welt. Sie wirkte so unbewegt wie das Innere der Erde, doch berührte man ein Metallteil, Drähte oder Stoff, so spürte man ein unablässiges leichtes Zittern. Nun schien das geheimnisvolle Singen und Seufzen in den Gaszellen noch lauter zu werden. »Wie im Körper eines riesigen Wales«, dachte er. Er wagte nicht, sich zu rühren, lauschte nur ihrem ruhigen, gleichmäßigen Atem, doch da spürte er Annegret Schoschowskis Hände auf seinem Hemd, wie ihre langen Finger tasteten, streichelten und dann an seinem Körper abwärts glitten.
Suchend streckte er seine Hände aus, berührte warme Haut, dann ihre Brüste. Sie war ungefähr so groß wie er, er roch einen Hauch teuren Parfums, stärker als der Giftgeruch des Zyanwasserstoffes. Zögernd beugte er seinen Kopf nach vorn; seine Lippen berührten ihre Wange, dann ihren Mund. Und plötzlich standen sie

eng umschlungen da, küßten sich leidenschaftlich und zerrten hastig an ihrer Kleidung.
Gierig drang Pflug in sie ein und nahm sie heftig. Sie stöhnte und schrie ohne Hemmungen, was ihn noch mehr erregte, auch wenn er in seinen wenigen, noch halbwegs klaren Momenten befürchtete, daß sie der ganze Zeppelin hören könnte.
Der Höhepunkt kam schnell und mitreißend wie eine Flutwelle. Danach hielten sie sich eng umschlungen, noch immer schwer atmend. Sie beugte ihren Kopf nach vorn, küßte sein Ohr und flüsterte: »Noch einmal!«
Pflug wußte nicht, wieviel Zeit vergangen war, bis sie ihren Hunger endlich aneinander gestillt hatten. Während sie ihre Bluse zuknöpfte, versuchte er mit einer Hand, seine Hose zuzumachen, während er mit der anderen nach der Taschenlampe tastete, die irgendwo auf dem Gang lag. Als er sie endlich gefunden hatte und der schmale Lichtstrahl aufflammte, sah er zu seinem Erstaunen, daß seine Geliebte schon fertig angekleidet und gerade dabei war, sich ihr in Unordnung gebrachtes Haar wieder straff nach hinten zu binden. Es machte ihn verlegen, sich vor ihren Augen anzuziehen.
Schweigend gingen sie den Mittelgang zurück, unbeholfen half er ihr beim Abstieg auf der schmalen Leiter.
Kurz darauf standen sie wieder im Salon. Das Grammophon kreischte, es war genauso laut wie zuvor. Inzwischen hatte Sarah Livingston es geschafft, Bruno Krauss zum Charleston zu überreden. Der Journalist zappelte mit lächerlichen, eckigen Bewegungen zwischen den Tischen herum, fühlte sich offensichtlich höchst unwohl, bemühte sich jedoch trotzdem, ein, wenn auch etwas gequältes Lächeln in seinem ver-

schwitzten Gesicht zu halten. Augustus Steicher hatte ungeniert seine dicke Rechte auf das Knie der Blondine gelegt. Alle sangen oder feuerten das Tanzpaar an, niemand achtete auf die beiden Neuankömmlinge. Pflug warf einen verstohlenen Blick auf die Uhr an der Stirnseite des Salons: Sie waren nicht einmal eine halbe Stunde fortgewesen, obwohl es ihm wie eine Ewigkeit vorgekommen war.
»Vielen Dank für Ihr Entgegenkommen«, sagte Annegret Schoschowski zu ihm, dann setzte sie sich an den vorderen kleinen Tisch. »Ich glaube, ein Cognac würde mir jetzt gut tun«, meinte sie.
Pflug verbeugte sich. »Ja, gnäe' Frau«, antwortete er, dann machte er sich auf den Weg zur Küche.
»Das ging ja schnell«, sagte der Smutje, und Pflug erschrak. Doch der Koch meinte es nicht zweideutig, er war nur müde und froh, daß er die Verantwortung für die fröhlichen Passagiere an ihn abgeben konnte. »Ich lege mich hin«, verkündete er und trottete davon.
In der engen Küche hielt Pflug einen Augenblick inne, bevor er wieder in den Salon ging. Das war alles wie ein seltsamer Traum für ihn, angenehm, aber auch beunruhigend. Warum sollte eine berühmte, attraktive Frau wie Annegret Schoschowski sich ausgerechnet mit einem unscheinbaren Kellner abgeben? Und das auch noch so hastig und an einem versteckten Ort wie eine gewöhnliche Straßendirne? Schon möglich, daß sie gerade das erregend fand. Er hatte genug gesehen, um zu wissen, daß die Reichen, Berühmten und Mächtigen ihre sexuellen Vorlieben ziemlich ungeniert ausleben konnten, selbst unter den neuen Machthabern.
Dann erinnerte er sich jedoch plötzlich wieder an den

Blick, mit dem sie ihn in Recife angestarrt hatte, an das Abschätzende, Berechnende. Er wurde das beunruhigende und erniedrigende Gefühl nicht los, für Annegret Schoschowski nicht ein Liebhaber, sondern eher eine Art Werkzeug gewesen zu sein.
Als er mit dem Cognac auf einem kleinen Tablett zurückkam, hatte er unauffällig einige Pralinen dazugelegt. Annegret Schoschowski nahm das Glas, ignorierte das Konfekt und sagte laut: »Vielen Dank, Sie können sich jetzt zurückziehen. Ich brauche Sie heute abend nicht mehr.«

Heinrich Parsch setzte sich bleich und übernächtigt vor die Telefunken-Kästen. Seit der Geschichte mit den Führer-Witzen konnte er nur noch schlecht schlafen. Es war jetzt fünf Uhr morgens. Müde und gelangweilt überflog er die letzten Meldungen, die der Zweite Funker gestern abend entgegengenommen hatte: Wettermeldungen, ein Telegramm aus dem Reichsinnenministerium an den berühmten Dirigenten mit den wehenden Haaren, eine kurze Routine-Nachricht aus Friedrichshafen über die Fahrt des »Hindenburg«: »lz 129 vor landung in lakehurst, acht stunden verspaetung.«

Hein Parsch grinste matt. Das war in der Luft nicht anders als auf See: Wer nach Südamerika fuhr, wurde vom schönen Passat geschoben, wer über den Nordatlantik wollte, mußte immer wieder Unwetter und Stürme abreiten.
Gelangweilt legte Parsch ein paar Schalter um. Röhren glühten auf, Zeiger schlugen aus, der Kurzwellenempfänger erwachte summend zum Leben. Oben auf den Protokollblock setzte er in seiner sauberen, etwas ungelenken Schrift das neue Datum: Freitag, 7. Mai 1937. Dann lehnte er sich zurück. Es würde ein langweiliger Morgen werden, unterbrochen vielleicht nur durch einige Routine-Wettermeldungen. Die Passagiere hatten, wie ihm der Steward – der selbst ungewohnt mitgenommen aussah – gerade verraten hatte, eine lange, feucht-fröhliche Nacht hinter sich, so daß sie ihn, mit ein bißchen Glück, während seiner ganzen Wache bis zum Vormittag mit ihren Privattelegrammen in Ruhe lassen würden.
Keine fünf Minuten später wurde die Tür mit einem kräftigen Ruck aufgeschoben – und Hans Thomsen trat herein. Parsch fuhr hoch, doch der andere lächelte unangenehm.
»Was wollen Sie hier?« fragte der Funker.
»Mit Ihnen reden«, antwortete Thomsen.
»So früh?«
»Wir von der Gestapo sind Frühaufsteher«, entgegnete der Besucher und lehnte sich lässig gegen den Kasten des Kurzwellenempfängers, während er ihn unverfroren musterte, als wäre er ein exotisches Tier im Zoo.
»Was wollen Sie?« fragte Parsch noch einmal, ärgerlich und beunruhigt. »Eher jage ich den Zeppelin in die Luft, als daß ich mich von diesem Kerl verhaften lasse!«

dachte er grimmig verzweifelt und ballte unwillkürlich die Fäuste. Er bemerkte nicht, daß der Gestapo-Mann dies sah und unauffällig seine Rechte in der Jackettasche verschwinden ließ.
Der andere schob ihm mit der linken Hand einen Zettel zu: »Thomsen, achten Sie auf Heinrich Parsch, Erster Funker!« »Können Sie mir das erklären, Herr Parsch?« Thomsens Stimme war kalt.
Der Funker wurde zunächst blaß, dann dunkelrot. »Irgendein Schwein aus der Besatzung will mich verpfeifen!« rief er wütend.
»Was will er denn verpfeifen?« fragte Thomsen süffisant.
»Nichts«, entgegnete Parsch verstockt, »da gibt es gar nichts. Irgend jemand will mich fertigmachen, ich weiß nicht, warum. Wenn da wirklich etwas wäre, hätte er es Ihnen ja nicht heimlich zustecken müssen!«
Thomsen lächelte dünn, sagte aber nichts. Hein Parsch spürte, wie ihm der Schweiß in kleinen Rinnsalen die Achselhöhlen herunterlief. Ausgerechnet in diesem Augenblick kam eine Meldung an. Wütend riß er den Protokollblock zu sich heran und setzte die Kopfhörer auf. Er verfluchte den Gestapo-Mann, während er die Meldung niederschrieb. Erst nach einigen Wörtern wurde ihm klar, was er dort notierte. Er erstarrte. Thomsen sprang auf und beugte sich über seinen Funktisch, um die Meldung zu lesen, aber Parsch achtete nicht auf ihn.
Es war eine Eilnachricht aus Friedrichshafen von der Deutschen Zeppelin Reederei. Sie verlangten eine Bestätigung, doch Parsch reagierte nicht.
Wieder funkten sie: »bitte bestaetigen!« Der Funker schüttelte nur ungläubig den Kopf. Erst nach der drit-

ten Aufforderung sandte er sein »verstanden!« zurück. Dann riß er das Papier vom Kontrollblock, atmete tief durch und stand auf. Thomsen starrte ihn ausdruckslos an. Er hatte seine Rechte wieder aus der Jackettasche genommen.

»Ich muß zur Brücke«, sagte Parsch leise. Seine Hand zitterte, als er den Notizzettel einmal faltete. Wie ein Schlafwandler ging er am mit Karten überquellenden Tisch der Navigatoren vorbei und betrat blaß und schweigend die Brücke. Die Rudergänger warfen ihm nur kurze, erstaunte Blicke zu, dann starrten sie schnell wieder nach vorn. Der Kapitän sah ihn verwundert an, als er nicht grüßte, sondern nur stumm die Nachricht hinhielt. Er faltete das Papier auseinander und las:

»deutsche zeppelin reederei friedrichshafen an kapitaen von schiller – persoenlich! – lz 129 ›hindenburg‹ gestern abend, 18:25 Uhr ortszeit, bei landung in lakehurst verbrannt – mindestens 30 tote – wahrscheinliche ungluecksursache: anschlag oder sabotage im luftschiff – hinweise auf moeglichen anschlag auch auf lz 127 ›graf zeppelin‹! – wiederhole: hinweise auf moeglichen anschlag auch auf lz 127 ›graf zeppelin‹! – ankunft friedrichshafen schnellstmoeglich – hoechste wachsamkeit erforderlich – geheimhaltung vor passagieren bis ankunft friedrichshafen notwendig – weitere anweisungen folgen.«

3

Über den Kanarischen Inseln,
Freitag, 7. Mai 1937

Rafael Schoschowski hatte schlecht geschlafen. Gestern abend hatte er sich in einem Zustand des Halbdämmers unruhig auf der schmalen Liege hin- und hergeworfen. Mißtönender Gesang und die kreischende Amerikaner-Musik vom Grammophon waren aus dem Salon bis in seine Kabine gedrungen, gedämpft zwar, doch penetrant genug, um ihn so zu reizen, daß er beinahe hinausgerannt wäre, um der Meute seine Verachtung entgegenzuschleudern. Daraus wäre natürlich ein nicht zu vertuschender Skandal geworden – etwas, was er sich in seiner jetzigen Situation auf keinen Fall leisten konnte. Zornbebend und halb erstickt von bitteren, selbstmitleidigen Gedanken war er deshalb liegengeblieben und hatte diese ohrenbeleidigende Barbarei schweigend ertragen.

Schlimmer noch als der Lärm war allerdings die Tatsache, daß die Liege über ihm leer war. Am schlimmsten aber wurde es, als Annegret endlich doch hereingeschlichen kam.

Als er hörte, wie die Tür aufgeschoben wurde, stellte er sich schlafend. Seine Frau machte kein Licht, doch trotzdem war ihre Präsenz für Rafael Schoschowski so deutlich spürbar, daß er vor Qual und Lust hätte aufschreien mögen. Ihr ruhiger, gleichmäßiger Atem und das Rascheln der Kleider, die sie sich vom Leib streifte, überlagerten die dumpfen Geräusche aus dem Salon; ihr Duft schien die Luft in der engen Kabine schlagartig wärmer und schwerer zu machen. Es war »IA-33«, das selten war und sehr teuer und in ultra-modernen Flacons verkauft wurde, die mit ihren eckigen Formen aussahen, als wären sie im von den braunen Machthabern verfemten Bauhaus entworfen worden. Es war eine Provokation, und Rafael Schoschowski mochte es eigentlich nicht besonders, er hätte etwas Schwereres, Klassischeres bevorzugt. Doch da dieser Duft für ihn untrennbar mit Annegret verbunden war, erregte er ihn über alle Maßen.

Er atmete tief durch, sog die Luft langsam und genießerisch durch die Nase ein und wurde sich der anderen, ungewohnten Spuren in ihrem Parfumduft gewahr: Cognac, Schweiß – und der Hauch eines billigen, aufdringlich riechenden Rasierwassers.

Schoschowski glaubte, jeden Moment verrückt werden und wie ein Wahnsinniger aufspringen zu müssen, seine Frau zu beschimpfen, auf sie einzuschlagen, die Tür aufzureißen und schreiend durch den Zeppelin zu rennen. Doch statt dessen preßte er nur den angehaltenen Atem aus, daß es wie ein leises Seufzen klang, wie es auch Schläfer von sich geben, dann hatte er sich auf die Seite gedreht, das Gesicht zur Wand.

Stundenlang lag er wach und versuchte, sich einzureden, daß Annegret den Duft des billigen Rasierwassers auch auf harmlose Weise angenommen haben konnte. War es nicht möglich, daß sie sich von einem Passagier verabschiedet und ihm dabei die Hand gegeben hatte – und dieser Herr hatte sich kurz zuvor noch einmal mit seinem Rasierwasser betupft, so daß von seiner Hand auf ihre ... ?

Doch als das erste papierfarbene Morgenlicht endlich durch das Fenster drang, kapitulierte Rafael Schoschowski, dachte sich nicht länger immer neue, immer absurdere Erklärungsversuche aus, sondern akzeptierte die bittere Realität. Schon einmal war ihm die Spur eines Rasierwassers aufgefallen, die im Parfumduft ihrer Haut mitgeschwungen war, eines dezenten und teuren allerdings. Das war damals, als er Annegret gerade kennengelernt hatte. Wie er bald herausgefunden hatte, war es das Rasierwasser eines älteren, kultivierten Berliner Verlegers. Er war der Bewunderer und Förderer der jungen, begabten Pianistin gewesen – und ihr Liebhaber, bevor sie ihn wegen des ehrgeizigen Dirigenten verlassen hatte.

Müde schlich er aus der Kabine und machte sich notdürftig frisch. Dabei blickte er in den Spiegel, sah sein eigenes, verhärmtes Gesicht, bemerkte, daß sein Haarkranz nicht mehr einem Glorienschein glich, sondern eher der ungewaschenen Frisur eines Bettlers, daß seine dunklen Augen ihren Glanz verloren hatten und stumpf waren wie die eines Opiumessers. Wütend richtete er sich auf, packte seine Zahnbürste wie einen Dirigentenstab und deutete damit auf sein Spiegelbild. »Ich bin Rafael Schoschowski«, flüsterte er erstickt, »ich bin noch immer der größte Dirigent dieser Epoche! Niemand wird mir diesen Ruhm nehmen können, niemand!« Die Zahnbürste zerbrach in seiner Hand, als er sie zur Faust ballte.

Zitternd stand er vor dem Waschbecken und kam sich einerseits lächerlich vor, war jedoch auch erfüllt von trotzigem Stolz. Dann ging er nach vorn. Er hatte nicht

erwartet, um diese frühe Stunde schon einen seiner Mitpassagiere vorzufinden, doch er war überrascht, daß auch der Steward nicht auf seinem Posten war: Es lag noch kein Gedeck auf den Tischen.
Schoschowski zuckte mit den Achseln und schlenderte weiter, um den Funker zu fragen, ob neue Telegramme für ihn aus Berlin angekommen seien. An der Tür zwischen Salon und Flur zu Funkraum und Brücke blieb er abrupt stehen. Er hatte sie erst einen Spalt weit geöffnet. Der Funker stand vor seinen Apparaten, die Tür zu seinem Verschlag war zurückgeschoben und einige Männer drängten sich davor: Thomsen, dieser seltsame Passagier, der den Kontakt zu den anderen mied, der Steward, der Erste Offizier und, leise redend und eindringlich gestikulierend, Kapitän Hans von Schiller.
»Hindenburg«, konnte Schoschowski verstehen und »Attentat« und »über 30 Tote«. Er rührte sich nicht und lauschte, doch er konnte nur Bruchstücke von dem verstehen, was der Kapitän sagte. Für ihn ergab dies alles keinen rechten Sinn. Irgend etwas schien der Kapitän noch über die Passagiere zu sagen, eine Art Anweisung an Thomsen und den Steward, denn beide nickten, doch was es genau war, konnte er ebenfalls nicht herausfinden.
Schoschowski interessierte sich nicht wirklich für das, was da vor sich ging, ihn interessierte nur, was in den letzten Stunden im Propagandaministerium entschieden worden war und was sein Förderer in Berlin ihm dazu mitteilen konnte. Er atmete tief durch und schob die Tür zurück. Schlagartig verstummte das Flüstern vor dem Funkraum, und die Männer starrten ihn an. Schoschowski setzte ein verbindliches Lächeln auf,

verbeugte sich leicht und fragte: »Ist vielleicht ein Telegramm für mich angekommen?«
Der große blonde Funker starrte ihn einen Augenblick mit leerem, blöden Ausdruck an, kramte dann in seinen Papieren herum und reichte ihm schließlich einen Zettel. »Das ist in der Nacht durchgekommen«, sagte er vage.
Schoschowski bedankte sich, drehte sich um, und, schon halb wieder im Salon, wandte sich noch einmal zurück. »Meinen Sie, daß ich schon frühstücken darf?« fragte er den Steward ironisch.
Der wurde rot, schlug die Hacken zusammen wie ein Rekrut und verbeugte sich tief. »Selbstverständlich!« murmelte er, machte jedoch keine Anstalten, in der Küche zu verschwinden, sondern blickte den Kapitän nur fragend an. Erst als von Schiller mit einem kurzen Nicken seine Erlaubnis gab, eilte er davon. Die Runde löste sich auf. Die beiden Offiziere gingen auf die Brücke, Thomsen, der ihn mit undurchdringlicher Miene anstarrte, setzte sich im Salon an seinen Tisch, und der Funker schob die Tür zu seinem Raum mit heftigem Ruck zu.
Schoschowski hatte das Flüstern über den »Hindenburg« schon wieder so gut wie vergessen, während er für lange Sekunden auf das sauber gefaltete Telegrammformular starrte. Langsam und mit leicht zitternden Händen faltete er es auseinander und las: »habe irrtum geklaert – untergeordnete parteistelle uebereifrig – sache erledigt – freue mich auf naechstes konzert in berlin – gute heimfahrt.«
Schoschowski schloß die Augen, weil ihm sonst die Tränen herausgequollen wären. Ein unsichtbares Gewicht drückte plötzlich nicht mehr auf seinen Nacken,

eine Welle der Dankbarkeit für seinen Gönner im Ministerium durchflutete ihn, des Glücks, solche Freunde zu haben. Plötzlich erschienen ihm die letzten Tage wie ein Alptraum, wie eine Prüfung, ob er wirklich würdig war, den Gipfel des Ruhms zu erklimmen. Er hatte sie bestanden.

Von nun an, so glaubte er plötzlich, gäbe es keine Hindernisse mehr, keine Klippen im Weg, keine Schwierigkeit, die er nicht überwinden könnte. Wie lächerlich seine Überlegung der letzten Tage, lieber mit dem Zeppelin zu verbrennen, als sich in Deutschland dieser Herausforderung zu stellen! Er schwebte wie im Rausch, spürte, wie eine neue Kraft ihn durchströmte, ein neuer Wille beseelte. Unbesiegbar war er – zum ersten Mal fühlte er sich auch stark genug, die eiserne Klammer, die Annegret um ihr Herz gelegt hatte, zu zersprengen.

Ein Hauch Rasierwasser auf ihrer Haut? Wie lächerlich! War das so ungewöhnlich in einem Zeppelin, wo mehr als ein Dutzend Menschen einige Tage auf engem Raum zusammen reisten?

Schoschowskis Hochstimmung dauerte knapp eine Minute. Er fühlte sich zum Bersten kräftig. Das Meer schimmerte wie Perlmutt, durch das träge der Schatten eines Hammerhais glitt. Die Kanarischen Inseln lagen voraus. Schoschowski sah bewaldete Berghänge, Krater gewaltiger, längst erloschener Vulkane, kleine Dörfer mit hellgetünchten Häusern, blühende Bananen- und Orangenplantagen. »So erhaben muß sich ein Gott gefühlt haben, wenn er vom Olymp hinabblickt«, dachte er.

Dann kam der Steward an seinen Tisch, verlegen lächelnd und hektisch. Mit schnellen, routinierten Bewegungen stellte er Teller und Tasse, das Besteck, eine Kanne dampfenden Kaffees, den Korb mit frischen Brötchen, die Gläser mit Marmelade, Honig und Butter auf die blütenweiße Decke. Und Schoschowski saß da, plötzlich teilnahmslos wie ein Mann, dem der Arzt soeben eine schreckliche Diagnose gestellt hat, sah und hörte nichts, atmete nur tief durch, schien die Luft regelrecht einsaugen zu wollen. Es roch stark nach dem süßen, etwas aufdringlichen Rasierwasser des Stewards, als dieser geschäftig um den Tisch herumrannte.

Heinrich Parsch war durch die auffällig nervöse Frage des berühmten Dirigenten nach einem Telegramm aus Berlin für ein paar Augenblicke von seinen eigenen Problemen abgelenkt worden. Er verstand den Inhalt der kurzen Botschaften, die zwischen Schoschowski und dem Mann im Reichinnenministerium ausgetauscht wurden, nicht richtig, doch schien es sich um eine der üblichen, wie er es nannte: »Zeppelin-Intrigen« zu handeln.
Die Fahrt mit dem »Graf Zeppelin« war die mit Abstand schnellste Möglichkeit, von Europa nach Süd-

amerika zu kommen, was unweigerlich jede Menge Männer anzog, die in rasender Eile irgend etwas erreichen oder vor irgend etwas fliehen wollten. Oft belagerten sie während der ganzen Fahrt die Funkkabine, manche – vor allem Geschäftsleute – gaben ihre Telegramme sogar in einer Art Geheimcode auf. Parsch hatte schon Texte wie »blauer tiger wird mittwoch in berlin sein« durch seine Telefunken-Kästen gejagt.
Parsch teilte die Passagiere in »Schweiger« und »Schwätzer»; erstere waren diejenigen, die selten oder nie bei ihm vorbeikamen, um Funktelegramme aufzugeben. Manche schrieben statt dessen Briefe auf den bordeigenen Bögen und versahen sie mit den begehrten Zeppelin-Briefmarken und Stempeln. Parsch konnte nur hoffen, daß darin keine wichtigen Sachen standen, denn die Deutsche Zeppelin Reederei hielt immer noch am guten alten Brauch fest, kleine Postsäcke, in denen Briefe für bestimmte, auf dem Kurs liegende Regionen steckten, direkt über dem betreffenden Gebiet abzuwerfen und zu hoffen, daß der ehrliche Finder sie beim nächsten Postamt abgab. Doch bei Küstenstädten fiel der eine oder andere Sack gelegentlich ins Meer und war dann meist verloren. Andere Passagiere schienen überhaupt keinen Wert auf persönliche Reisenachrichten zu legen.
Die »Schwätzer« dagegen waren die, die ihm Arbeit machten. Auf dieser Fahrt gehörte nicht nur der Dirigent zu dieser Kategorie, sondern auch Walter Jaeger. Der hatte zwar nur zwei Telegramme aufgegeben, wobei das eine ein kurzes an seine Familie war, das andere aber hatte es in sich, aufgegeben ausgerechnet an diesem Vormittag: eintausend Worte an die Redaktion der »Frankfurter Zeitung«, ein langer Artikel. »Bin ich eine

Sekretärin?« hatte Parsch heimlich geflucht, während er den Text mühselig durchgegeben hatte. Es war ein seiner Meinung nach ziemlich aufgeblasener Bericht über die Durchquerung der Kalmenzone. »Wie aufregend!« höhnte er in Gedanken und hatte nicht übel Lust, seinen ganz persönlichen Kommentar einfach mitzuschicken. Die Redakteure in Frankfurt würden staunen!
»Es gibt bald Spannenderes über Zeppeline zu berichten als die Durchquerung einiger Regenwolken«, hatte er dem Journalisten während einer kurzen Funkunterbrechung wegen einer atmosphärischen Störung zugeraunt.
Da war Jaeger plötzlich sehr aufmerksam geworden und hatte neugierig nachgefragt, höflich zwar, doch irgendwie unerbittlich. Parsch glaubte, daß er ihm nicht zuviel verraten hatte, schließlich gab es ja das ausdrückliche Verbot des Kapitäns, nicht über den »Hindenburg« mit den Passagieren zu reden. Parsch hatte schon so genug Ärger am Hals, da konnte er es sich nicht leisten, von Schiller wegen seiner Geschwätzigkeit zusätzlich gegen sich aufzubringen. Er stieß nur kurze, stockende, kaum verständliche Bemerkungen hervor, mit denen Jaeger sicherlich nichts anfangen konnte.
Aber andererseits ... Dieser Journalist konnte so verdammt viel besser reden als er! Vielleicht hatte er ihm irgendwelche Informationen aus der Nase gezogen, ohne daß er es auch nur bemerkt hatte? Parsch fluchte heimlich. Schon wieder jemand mehr an Bord, dem er am liebsten einen ordentlichen Kinnhaken verpaßt hätte. Er war froh, als Jaeger endlich seine Funkkabine verließ.
Der dritte »Schwätzer« an Bord war ihm allerdings

noch unangenehmer: Hans Thomsen. Der schickte regelmäßig Meldungen über die aktuelle Position des »Graf Zeppelin« und den Gesundheitszustand Professor Forsters zur Zentrale des Sicherheitsdienstes in Berlin – zumindest interpretierte Parsch das stereotype »f wohlauf« in allen Telegrammen als Zustandsbeschreibung des Professors. Der schien offensichtlich ungeheuer bedeutend zu sein.

Als Thomsen ihn dann mit der anonymen Nachricht konfrontierte, bekam es Parsch mit der Angst zu tun. Aus einem vagen Hinweis war eine konkrete Bedrohung geworden. Und genau in diesem Augenblick war die Meldung von der Zerstörung des »Hindenburg« durchgekommen.

Parsch verfluchte sich selbst, doch er konnte nicht verhindern, daß er inmitten der allgemeinen Besorgnis und Unruhe so etwas wie Erleichterung verspürte. Wenn »dem Grafen«, wie die Besatzung das Luftschiff nannte, wirklich etwas zustoßen sollte, würde sich niemand mehr um die harmlosen Führer-Witzchen des Ersten Funkers kümmern! Jeder würde denken, daß die Verrückten, die den »Hindenburg« zerstört hatten, nun auch hier zugeschlagen hatten – wenn es denn überhaupt einen Verrückten an Bord gab. »Vielleicht sollte ich etwas nachhelfen!« dachte er düster.

In den nächsten Stunden kam nichts Neues über den »Hindenburg« durch. Es gab eine Meldung vom Reichsluftfahrtministerium um 10.07 Uhr: »keine neuen erkenntnisse vorfall hindenburg – stop – fahrt planmaessig fortsetzen.« Parsch fand, daß die Bezeichnung »Vorfall« eine zynische Untertreibung war, enthielt sich aber wohlweislich jeden Kommentares, als er Kapitän von Schiller den Text überreichte.

Die Zeit verging für ihn mit Routinemeldungen: Ankündigung der voraussichtlichen Ankunft des »Graf Zeppelin« an der marokkanischen Küste bei den französischen Kolonialbehörden in Marokko und Tanger und Entgegennahme der Meldungen verschiedener Wetterstationen in Nordafrika und Südeuropa.
Zweimal meldete sich der Sicherheitsdienst aus Berlin mit der gleichen Meldung an Thomsen: »bericht zustand f?« Da mußte in Berlin wirklich jemand besorgt sein. »Vielleicht ist Forster der Verrückte«, dachte Parsch und versuchte, sich vorzustellen, wie der etwas vertrottelte Professor ein Luftschiff sprengen würde – absurd. Er ließ die Telegramme vom Stewardgehilfen zu Thomsens Kabine bringen, der beide Male mit dem stereotypen »f wohlauf!« zurückkam. Parsch fragte sich, ob Forster überhaupt wußte, daß zwischen Thomsen und Berlin seinetwegen alle paar Stunden Telegramme gewechselt wurden.
Zwischendurch versuchte er, sich an die Handschrift des anonymen Zettels zu erinnern, den ihm Thomsen kurz gezeigt hatte. Ihm kam es so vor, als habe er sie schon irgendwo einmal gesehen. Parsch blätterte die Funkprotokolle der letzten Tage durch und erstarrte. »Unsinn!« sagte er sich. Und doch …
Sah nicht die Handschrift des Zweiten Funkers der der ungezeichneten Denunziation verteufelt ähnlich? Parsch zermarterte sich das Hirn. Hatte er die richtige Spur gefunden? Oder bildete er sich bloß etwas ein?
Er überlegte sich gerade, wie er Thomsen vielleicht den Zettel für kurze Zeit stehlen konnte, um ihn mit den Protokollen des Zweiten Funkers zu vergleichen, als der Gestapo-Mann wieder in die Funkkabine trat. Mit unbeweglicher Miene gab er eine lange Meldung an

die Zentrale des Sicherheitsdienstes auf: Eine Namensliste aller Passagiere und Besatzungsmitglieder und die Bitte um eilige Überprüfung. Parsch sagte nichts, doch als er seinen eigenen Namen durchgeben mußte, kam er sich so vor, als stelle er sich selbst einen Haftbefehl aus.

Er hatte die absurde Hoffnung, daß vielleicht keine Antwort kam. Doch einige Zeit später trat genau das ein, was er befürchtete: der Sicherheitsdienst hatte die alte Sache mit der Schlägerei ausgegraben und Thomsen gemeldet. Für einen Augenblick überlegte er, ob er nicht das Telegramm unterschlagen oder wenigstens nur verstümmelt – nämlich um seinen Eintrag gekürzt – weiterreichen sollte, doch Parsch hatte keine Ahnung, ob die Gestapo später die Nachrichten miteinander vergleichen würde. Falls das so wäre, dann steckte er nur noch tiefer im Dreck.

Seufzend faltete er den Zettel mit dem Telegramm zusammen und rief Pflug, weil er Thomsen damit nicht selbst unter die Augen treten wollte. »Gib das dem Gestapo-Fritzen«, bat er resigniert. Der Steward sah ihn erstaunt an, sagte aber nichts. »Das kann ja noch heiter werden!« fluchte Parsch laut, als er wieder allein war. Einen Moment dachte er ernsthaft daran, die Telefunken-Kästen einfach kurzzuschließen und mit einem gewaltigen elektrischen Funkenschlag die hunderttausend Kubikmeter Wasserstoff in den Gassäcken über ihren Köpfen explodieren zu lassen.

Sarah Livingston war auf eine unbestimmte Art aufgeregt. Irgend etwas ging seit diesem Morgen an Bord vor, es war eine Unruhe unter den Passagieren, eine Art von Nervosität beim Steward und den anderen Besatzungsmitgliedern, die sie sah, so, als stünden plötzlich alle Menschen an Bord des »Graf Zeppelin« vor einer wichtigen Prüfung.
Die Schoschowskis schienen die Fahrt überhaupt nicht zu vertragen. Sarah hatte eigentlich vorgehabt, den berühmten Dirigenten in einem passenden Augenblick anzusprechen und wenigstens ein Autogramm von ihm zu ergattern. Doch seit dem Frühstück an diesem Tag schien zwischen ihm und seiner Frau eine Art Krieg zu herrschen. Annegret Schoschowski sah, wie sie neidvoll anerkennen mußte, phantastisch aus: Sie trug ein fliederfarbenes Crêpe Georgette mit langen, weiten Ärmeln und einer großen, dunkelblauen Blütenschleife um ihren schlanken Hals. Sie wirkte nicht so streng, unnahbar und hochmütig wie in den letzten Tagen. In ihrem farbenfrohen Sommerkleid, ihren leicht mit Rouge getönten Wangen und dem langen, offen getragenen Haar glich sie heute eher einem unbeschwerten Schulmädchen – einem Schulmädchen allerdings, das schon alt genug ist, seinem Lehrer den Kopf zu verdrehen.
Ihr Mann dagegen schien mit jedem Tag der Fahrt ein Stück abzubauen. Heute sah er übernächtigt und deprimiert aus. Nichts war mehr von seiner strahlenden Souveränität geblieben, als er beim Mittagessen seiner Frau gegenübersaß und leise auf sie einredete. Sarah spitzte die Ohren, doch sie konnte nichts verstehen. Annegret Schoschowski schien die Ausführungen ihres berühmten Gatten, ihrem Gesichtsausdruck nach zu

schließen, mit kurzen, höhnischen Entgegnungen zu kontern.
Thomsen hielt es nur noch selten auf seinem Platz bei dem älteren, stets etwas zerzaust aussehenden Professor, der an seinem Tisch saß und irgend etwas las. Er schlich durch den Salon wie ein gefangener Tiger, gab ungefähr jede Stunde ein Funktelegramm auf und packte schließlich den Professor ziemlich ruppig am Arm und zerrte ihn in ihre Kabine, wo er ihn, wie Sarah erstaunt bemerkte, einschloß, als wäre der ältere Herr ein gemeingefährlicher Schwerverbrecher. Dann verschwand dieser ihr immer unheimlicher werdende Mitreisende auf der Brücke, wo er sich flüsternd mit den Offizieren unterhielt.
Sarah wußte nur, daß er etwas Ähnliches war wie ein deutscher FBI-Mann. Sie hielt es nicht für ratsam, ihre abenteuerliche Entdeckungstour zum Gepäckabteil zu wiederholen und wagte es auch nicht, ihren Vater auf die seltsamen Pläne in seinem neuen Koffer anzusprechen. Vielleicht hatte die Unruhe des Nazi-Cops ja etwas damit zu tun. Nicht auszudenken, was dann passieren würde, wenn sie Daddy deswegen fragen und Thomsen sie dabei belauschen würde. Ihr Vater schien ihr schon nervös genug zu sein.
Am anderen großen Tisch saßen nur Verrückte. Der Parteibonze in seiner lächerlichen Pfadfinderuniform war schon nach dem Frühstück, das er mit diversen Deinhards hinuntergespült hatte, ziemlich angetrunken und schwadronierte laut über Kunstausstellungen, ohne daß ihm, soweit Sarah es beobachten konnte, noch einer seiner Tischnachbarn dabei zuhörte. Sie vermutete, daß auch der farblose Buchhalter trank, allerdings heimlich – er hatte zwar nur an seinem Weinglas

genippt, war aber geradezu übertrieben euphorisch. Steichers blondierte Begleiterin – »die Schlampe«, wie Sarah sie für sich nannte – hatte sich, während sie alle anderen Passagiere mit kaltem Hochmut behandelte, ausgerechnet auf den verklemmten Indianer-Forscher gestürzt. Der war in Sarahs Augen so ziemlich der unattraktivste junge Mann, den sie je gesehen hatte. Erich Bäcker wand sich vor Verlegenheit auf dem Stuhl, rutschte hin und her, verdrehte mit verschwitzten Händen seine Serviette zu einem grotesken Knoten – und saß plötzlich aufrecht, stocksteif und mit furchtsamem Gesichtsausdruck still.
Sarah brauchte ein paar Augenblicke, um die Ursache dieses abrupten Haltungswechsels zu ergründen, dann drehte sie ihren Kopf hastig weg und blickte auf ihren Teller, damit ihre Tischnachbarn nicht sehen konnten, daß ihr Gesicht puterrot geworden war. Die Blondine hatte, lässig und doch besitzergreifend, ihre Hand auf Bäckers Oberschenkel gelegt.
Verwirrt und verlegen blickte Sarah in die Runde und stellte erleichtert fest, daß niemand ihre innere Erregung, geschweige denn die Ursache dafür, entdeckt hatte. Daddy sah alle paar Augenblicke aufgeregt auf seine Uhr, als könne er es gar nicht mehr erwarten, bis sie endlich in Deutschland wären; Mutter schaufelte energisch einen Teller nach dem anderen von der hervorragenden Gemüsesuppe in sich hinein, Maria blickte starr und gelangweilt geradeaus. Die beiden Journalisten – längst nannte sie sie Walter und Bruno – unterhielten sich leise in ihrer Sprache miteinander. Beide bemühten sich, höflich zu klingen, doch Sarah ließ sich nicht täuschen. Sie hatte ihnen verschwiegen, daß sie ganz gut Deutsch konnte, weil sie es amüsanter

fand, dem harten Akzent und den vielen unfreiwilligen komischen Fehlern der beiden zu lauschen, wenn sie sich auf englisch versuchten.

Bruno Krauss war ein Mann, wie sie ihn zu Genüge von Zuhause her kannte – wenn Daddy Geschäftspartner und deren Söhne zum Angeln oder Jagen eingeladen hatte. Bruno, zehn Jahre älter als sie, war auch einer von denen, die als ihren Hauptberuf ehrlicherweise »Sohn« hätten angeben müssen. Sein Vater, ein alter Nazi, hatte es bis zum Gauleiter gebracht und ihm eine der begehrten Stellen beim »Völkischen Beobachter« verschafft – worauf Krauss auch noch stolz zu sein schien. Außerdem war er klein und dicklich, hatte außer einem erschreckenden Fanatismus für »die Bewegung« sowie einem unangenehmen Hang, alle Menschen seiner Umgebung hinter deren Rücken hämisch zu kritisieren, keine bemerkenswerten geistigen Qualitäten – und war ein miserabler Charleston-Tänzer.

Schließlich hatte er in seiner Ahnungslosigkeit gegenüber seinem Kollegen einmal den Spitznamen geflüstert, den er sich für Sarah reserviert hatte: »Mondgesicht.« Sie hatte sich dafür gerächt, indem sie ihn am vergangenen Abend dazu gebracht hatte, vor allen Mitreisenden nach ihrer Charleston-Musik wie ein von Elektroschocks getriebener Grizzly durch den Salon zu hopsen. Er hatte bei ihr endgültig verspielt, doch unterhielt sie sich noch immer in wohldosierten Abständen liebenswürdig mit ihm, um seinen Kollegen ein wenig eifersüchtig zu machen.

Walter Jaeger war zwar auch nicht gerade ein Doppelgänger von Errol Flynn, doch Sarah war ehrlich genug, sich einzugestehen, daß sie definitiv eine Schwäche für ihn hatte. Auf das »Mondgesicht« des anderen Journalisten hatte er halblaut: »Sie sind blind!« entgegnet. Sie hätte ihm dafür um den Hals fallen mögen, war aber klug genug gewesen, sich nichts anmerken zu lassen.

Einen Augenblick lang überlegte Sarah, wie Walter wohl reagieren würde, wenn sie jetzt ebenfalls lässig ihre Hand auf sein Bein sinken ließe. Wäre er so überrascht, daß er das Weinglas, das er gerade zu einem hastigen Zug zwischen zwei Sätzen anhob, aus der Hand gleiten ließe? Oder war er so in den Streit vertieft, daß er es nicht einmal bemerken würde? Erst dann fiel ihr auf, daß sie gar nicht wußte, über was die beiden sich eigentlich in die Haare bekommen hatten. Sie beugte sich tiefer über ihren Suppenteller, um unauffälliger lauschen zu können.

»Agenten«, sagte Krauss gerade halblaut, dann verstand sie »jüdisch-bolschewistische Internationale«, »Verschwörung«, »aber kein Erfolg«, »der Führer wird es diesen Herrschaften zu passender Zeit schon zeigen« und »ausmerzen«.

Jaeger antwortete etwas mit »keine Beweise«, »selbst nicht gesehen« und »keine Hysterie« – worauf Krauss mit lauernder Stimme fragte, ob er ein »Liberaler« sei. Das war, wie Sarah inzwischen wußte, in seinen Augen eine ziemlich schlimme Beleidigung.

Sie verfolgte das Hickhack einige Zeit und versuchte, die aufgeschnappten Satzfetzen nach und nach zusammenzusetzen wie Teile eines Puzzles, was ihr jedoch nicht so richtig gelingen wollte, weil ihr Deutsch dafür dann doch nicht gut genug war. Trotzdem war es irgendwie beunruhigend. Demnach war Jaeger an diesem Vormittag in den Funkraum gegangen, um eine lange Reportage nach Frankfurt zu senden. (Das allein hatte bereits ausgereicht, Krauss, der seine Texte erst in Deutschland abgeben wollte, in Rage zu versetzen.) Dabei hatte ihm der Funker durch eine unbedachte Äußerung etwas verraten, was Jaeger wiederum seinem Kollegen mitteilte und worüber die beiden offensichtlich in Streit geraten waren. Doch was es genau war, daß konnte Sarah einfach nicht herausfinden – und nach einiger Zeit hatte sie den Verdacht, daß Walter und Bruno selbst nicht so genau wußten, was eigentlich los war.

Jaeger schien das beunruhigende Gerücht, was immer es nun war, nicht so ganz ernst zu nehmen, was Krauss, der irgendein jüdisches oder kommunistisches Komplott gegen Deutschland vermutete, zu einer Tirade gegen die »erbärmliche Schwäche verkappter Demokraten« verleitete – allerdings in einem Ton, der noch höflich genug war, daß den beiden älteren Livingstons nichts auffiel. So sehr sich die beiden Journalisten auch stritten, es war klar, daß sie um keinen Preis die Aufmerksamkeit ihrer amerikanischen Tischnachbarn erregen wollten.

Sarah war aufgeregt. »Ich wußte doch, daß hier etwas nicht stimmt!« dachte sie. Sie wagte nicht, sich in das Gespräch einzumischen und Walter direkt eine Frage zu stellen, aus Angst, ihr kleines Geheimnis zu verraten – und weil sie dachte, daß sie noch eine ganze Zeit lang weiter ungestört würde lauschen können. Doch das erwies sich schnell als Irrtum, denn der Steward erschien und stellte sich mitten in den Salon. Pflug wirkte müde und nervös, auf seinem Gesicht lag ein gezwungenes Lächeln, als er nach Steuerbord voraus deutete. »Meine Damen und Herren: Afrika!« sagte er, wie

Sarah fand: ein bißchen zu theatralisch und offensichtlich erleichtert, wieder Land in Sicht zu haben.
Die Passagiere blickten hoch, einige verließen sogar ihre Tische, um sich weit aus den rechten Fenstern zu lehnen. Es war ein schmaler, braungelber Streifen hinter dem Atlantik, der in der grellen Nachmittagssonne an einigen Stellen glitzerte wie zerbrochenes Glas: Mauretanien.
Als der »Graf Zeppelin« näher herangekommen war, erblickte Sarah ein Land, das so karg und schroff war wie keines, das sie bisher gesehen hatte. Eine scheinbar unendliche, leicht gewellte, eintönige Wüste, deren Grenze zum Ozean eine harte, über sechzig Meter hohe Steilküste bildete, gegen deren Sockel weißgischtende Wellen brachen. Kein Baum, kein Strauch, kein Fluß, keine Bucht, kein Berg – nichts bot dem Auge Abwechslung. Das Land wirkte verlassen, primitiv und in seiner Schroffheit brutal. Gelbe Wolken aus vom Wind aufgewirbeltem feinen Sand wehten wie Schleier über die Küste hinweg auf den Ozean.
Irgendwann, Sarah schätzte, daß es ein oder zwei Stunden später sein mußte, wurde die Küste etwas flacher. Der »Graf Zeppelin« fuhr in diesem Augenblick in einem leichten Bogen weiter aufs Meer hinaus. Endlich änderte sich der trostlose Anblick, eine Stadt kam in Sicht: eine Hafenmole, ein Turm, Minarette und Hunderte von schmutzig-weiß getünchten, flachen Häusern in einem Gewirr enger Gassen – wie neben- und aufeinander getürmte Würfel sahen sie auf diese Entfernung aus.
»Das ist Casablanca!« rief Krauss aufgeregt. »Warum gehen wir nicht näher heran?»
»Der Franzmann erlaubt es nicht!« antwortete Steicher

dröhnend. »Marokko ist eine französische Kolonie, und die Messieurs in Paris verlangen kategorisch, daß der Zeppelin außerhalb der Drei-Meilen-Zone bleibt. Die haben wahrscheinlich Angst, daß wir den aufständischen Berbern helfen könnten. Eigentlich keine schlechte Idee!« Er lachte dröhnend.

Inzwischen hatte der Steward die Tische abgeräumt und, wie er betonte, »zum Lande passenden« Mokka serviert.

»Marokko«, flüsterte Sarah. Der Name schien ihr eher zu einem Märchenland zu gehören als zu einer profanen französischen Kolonie. Sie fühlte sich, fast lautlos schwebend, von Luxus umgeben, eine Tasse starken und exotisch duftenden, glänzend-schwarzen Kaffees in der Hand, wie eine elegante Adelige im Orient-Expreß, nur noch erhabener. Zugleich fraß sich eine unbestimmte Sehnsucht in ihre Seele, deren Symbol die Wüstenküste mit ihrer weißen, kubischen Stadt war: so nah und doch unerreichbar.

Auch Sarah hatte sich längst erhoben und stand am Fenster, den Oberkörper weit hinausgebeugt. Ein heißer, trockener Wind fuhr durch ihr Haar, als starrte sie in einen riesigen Backofen; mit ihrer Rechten mußte sie ihre Augen beschirmen, weil das grelle Licht sie blendete. Bald spürte sie Sand auf ihren Lippen und zwischen den Zähnen.

Wenn sie das, was sie von der Unterhaltung von Walter und Bruno belauscht hatte, einigermaßen richtig verstand, dann drohte dem »Graf Zeppelin« irgendeine tödliche Gefahr – woher auch immer. Es war jetzt Freitag nachmittag, sie würden noch mindestens vierundzwanzig Stunden brauchen, bis sie über Friedrichshafen schwebten. Das war eine sehr lange Zeit, wenn

irgendwo etwas Böses lauerte. Es war aber eine sehr kurze Zeit, wenn man alles nachholen wollte, was man bis dahin im Leben verpaßt hatte.
Energisch stemmte sich Sarah vom Fenster weg, schüttelte ihre Locken aus und sah sich im Salon um. Sie hatte den Entschluß gefaßt, ab sofort nichts mehr zu verpassen.
Ihre Mutter hatte sich zu ihrem üblichen Nachmittagsschlaf zurückgezogen, einem Ritual, das sie selbst im Zeppelin nicht aufgab. Maria war ebenfalls nirgendwo zu sehen, wahrscheinlich genoß sie eine Pause in ihrer Kabine, weil niemand auf sie achtete. Ihr Vater hatte sich zu einer kleinen Gruppe gesellt, zu der auch Steicher, Krauss und Ohlbaum gehörten. Die Männer schwadronierten über die Zukunft der Kolonien und darüber, ob auch Deutschland wieder welche benötige. Jaeger stand allein am hintersten Fenster Steuerbord, hatte ein Teleobjektiv auf seine Leica geschraubt und machte gelegentlich Fotos von der Küste.
Sarah beobachtete ihn einige Augenblicke lang und wartete, bis er die Kamera wieder angesetzt hatte, dann ging sie rasch, aber so leise wie möglich zu ihm hinüber. Sie war aufgeregt, schüchtern und wußte nicht genau, was als nächstes passieren würde. Sie hoffte nur darauf, daß überhaupt irgend etwas passierte.
Walter bemerkte sie erst, als er die Leica nach einem leisen »Klack« wieder sinken ließ und damit begann, den Film am Drehknopf weiter vorzuspulen. Er hielt mitten in der Bewegung inne, lächelte verlegen und deutete dann hinüber zur Küste. »Ich mache geheime Spionagefotos von der marokkanischen Wüste«, scherzte er. »Jetzt hast du mich ertappt.«

Dann wurde er plötzlich rot und räusperte sich mehrmals, bevor er mit vergeblich um einen beiläufigen Tonfall bemühten, leisen Stimme fortfuhr: »Deine Kabine liegt auf der Steuerbordseite und weit genug hinten, daß man bereits einen der Motoren sehen kann. Vielleicht könnte ich von dort aus Casablanca fotografieren und gleichzeitig auch einen Motor und einen Teil der silbernen Außenhülle mit auf das Bild bekommen. Das wäre genau das richtige Zeppelin-Foto für meine Zeitung!»
Sarahs Herz schlug so heftig wie damals, als sie das erste Mal im Schwimmbad auf dem Zehnmeterturm am Rand des Sprungbretts stand und sich fragte, ob sie sich tatsächlich fallenlassen sollte. Sie konnte nicht erkennen, ob er mit seinem harmlos klingenden Vorschlag weitergehende Absichten verbarg oder nicht, doch sie hatte alle Mühe, ein aufgeregtes Lächeln zu unterdrücken, als sie mit einem freundlichen Nicken zustimmte. Niemand schien auf sie zu achten, als sie den Salon verließen und zusammen die zweite Kabine Steuerbord betraten.
Sie legte unauffällig den Riegel der Schiebetür um, bevor sie sich in dem engen Raum an ihm vorbei zum Fenster drängte, wobei sie ihm noch näher kam, als nötig gewesen wäre. Sein Vorschlag war absurd, das erkannte sie sofort. Zwar konnte man von hier aus tatsächlich den vorderen Steuerbordmotor sehen, wenn man sich sehr weit hinauslehnte, doch mußte man dafür in einem solchen Winkel nach hinten blicken, daß nur noch der schon weit achteraus liegende Teil der afrikanischen Küste schemenhaft zu erkennen war. Doch Walter schien darüber nicht weiter unglücklich zu sein. Er hatte seine Leica aus der

Hand gelegt, stand am Fenster und sah lächelnd hinaus.
Sarah kam näher. Der Raum am Fenster war so eng, daß sich ihre Schultern berührten. Heiße, trockene Luft drückte durch das geöffnete Fenster hinein, trotzdem war sie sicher, daß er ihr Parfum riechen konnte. Sie drehte ihren Oberkörper etwas zu ihm hin, so daß jetzt ihre Brüste seinen Oberarm berührten. »Wenn du das nicht spürst, bist du aus Holz!« dachte sie. »Deutlicher kann ich nicht mehr werden!»
Sie blickte ihn an. Walter lächelte, doch sie wußte nicht, was in ihm vorging. Hatte er tatsächlich nichts anderes vor, als von hier aus auf die afrikanische Küste zu starren? Oder hatte er sehr wohl verstanden, was sie sich sehnlichst wünschte?
Wie lange standen sie schon so da? Eine Minute? Zehn Minuten? Nichts passierte. Da war nur Walter neben ihr, rätselhaft (verlegen? schüchtern? höhnisch?) lächelnd; irgendwo weit hinter ihnen brummte dumpf der gewaltige Motor, in immer neuen Wellen quoll Backofenluft herein, so daß sich in ihrem kleinen Grübchen am Halsansatz Schweißperlen sammelten, feiner Sand legte sich auf ihre Lippen.
Sarah wußte nicht, wie es geschehen war, aber plötzlich lag sie in Walters Armen. Sie küßten sich leidenschaftlich, Walter hielt sie so fest umschlungen, daß sie kaum atmen konnte. Für einen Augenblick hatte sie das schaurig-schöne Gefühl, als würde sie aus dem offenen Fenster in die Tiefe stürzen, dann erkannte sie, daß es eine Welle der Freude und Lust war, die ihren Körper durchströmte. Sie gab sich ihm hin und überließ es ihm, das zu tun, was immer jetzt kommen mochte.

Irgendwann lagen sie auf dem schmalen Bett, nackt. Sarah hatte immer einen leichten Stich des Ärgers verspürt, wenn sie sich im Spiegel betrachtet hatte: die Schultern waren etwas zu rund, die Brüste etwas zu groß, die Hüfte etwas zu breit, die Schenkel etwas zu stark. Jetzt aber erlebte sie, wie Walter sie überall zärtlich streichelte, sie behutsam mit Lippen und Zunge liebkoste. Er küßte ihre Knie, dann die Innenseite ihrer Schenkel, ihren Schoß. Vor einer Stunde hätte sie das noch für schockierend schamlos gehalten, doch jetzt seufzte sie glücklich und spreizte ihre Beine weiter.
Ihre Körper verschmolzen im schönsten Rhythmus der Welt, langsam zuerst, dann immer heftiger und verlangender. »O Gott, ich werde verrückt, so schön ist das!« dachte Sarah noch, bevor sie überhaupt keinen klaren Gedanken mehr fassen konnte.

Achteraus schimmerten die schneebedeckten Gipfel des Hohen Atlas im roten Abendlicht wie riesige, verglimmende Kerzendochte, deren Inneres noch einmal aufglüht, bevor sie endgültig erlöschen. Es hätte Arthur Ohlbaum in diesem Augenblick nicht überrascht, wenn über den feurigen Bergriesen, gleich nie-

derbrennenden Kerzen, dünne Rauchfahnen in den Himmel gestiegen wären.
Doch die wenigen kleinen, grauschwarzen Qualmblumen kamen aus den Höfen einer Stadt, die viel näher, wenn auch ebenfalls schon hinter dem »Graf Zeppelin« lag: Tanger. Ohlbaum blickte auf eng stehende, flache Häuser, deren heller Putz im weichen Sonnenlicht rötlich schimmerte. Warmes gelbes Licht drang aus vielen Fensterhöhlen. Dattelpalmen und Büsche voll roter und violetter Blüten wucherten aus versteckten Innenhöfen. Auf den wenigen größeren Straßen fuhren ein paar Autos und Busse; auf einem Platz war Markt, die Stände unter fahlen Zeltbahnen sahen von oben so aus, als hätten Boote mit ausgebleichten Segeln mitten in der Wüstenstadt festgemacht. Dünn wie eine ferne Klage klang der Ruf des Muezzins hoch. Es war die Zeit des Abendgebets.
Der »Graf Zeppelin« durfte hier näher an die marokkanische Küste heranfahren, damit er problemlos durch die Straße von Gibraltar gelangen konnte. Die karge, steil aufragende Felspyramide der Festung lag vor ihnen. Im Hafen dümpelten ein Zerstörer und verschiedene kleinere Kriegsschiffe, ein alter griechischer Kohlendampfer kroch an der Küste entlang, eine gewaltige, schwarze Rauchfahne hinter sich herziehend, deren beißender Gestank selbst zweihundert Meter weiter oben an Bord des »Graf Zeppelin« zu spüren war. Vor dem Felsen Gibraltars lag ein riesiges, rissiges Betonfeld. Ohlbaum wußte, daß es nur dazu diente, Regenwasser aufzufangen und in Zisternen zu leiten, da die Spanier den britischen Herren der Festung kein kostbares Trinkwasser liefern mochten.
Sie waren wieder in Europa. Ungefähr zwölf Stunden

lang würde der »Graf Zeppelin« der spanischen Mittelmeerküste folgen, eine lange Zeit nervöser Spannung für die Männer auf der Brücke. Ohlbaum hatte gehört, daß einige Direktoren der Deutschen Zeppelin Reederei Angst hatten, daß ihr kostbares Luftschiff versehentlich in die Kämpfe zwischen Republikanern und Francos Anhängern hineingeraten könnte.
Dafür gab es anschließend ein Finale voller grandioser Ausblicke: durch Südfrankreich und das Rhône-Tal an den Alpen vorbei bis zum Bodensee ging die Endetappe.
Dies war die letzte Nacht an Bord. Es wurde jetzt rasch dunkler. Von seinem Platz am vordersten Backbordfenster im Salon konnte Ohlbaum weit voraus an der Küste einen Lichtschimmer erkennen, eine kleine glühende Wolke auf der kargen Küste: Sie waren bereits vor Malaga. Wenn er es jetzt nicht wagte, würde er ewig ein kleiner Buchhalter bleiben.
Sorgfältig zog er seine Uhr auf, trank ein Glas Deinhard, um sich Mut einzuflößen, und schlenderte dann zum vorderen Ausgang des Salons. Krauss hatte sich, offensichtlich über irgend etwas ziemlich verärgert, an diesem Abend zu ihnen an den Tisch gesetzt und redete mit Steicher. Beim Essen waren es die üblichen markigen Sprüche, die Parteifunktionäre vor Publikum austauschten. Schon da war jedoch auffällig, daß Krauss dicke Schweißperlen die Schläfen hinunterliefen, so, als stünde er unter einer gewaltigen inneren Anspannung. Jetzt, beim Cognac, flüsterten die beiden miteinander, wobei Krauss gelegentlich wild gestikulierte, während ihn Steicher, der zusehends müder wurde, immer wieder zu beschwichtigen schien. Der Parteijournalist wollte sich aber nicht beruhigen. Er

regte sich auf, Ohlbaum glaubte sogar, Krauss habe vor irgend etwas furchtbare Angst. Er konnte die Namen »Graf Zeppelin« und »Hindenburg« aus dessen erregtem Geflüster heraushören, ebenso aber auch »Walter Jaeger« und »Sarah Livingston«. Ohlbaum versuchte vergeblich, aus diesen Bruchstücken irgendeine zusammenhängende Geschichte zu rekonstruieren.

Ute Schmitz hatte Erich Bäcker mit Beschlag belegt und stellte ihm lächelnd einige Fragen über Inkas, Mayas und andere untergegangene Völker. Auch der Indianer-Forscher war in einem Zustand höchster Nervosität. Es hätte Ohlbaum nicht gewundert, wenn er im nächsten Moment wie eine Bombe explodiert oder ohnmächtig vom Stuhl gesunken wäre. »Kein Wunder«, dachte er, »wenn eine aufregende Blondine dieser Klasse mit mir flirten würde, gingc es mir wahrscheinlich ähnlich.« In einer kurzen, neiderfüllten Aufwallung fragte er sich, was Bäcker hatte, das er nicht hatte.

Leise schob Ohlbaum die Tür auf, glitt aus dem Salon, ging mit zwei raschen Schritten zur Leiter und war neunzig Sekunden später in der Hülle. Er atmete tief durch. Dann tastete in der Tasche seines dunklen Jacketts nach der Lampe, die er vorgestern auf der Brücke gestohlen hatte, als sie in die Schlechtwetterfront hineingefahren waren. Einen Tag lang mußte er tausend Ängste ausstehen, weil er gefürchtet hatte, daß der Kapitän diesen Verlust bemerken und womöglich eine große Suchaktion starten würde. Sicherheitshalber hatte er die Taschenlampe in seiner Kabine direkt unter dem Fenster postiert, immer bereit, sie sofort hinauszuschleudern, wenn jemand energisch an seine Tür klopfen sollte. Doch niemandem schien etwas aufgefallen zu sein. Er vergewisserte sich mit einem raschen Griff in die andere Tasche, daß er auch sein Federmesser und den kleinen Schraubenzieher nicht vergessen hatte, mit denen er die Kofferschlösser knacken wollte.

Rasch schlich er den Gang hinunter und zwängte sich in das Gepäckabteil. Er lauschte auf Schritte, Stimmen, irgendein Geräusch, das Menschen angezeigt hätte, die in der Nähe gewesen wären – nichts. Ohlbaum knipste die Taschenlampe an und ließ ihren dünnen Strahl hastig an den verzurrten Wänden aus Koffern und Reisetaschen entlangstreichen. Zitternd blieb der Lichtkegel auf einem blauen Gepäckschild stehen: »Augustus Steicher, Berlin.«

Ungeduldig zerrte er den schwarzen Koffer hervor und machte sich mit Federmesser und Schraubenzieher an den Schlössern zu schaffen. Er hatte gedacht, daß es sehr einfach sein müsse, ein Schloß zu knacken, so wie er es ein paar Mal im Kino gesehen hatte. Doch er war so nervös, daß er mit zitternden Händen einige Minuten brauchte, um überhaupt die Spitze des Schraubenziehers in die Schlüsselöffnung zu bekommen. Er wollte es umdrehen, doch das Werkzeug ließ sich nicht um einen Millimeter bewegen. Verbissen versuchte er es ein paar Augenblicke lang, rüttelte daran, schlug dagegen – alles vergeblich. Ruckweise zog er den Schraubenzieher wieder heraus und probierte es mit dem Federmesser. Wieder ohne Erfolg. Er unterdrückte einen Fluch und versuchte es erneut, diesmal mit aller Kraft. Es gab einen kurzen, hellen Ton – und die abgebrochene Spitze des Federmessers steckte im Schloß.

Ohlbaum schloß die Augen und zählte langsam bis

Fünfzig, dann hatte sich sein heftiger Pulsschlag wieder etwas beruhigt. Er griff erneut zum Schraubenzieher und benutzte ihn diesmal als Hebel, den er unter die Schnalle des Verschlusses stemmte. Es knirschte und machte leise »Klack«. Ohlbaum triumphierte: Das Schloß war offen. Rasch hatte er mit dieser brutalen Technik auch das andere aufgebrochen. Steicher würde die Spuren vielleicht nicht sofort beim Ausladen erkennen können, sicher aber dann, wenn er sich seinen Koffer zum ersten Mal genauer ansehen konnte. Doch was bedeutete das schon? Wenn es wirklich so war, wie Ohlbaum vermutete, würde der Funktionär erst an einem ruhigen, unbeobachteten Ort wagen, sein Gepäck zu öffnen – und wenn ihm dann die Kratzspuren auffallen sollten, dann wäre der Parteibonze der Letzte, der zur Polizei ginge.

Er klappte den Deckel hoch: Hemden, ein Anzug, eine sauber zusammengefaltete Parteiuniform. Ohlbaum griff in den Koffer und wühlte hastig in der Kleidung, tastete nach allem, das sich fester anfühlte als Stoff. Er fand einen Gürtel mit Koppelschloß, Manschettenknöpfe, ein Feuerzeug, ein Parteiabzeichen und eine kitschige kleine Messingnachbildung der großen Christusstatue, die auf dem Corvocado über Rio de Janeiro wacht. Das war alles.

Wütend drosch Ohlbaum mit der Faust auf die Parteiuniform. In verzweifelter Hast faltete er alles wieder notdürftig zusammen, bis er den Deckel schließen konnte. Mit Gewalt preßte er die demolierten Schnallen zurück in ihre Schlösser, dann wuchtete er den Koffer zurück.

Er machte sich erneut auf die Suche. Endlich fand er am gegenüberliegenden Ende des Gepäckabteils, di-

rekt neben dem riesigen Schrankkoffer von Hannah Livingston, einen zweiten Koffer mit Steichers Namen. Schon als er ihn herauszog, jubilierte Ohlbaum innerlich, denn er war ungewöhnlich schwer – so schwer, daß er alle Mühe hatte, ihn nicht polternd auf das dünne Bodenblech fallen zu lassen, während er ihn absetzte. Wieder knackte er die Schlösser auf seine primitive, aber wirkungsvolle Weise, klappte den Deckel hoch – und blickte auf Gold.
Der dünne Strahl der Taschenlampe brach sich gelb und glitzernd, so, als käme aus dem Koffer selbst eine geheimnisvoll illuminierende Lichtquelle. Ohlbaums Herzschlag setzte für einen Moment aus, dann stellte er die Taschenlampe mit zitternder Hand auf den Kofferrand und griff zu.
Staunend holte er einen Teller aus getriebenem Gold hervor, verziert mit dem Porträt eines großnasigen, sitzenden Mannes unter einem gewaltigen Federbusch, umgeben von Schlangen, Jaguaren und geheimnisvoll verschlungenen Hieroglyphen. Darunter kam das dreieckige, verbeulte Fragment eines weiteren Tellers oder einer Gesichtsmaske hervor, dazu zwei fingergroße Anhänger in Gestalt eines Frosches, eine kleine Glocke in Form eines Affen, verzierte, seltsam gezackte Pfeilspitzen – alles aus purem Gold. Ohlbaum wickelte aus einem Ball aus Seidenpapier einen roten Tonbecher aus, bemalt mit dem Bild eines Priesters mit tätowiertem Gesicht, der einem vor ihm liegenden Mann mit einem großen Messer das Herz herausgerissen hat. Ganz unten lagen im Koffer kleine Jaguarköpfe und eine große Göttermaske aus Sandstein sowie zwei Ketten aus grün schimmernder Jade.
Ohlbaum erinnerte sich vage daran, schon einmal Re-

produktionen dieser verschlungenen, blockförmigen Hieroglyphen gesehen zu haben, ebenso Bilder von langnasigen Männern mit seltsam deformierten Hinterköpfen und gewaltigen Tätowierungen auf den Wangen, doch er wußte nicht mehr, ob das nun typisch für die Maya oder die Inka war. Es war ihm aber auch gleichgültig. Was er da vor sich sah, war ein Schatz, der seine kühnsten Träume übertraf.

»Du mußt jetzt einen kühlen Kopf bewahren!« sagte er sich. In seinem Koffer war ausreichend Platz frei, um diesen Schmuck zwischen seine Kleidung zu stopfen und unentdeckt aus dem Zeppelin zu schmuggeln. Doch würde es Steicher nicht sofort auffallen, wenn sein schwerer Schatzkoffer ungewöhnlich leicht geworden wäre? Die beschädigten Schlösser würde der Parteifunktionär, hoffte Ohlbaum, schon eine Zeitlang nicht bemerken. Doch bei einem so leicht gewordenen Koffer wüßte Steicher sofort, daß ihn jemand bestohlen hatte, und es war für Ohlbaum vollkommen unkalkulierbar, wie der Parteibonze sich in diesem Fall verhalten würde. Außerdem könnte sich möglicherweise sogar der eine oder andere Mann aus der Besatzung an dieses schwere Gepäck erinnern und sich beim Ausladen wundern, warum es plötzlich soviel weniger wog. Auch dies könnte eine verhängnisvolle Kontrolle bedeuten – selbst wenn Steicher dies gar nicht verlangen würde.

Dagegen würde Steicher seinen Koffer, wenn er noch ungefähr so schwer wäre wie zuvor, sicher nicht vor aller Welt öffnen. Bis dahin durfte also der Diebstahl nicht auffallen, damit Ohlbaum genügend Zeit bleiben würde, um mit seiner Beute zu verschwinden.

Er mußte den Schatz durch etwas Wertloses ersetzen,

das ähnlich schwer war. Er sah sich um, entdeckte aber nichts. Das Bordwerkzeug! Ohlbaum fielen plötzlich die großen Holzkisten ein, die ein paar Meter vor dem Gepäckabteil zu beiden Seiten des Ganges befestigt waren. Ein paar schwere Schraubenschlüssel sollten genügen, um Gold und Jade zu ersetzen.

Ohlbaum sprang auf, lugte durch die Stoffbahn auf den Gang und glitt aus dem Gepäckabteil. Schnell, sich immer wieder nach allen Seiten umsehend, ging er zur nächsten Werkzeugkiste. Für einen Augenblick knipste er die Taschenlampe an, um sich zu orientieren, dann machte er sie wieder aus und tastete sich im Dunkeln am rauhen Holz entlang, bis er die Beschläge fand. Leise schnappend sprangen sie auf, knarrend kippte der Deckel nach hinten. Ohlbaum griff hinein und fühlte etwas Schweres, Kaltes, Glattes: ein massiver Schraubenschlüssel.

Genau in dem Moment, als er ihn umklammerte, glomm am vorderen Ende des Ganges ein schwacher Lichtschein auf.

Eine lange Schrecksekunde lang tat Ohlbaum gar nichts, blieb starr vor Angst in seiner Haltung gefangen, als wäre er eingefroren. Dann riß er seine Hand aus dem Kasten, klappte ihn zu und verkroch sich so gut es ging hinter einem direkt daneben befestigten, faßförmigen, silbern schimmernden Treibstofftank. Erst dann bemerkte er, daß er noch immer den massiven Schraubenschlüssel fest in der rechten Hand hielt. Da erfüllte ihn wilder Mut. In seiner Eile hatte er vergessen, den Koffer mit Steichers geschmuggeltem Schatz wieder zu schließen. Er lag offen mitten im Gepäckabteil, das schimmernde Gold mußte jedem auffallen, der auch nur einen flüchtigen Blick hinein-

warf. Ohlbaum umklammerte das schwere Werkzeug mit verschwitzter Hand noch energischer als zuvor, verzweifelt entschlossen, seine Beute gegen jeden Entdecker zu verteidigen.
Als der Mann den halben Weg vom Aufgang bis zu seinem Versteck zurückgelegt hatte, erkannte Ohlbaum ihn: es war der Erste Funker Heinrich Parsch. Er schien müde und bedrückt zu sein. Ohlbaum hoffte, daß er an ihm vorbei und direkt zu seiner Koje gehen würde, so daß er sein Vorhaben ungestört beenden konnte.
Doch in diesem Augenblick hörte er von Ferne ein leises Geräusch: Charleston vom kleinen Grammophon der jungen Amerikanerin, dessen Klänge für einen Moment bis nach oben in die Hülle drangen und dann wieder abrupt verstummten. Parsch hatte das natürlich auch gehört und war erschrocken herumgefahren. »Wer ist da?« rief er und leuchtete mit seiner Taschenlampe in Richtung Aufgang, allerdings vergeblich, denn der dünne, zitternde Lichtkegel reichte nicht so weit. Noch jemand hatte die Luke zur Gondel kurz geöffnet und war die Aluminiumleiter hochgeklettert. Jemand, der keine Taschenlampe hatte.

Hans Thomsen war unruhig durch den Zeppelin gelaufen wie ein wilder Panther im Käfig, der erst vor kurzem gefangen worden war. Seit dem frühen Morgen, als die Nachricht vom Ende des »Hindenburg« eingetroffen war, hatte er unablässig nach dem möglichen Attentäter gesucht. Es war eine Situation, die er genoß, die ihn aber auch beunruhigte. Er liebte das Jagdfieber, die Gier, jemanden zu verfolgen und zu stellen wie ein Bluthund – das war etwas anderes, als diesen alternden Professor nach Berlin zu bringen, so wichtig der auch angeblich sein mochte. Thomsens Rolle bei der Gestapo war es stets gewesen, auf jemanden angesetzt zu werden, von dem man bereits wußte oder ziemlich sicher vermutete, daß es sich lohnen könnte, ihn zu verhaften. Er war derjenige, der polizeibekannte Verbrecher, Feinde, Volksschädlinge zur Strecke brachte und ihren Widerstand brach. Sein Beruf war die Eliminierung von Feinden, nicht die Suche nach ihnen.

Thomsen hatte sich vom Ersten Offizier die Passagierliste geben lassen. Zwei Journalisten, die bis kurz vor der Abfahrt des »Graf Zeppelin« nicht einmal wußten, daß sie mitfahren durften; der berühmteste Dirigent Deutschlands und seine Frau; ein reicher Amerikaner mit Familie und Dienerin; ein verklemmter Inka-Forscher; ein unbescholtener, langweiliger Buchhalter der Deutschen Zeppelin Reederei; ein versoffener Parteifunktionär mit seiner Maitresse – keiner von ihnen schien das Zeug zum Attentäter zu haben, vom dazu notwendigen Wissen und Motiv ganz zu schweigen.

Und Forster? Der war vielleicht wichtig für Heydrich und das Dritte Reich und mochte deshalb seine Gründe haben, sich vor der Rückkehr nach Berlin zu fürchten.

Doch Thomsen ließ ihm gar keine Gelegenheit, unbeobachtet durch den »Graf Zeppelin« zu schleichen, geschweige denn, daß er es zugelassen hätte, daß der Professor in seinen sorgfältig durchsuchten wenigen Habseligkeiten, die er mitnehmen durfte, irgend etwas dabeihatte, mit dem man einen Anschlag hätte ausführen können. Und außerdem: Forster hatte vielleicht gute Gründe, dem »Graf Zeppelin« ein feuriges Ende zu wünschen, aber was ging ihn der »Hindenburg« an?
Wenn es wirklich parallel geführte Anschläge gegen die beiden Zeppeline geben sollte, dann wäre dies eine Verschwörung. Und die konnte nach Meinung von Thomsen nur von Leuten innerhalb des Zeppelin-Unternehmens begangen werden. Aber warum?
Thomsen schickte die Namensliste aller Passagiere und Besatzungsmitglieder per Funk zur Zentrale des Sicherheitsdienstes und bat um Überprüfung ihrer Akten. Danach ging er auf die Brücke und sagte zu von Schiller: »Ich möchte Sie einen Augenblick sprechen!«
Es war nicht zu übersehen, daß sein herrisches Auftreten dem Kapitän gewaltig gegen den Strich ging, doch von Schiller hatte keine Wahl, als in einer solchen Situation mit dem einzigen Gestapo-Mann an Bord zu kooperieren, wenn er nicht im schlimmsten Fall bei einem Anschlag seinen Zeppelin, im günstigsten Fall, nach glücklicher Heimkehr, zumindest seine Stellung verlieren wollte.
»Wie kann jemand einen Zeppelin zerstören?« fragte Thomsen nüchtern. Wenn er auch noch nicht wußte, warum ein Attentäter zuschlagen sollte, so wollte er doch wenigstens wissen, wie.
Der Kapitän deutete nach oben und verzog seinen Mund zu einem sarkastischen Grinsen. »Wir haben

über einhunderttausend Kubikmeter Wasserstoffgas in den Zellen«, flüsterte er. »Eine offene Flamme genügt, und wir fallen als riesige Fackel vom Himmel – so wie die Zeppeline, die die Engländer im Weltkrieg mit Brandgeschossen heruntergeholt haben. Wasserstoffgas brennt, wenn es mit Luft vermischt und entzündet wird. Im Prinzip reichen ein Knallfrosch oder sogar ein einziges Streichholz aus, um den ›Graf Zeppelin‹ zu vernichten. Ich persönlich würde dafür allerdings eine Magnesiumblitzlampe benutzen, so wie Fotografen sie haben.

Beschädigt jemand die Gaszellen so, daß viel Wasserstoffgas austreten und sich mit der normalen Luft innerhalb der Hülle vermischen kann, entsteht Knallgas. Dann macht es ›Bums!‹ wie im Chemie-Unterricht – nur ein bißchen lauter. In diesem Fall würde von uns ziemlich wenig übrig bleiben, das noch vom Himmel fallen könnte.«

Thomsen nickte. Nur um sicherzugehen, fragte er: »Wie sieht es mit den Motoren aus? Oder mit dem Leitwerk?»

Der Kapitän schüttelte den Kopf. »Unmöglich. Selbst wenn drei unserer fünf Motoren gleichzeitig ausfielen, kämen wir noch heil nach Hause. Und wenn alle fünf stehenbleiben, können wir durch das langsame Ablassen von Traggas und geschickte Ballastverteilung immer noch eine halbwegs kontrollierte und sanfte Landung hinbekommen. Zu den Heckfinnen gibt es nur einen Zugang, außerdem sind sie so groß und stabil, daß man selbst mit schwerem Werkzeug ziemlich lange bräuchte, um sie ernsthaft zu beschädigen. Und in den seltenen Fällen, in denen schon einmal schwere Stürme Leitwerke von Zeppelinen stark ramponiert haben,

konnten sich die Luftschiffe immer so lange oben halten, bis die Besatzung den Schaden geflickt hatte. Warum sollte also jemand etwas so Umständliches und Risikoreiches wählen, wenn es mit dem Wasserstoffgas so einfach ginge?« fragte von Schiller bitter.
»Dann muß ab sofort jeder Ort, von dem aus man an die Traggaszellen käme, unter schärfste Bewachung gestellt werden!« forderte Thomsen.
Der Kapitän sah ihn mit deutlicher Geringschätzung an. »Ich habe keinen überflüssigen Mann an Bord«, entgegnete er kühl. »Jeder Posten ist für die Führung des Zeppelins notwendig, und wer Freiwache hat, erholt sich von seinen Strapazen und steht zugleich für Notfälle, zum Beispiel Motorenstörungen, bereit. Außerdem muß ich die nächsten zwölf Stunden mit doppelt besetzten Wachen und zusätzlichem Ausguck in Bug und Heck fahren, da in Spanien Bürgerkrieg herrscht. Ein schießwütiger Soldat Francos oder ein Republikaner, der sich für die Angriffe der ›Legion Condor‹ rächen will – und wir müssen nicht mehr auf einen Attentäter an Bord des ›Graf Zeppelin‹ warten ...«
Der Kapitän fuhr in bezeichnender Geste mit der Hand an die Gurgel, bevor er fortfuhr: »Schließlich habe ich da oben zwei Laufgänge von zusammen rund einem halben Kilometer Länge, mehrere Aufgänge zwischen beiden und bis hinauf auf die Oberseite der Hülle, Abteilungen im Bug für die Seilbedienung bei Start und Landung, Wartungsgänge in allen vier Heckleitwerken, mehrere Gepäck- und Postabteile sowie sonstige Vorrats- und Frachträume, die Unterkünfte für Offiziere und Mannschaften – und nicht zu vergessen die Gondel mit Brücke, Navigations- und Funkräumen, Kombüse, Salon, zehn Kabinen, vier Toiletten- und drei

Waschräumen. Können Sie mir mal verraten, wie ich das alles während der mehr als zwanzig Stunden Fahrt, die wir noch vor uns haben, lückenlos überwachen lassen soll?«

Thomsen wußte durchaus, daß dies absurd war – allein schon deswegen, weil ja möglicherweise gerade einer der zur Bewachung abgestellten Besatzungsmitglieder der Attentäter sein könnte. Trotzdem hätte er diesem Kapitän, der es wagte, ihm seine Verachtung so offen zu zeigen, nur zu gern vor den Augen seiner Besatzung heruntergeputzt. Da es aber extrem dumm gewesen wäre, ausgerechnet in einer so bedrohlichen Situation von Schiller in irgendeiner Form zu behelligen, schluckte er seinen Zorn hinunter und beschloß, sich die Rache für ein anderes Mal aufzusparen. Thomsen war in einer Position, die es ihm erlaubte, früher oder später fast jeden im Deutschen Reich fertigmachen zu können, vorausgesetzt, er brachte die nötige Geduld dafür auf.

Grußlos drehte er sich um und verließ die Brücke. Kurz sah er nach, ob der Professor noch in der Kabine eingeschlossen war, dann ging er in den Salon, wo er an seinem Tisch eine Liste mit den Namen aller Passagiere auf ein Blatt mit dem Briefkopf der Deutschen Zeppelin Reederei schrieb. Bei der Gestapo nannte man das »Zehn-kleine-Negerlein-Spiel.« Thomsen wollte diejenigen durchstreichen, die auf keinen Fall der potentielle Attentäter sein könnten, um so durch Reduktion die Zahl der Verdächtigen einzuschränken. Er grinste zynisch und strich dann Forsters Namen durch. Der Professor hätte zwar ein Motiv dafür, den »Graf Zeppelin« zu vernichten, bevor sie in Deutschland ankämen, aber wohl kaum die nötige Gelegenheit. Und

doch: Was hatte Heydrich angedeutet? Warum hatte er gerade ihn, Thomsen, den Spezialisten für heikle Missionen, nach Rio geschickt? War der Professor am Ende doch nicht so harmlos, wie er wirkte? Thomsen fluchte leise und behielt den Namen, dick unterstrichen, schließlich auf seiner Liste.
Unauffällig beobachtete er dann die anderen Passagiere im Salon, versuchte, ihren Gesprächen zu lauschen. Wem würde er eine solche Tat noch zutrauen? Eine falsch gestellte Frage. Er hatte bei der Gestapo soviel gesehen, daß er wußte, daß fast jeder Mensch zu jeder Tat fähig war – vorausgesetzt, es gab das nötige starke Motiv oder einen genügend intensiven Druck. Wer war nervös? Kaum besser. Je länger er seine Mitreisenden beobachtete, desto deutlicher spürte er, daß an diesem Tag fast alle in irgendeiner Form aufgeregt waren.
Aus den Unterhaltungsfetzen, die er aufschnappte, erfuhr Thomsen bald, daß das Gerücht von einem noch nicht näher bekannten Unglück langsam zu den Passagieren durchsickerte – wenn auch so bruchstückhaft, daß keiner eine klare Vorstellung vom Ausmaß des Desasters haben konnte. Doch vielleicht würde sich in den nächsten Stunden noch mehr herumsprechen, weil irgend jemand aus der Besatzung seinen Mund nicht halten konnte. Irgendwann würde dann der Name »Hindenburg« fallen. Wenn hier im Salon ein Verschwörer säße, dann wäre er spätestens dann gewarnt. Thomsen fluchte erneut.
Nach dem Mittagessen beobachtete er, wie der Journalist der »Frankfurter Zeitung« mit der jungen Amerikanerin in deren Kabine verschwand. Er lächelte dünn und setzte den Bleistift an, um die Namen der beiden

aus der Liste zu streichen. Denn welcher Attentäter wäre nur wenige Stunden vor einem spektakulären Anschlag schon in der Stimmung für ein erotisches Abenteuer mit einer flüchtigen Reisebekanntschaft gewesen? Thomsen überlegte sich, ob er sich so kurz vor der Erledigung eines schwierigen Auftrages mit einem Liebhaber vergnügen könnte. Er könnte. Also ließ er die Namen »Walter Jaeger« und »Sarah Livingston« doch auf seiner Liste.

Zur Sicherheit, nur um die, wie er sich eingestand, zugegebenermaßen phantastische Möglichkeit auszuschließen, daß die beiden in ihrer Kabine heimlich eine Höllenmaschine zusammenbauten, folgte er ihnen eine Viertelstunde später. Thomsen vergewisserte sich, daß niemand im Flur war, der zu den Kabinen führte, dann trat er schnell zur zweiten auf der Steuerbordseite. Die Türen waren aus Gründen der Gewichtsersparnis ziemlich dünn. Selbst wenn Thomsen nicht zum Lauschen, sondern rein zufällig hier vorbeigekommen wäre, hätte er die Geräusche aus dem Innern kaum überhören können. Sie waren eindeutig. Er verzog sein Gesicht zu einem verächtlichen Grinsen. Jaeger und die junge Amerikanerin hatten zur Zeit alles Mögliche im Kopf, aber ganz bestimmt keine Pläne für ein Attentat.

Thomsen überlegte einen Augenblick, ob er sich nicht einen Spaß machen und den Amerikaner unter einem Vorwand bis vor die Tür zur Kabine seiner Tochter locken sollte. Da trat Ute Schmitz aus dem Waschraum für Damen. Schnell ging er weiter und tat so, als wäre er gerade auf dem Weg vom Salon zu seiner Kabine.

Auf halbem Weg trafen sie sich im Flur, die Blondine grüßte mit einem Nicken. »Die Fahrt in einem Zeppelin

ist so inspirierend, finden Sie nicht auch?« fragte sie und lächelte ihn kalt an, bevor sie sich wegdrehte und hochmütig wie eine Königin den Flur hinunterging.
Thomsen starrte ihr hinterher und wünschte sich, das ganze Magazin seiner Neun-Millimeter-Luger in ihren Rücken zu pumpen.
Als Thomsen die Tür zu seiner Kabine aufriß, fand er Forster auf der Bank sitzend vor, vertieft in ein dickes Buch. Er riß es ihm aus der Hand. Es war eine mit vielen kleinen Stichen illustrierte, ziemlich abgegriffene Volksausgabe von Felix Dahns »Ein Kampf um Rom«.
»Es ist ziemlich kitschig«, sagte der Professor in entschuldigendem Tonfall, aber lächelnd. »Allerdings war es das einzige Buch, das ich auftreiben konnte.«
»Wo haben Sie das her?« fauchte Thomsen.
»Ich habe den Steward auf dem Gang gehört und ihn gerufen. Er hat einen Generalschlüsel, wissen Sie«, setzte er mit schuldbewußtem Lächeln hinzu. »Ich habe mich aber an Ihre Anweisung gehalten und die Kabine nicht verlassen, sondern den Steward nur um eine Lektüre gebeten, und er hat mir dies hier ausgeliehen. Er sagt, er hätte es schon dreimal gelesen. Bemerkenswert.« Forster hatte deutlich bessere Laune als in den letzten Tagen.
»Wann hat Pflug Ihnen das gegeben?« wollte Thomsen wissen.
»Pflug?« entgegnete der Professor. »Was gegeben?«
Thomsen wurde dunkelrot vor Zorn. Er war sich nicht sicher, ob ihn der Professor verspotten wollte oder ob er tatsächlich so zerstreut war. »Pflug ist der Name des Stewards«, zischte er.
Forster blickte ihn erstaunt an. »Das hatte ich vergessen. Ich nahm mir die Freiheit, Herrn … Pflug um das

Buch zu bitten, als Sie kurz vor dem Mittagessen gerade verhindert waren.«
»Verhindert?« fragte Thomsen ungläubig.
»Sie waren auf der Toilette, urinieren, nehme ich an«, antwortete der Professor sachlich.
Thomsen spürte, wie er kurz davor war, die Beherrschung zu verlieren. Da hatte ihm Forster sozusagen nebenbei erklärt, wie leicht es für ihn war, aus dieser Kabine zu entkommen, wenn er nur wollte. Thomsen sah wie ein Idiot aus, er fragte sich, ob der Neurologe vielleicht wirklich sein Gehirn manipulieren konnte. Mühsam zwang er sich, äußerlich ruhig zu bleiben. Mit überlegener, schneller Präzision verpaßte er dem erschrockenen Professor zwei Ohrfeigen, die ihn halb bewußtlos auf den Boden sinken ließen, ohne dabei in seinem Gesicht auffälligere Spuren als zwei leicht gerötete Stellen auf den Wangen zu hinterlassen. Dann nahm er das Buch und warf es aus dem Fenster. »Sie machen nichts ohne meine ausdrückliche Erlaubnis, Herr Professor«, sagte er kalt, »gar nichts.« Dann verließ er mit ruhigem Schritt die Kabine und schloß wieder sorgfältig ab, während hinter ihm Forster stöhnte und mühsam versuchte, sich vom Boden auf die Sitzbank hochzuziehen.
Der Steward kam ihm im Salon entgegen und überreichte ihm einen Zettel. »Dieses Telegramm ist soeben für Sie aus Berlin eingetroffen.« Dann wollte er sich eilig zurückziehen.
»Sie kommen genau richtig!« zischte Thomsen wütend, packte ihn mit der Linken am Kragen und streckte die Rechte fordernd aus. »Den Generalschlüssel!«
Pflug zögerte eine Sekunde, ängstlich flackerte sein Blick zwischen Thomsens Gesicht und der ausgestreck-

ten Rechten hin und her, dann atmete er tief durch, griff in die Tasche seines schwarzen Jacketts und reichte dem Gestapomann mit schlaffer Geste den Schlüssel. Er wollte zu einer wortreichen Entschuldigung ansetzen, doch Thomsen zischte ihn an: »Verschwinden Sie!«

Dann erst faltete er das Funktelegramm auseinander. Es war von der Zentrale des Sicherheitsdienstes: »namen passagiere ueberprueft – stop – keine erkenntnisse vorliegend – stop – namen besatzung ueberprueft – stop – bayer, mechaniker, verurteilung trunkenheit und ruhestörung, friedrichshafen 1934 – stop – hornbach, rudergaenger, koerperverletzung, lindau 1934 – stop – parsch, funker, koerperverletzung, hamburg 1933 – keine sonstigen hinweise – stop – wichtig: sicherheit f hat vorrang vor allen anderen massnahmen – stop – wiederhole: sicherheit f oberste prioritaet – stop – sd«

Die anderen beiden erwähnten Besatzungsmitglieder hatte Thomsen sofort vergessen, doch den Namen des Funkers umkreiste er mit seinem Bleistift. Ein Zufall? Heute morgen war er aus einem Gefühl der Langeweile heraus zu Parsch gegangen, weniger wegen eines konkreten Verdachts, sondern eher, weil er sich die Zeit vertreiben wollte. Doch jetzt dachte er an den anonymen Hinweis und die übertriebene Nervosität des Funkers. Thomsen lächelte. Er hatte plötzlich das Gefühl, als sei die Suche nach dem Feind vorbei. Jetzt konnte er mit dessen Eliminierung beginnen.

Nach dem Abendessen lungerte er auf der Brücke herum (und machte damit den wachhabenden Offizier und die beiden Rudergänger sichtlich nervös). Er hatte vor, hier zu warten, bis Parsch, der den ganzen Tag praktisch pausenlos vor seinen Telefunken-Kästen gesessen und auf neue Nachrichten vom »Hindenburg« gewartet hatte, endlich den Funkraum verlassen würde. Er mußte sich gedulden, bis der »Graf Zeppelin« über die hellerleuchteten Straßen und Plätze von Malaga dahinfuhr. Es war Freitag abend gegen 22 Uhr, noch neunzehn Stunden bis zur voraussichtlichen Ankunft am Bodensee.

Parsch zog die Aluminiumleiter zu sich herunter und stieg nach oben in die Hülle. Thomsen wartete ein paar Augenblicke und tat es ihm dann nach, wobei er den mißbilligenden Blick des wachhabenden Offiziers ignorierte. Oben hielt er inne. Er hatte nicht bedacht, daß es nachts in der Hülle fast stockdunkel war.

Doch es war nicht schwer, die Spur von Parsch zu verfolgen. Er hatte einige Meter Vorsprung, war aber ahnungslos. Der Funker drehte sich herum, rief: »Wer ist da?« und fuchtelte vergeblich mit seiner Taschenlampe herum. Mit drei, vier großen Sätzen war Thomsen heran.

Als Parsch ihn endlich erkannte, weiteten sich seine Augen vor Schreck. Wortlos drehte er sich um und rannte davon, doch er kam nicht sehr weit. Thomsen stellte ihn, indem er ihm einen Schlag gegen den Hinterkopf versetzte, der ihn taumeln ließ.

Parsch fing sich wieder, blieb stehen und drehte sich dann um. »Was wollen Sie von mir?« keuchte er und hob die Fäuste.

Für Thomsen war es, als sei er plötzlich ein Beobachter seiner selbst, so, als stände er über sich, irgendwo in einer der leise seufzenden Gaszellen, und sähe mit kühlem Interesse auf sich herunter, wie er auf einmal die Kontrolle verlor. Eigentlich hatte er vorgehabt, Parsch auszufragen – wenn nötig mit der gebotenen

Härte. Doch in dieser geheimnisvollen, halbdunklen Welt, unter den riesigen Gasblasen, die zu gigantischen Bomben werden konnten, im zitternden Licht der zu Boden gefallenen Taschenlampe, diesen großen, breitschultrigen, blonden, verunsicherten Mann vor sich, war es, als wenn in seinem Innern die letzte Sicherung in einer langen Kette durchbrennen würde. Erbarmungslos schlug er zu.

Er schlug zu wegen des Kapitäns, der ihn geringschätzig angesehen hatte; wegen Jaeger, der sich vor den Männern mit seiner Liebschaft nicht zu schämen brauchte; wegen der Blondine und ihrer verächtlichen Bemerkung; wegen der blasierten, zerstreuten Hochnäsigkeit des Professors. Sie brachten Bilder in ihm hoch von unterdrückten Lüsten im Turnunterricht der Schule, von Lehrern, die ihm entwürdigende Strafarbeiten aufgaben, von Kameraden, die ihn verspotteten, von Mädchen, die komische Bemerkungen machten, von Sommertagen an der See, an denen er plötzlich wie ein Verrückter in die Dünen rennen oder im Meer bleiben mußte, bis er blaugefroren war, weil es unerträglich wurde, so viele halbnackte Jungenkörper zu sehen und trotzdem regungslos zu bleiben.

Er sah den blonden Jungen aus der Nebenklasse wieder vor sich, wie er ihn zum ersten Mal schüchtern berührte und dieser, zunächst nur erstaunt, plötzlich alles erriet und sich mit ekelverzerrtem Gesicht abwandte. Wie eine Sturmflut spülte das Gefühl der Selbsterniedrigung durch seine Seele, der geheimen Lust, der immerwährenden Angst, der Verachtung, des Hasses.

Parsch war größer als er, doch überrascht und verängstigt. Thomsen dagegen plazierte seine Schläge mit der

methodischen Präzision des erfahrenen Boxers und einer Wucht, getrieben von einem erstickenden, überwältigenden Zorn: zwei Geraden links-rechts auf die Augen, damit sein Gegner nichts mehr sah, einen rechten Haken in den Magen, einen linken hinterher, dann, als Parsch nach vorn sank, zwei Haken mitten ins Gesicht. Der Funker taumelte nach hinten und sackte schließlich in die Knie. Thomsen sah sich kurz um und schlug dann einen rechten Schwinger an sein Ohr, so daß Parsch gegen einen Aluminiumträger knallte, zum Glück jedoch aber nicht vom schmalen Laufgang in die Tiefe stürzte.
Der Funker krümmte sich am Boden, sein Gesicht blutüberströmt und schrecklich verformt. Thomsen beugte sich zu ihm hinunter und zerrte seine rechte Hand vom Boden weg. Es gab ein leises »Knack«, als er ihm mit einer ruckhaften Bewegung den kleinen Finger brach. Parsch hätte wahrscheinlich aufgeheult vor Schmerzen wie ein Hund, wenn ihm die Schläge in den Magen nicht alle Luft aus dem Körper gepumpt hätten, so daß er nur ein erstickendes Japsen von sich geben konnte.
Thomsen packte den gebrochenen kleinen Finger mit seiner Faust und verdrehte ihn so lange, bis er in einem grotesken Winkel von der Hand des Funkers abstand. Parsch wurde vor Schmerzen für einige Augenblicke bewußtlos.
»Ich will alles wissen«, zischte Thomsen, als er wieder die Augen aufschlug, »oder ich werde dich bei lebendigem Leib in Stücke reißen!«
»Witze«, stöhnte der Funker, »doch ... bloß ... harmlose ... Witze ...«
Fünf Minuten später hatte Thomsen die ganze Ge-

schichte von den Führer-Witzen in Recife erfahren. Es war so erbärmlich. Instinktiv wußte er, daß Parsch ihn nicht belogen hatte. Er hatte seine Wut an einem elenden, aber harmlosen Witzbold ausgelassen – und er hatte wertvolle Zeit verplempert. Wütend stand er auf, aber auch erleichtert, fast wie nach einem Liebesakt. Er gab Parsch, der sich am Boden krümmte und jetzt leise wimmerte wie ein halb erfrorenes Kind, einen verächtlichen Tritt und zerrte ihn in das nächstgelegene Abteil. Hinter der Stoffbahn stapelten sich Postsäcke. Hier ließ er sein Opfer liegen, damit es nicht sofort entdeckt werden konnte, dann drehte er sich weg, um wieder in die Gondel zu gehen. »Immerhin weiß ich jetzt, wer es nicht sein kann!« dachte Thomsen grimmig.

Ute Schmitz hätte gern gewußt, ob es wirklich einen Verrückten gab, der ihren Zeppelin in die Luft jagen wollte. Gegen zehn Uhr morgens hatte sie zufällig einige Sätze belauscht vom Dauerstreit der Schoschowskis, den diese schon den ganzen Tag geführt hatten. Der Dirigent hatte seiner Frau erzählt, daß etwas Schreckliches mit dem »Hindenburg« passiert sei – offensichtlich wollte er sie irgendwie unter Druck setzen.

Ute Schmitz interessierte sich herzlich wenig für die Ehekrise der Schoschowskis, doch das nebulöse Gerücht über das andere Luftschiff hatte sie nervös gemacht.

In einem ruhigen Moment hatte sie den Zweiten Funker abgepaßt. Mit ihrem Aussehen und ihrer Erfahrung war es nicht schwer gewesen, ihm alles zu entlocken, was er wußte. »Aber behalten Sie absolutes Stillschweigen!« hatte er hinzugesetzt, erfüllt vom Bewußtsein der eigenen Wichtigkeit und geschmeichelt von ihrem Interesse. Sie hatte gelächelt und es ihm versprochen – was nicht gelogen war, denn sie dachte nicht im Traum daran, mit einem ihrer Mitreisenden darüber zu sprechen, schon gar nicht mit Steicher.

Danach hatte sie sich für einige Zeit auf ihre Kabine zurückgezogen und ruhig darüber nachgedacht, wie sie der Gefahr begegnen sollte. Sie interessierte sich nicht einen Augenblick lang für die möglichen Motive des potentiellen Attentäters, sondern nahm die Gefahr so hin, wie sie auch eine natürliche Bedrohung hingenommen hätte: als unabänderbar. Es kam ihrer Meinung nach nicht darauf an, gegen solche Dinge anzukämpfen, sondern nur, damit richtig, und das bedeutete: zum eigenen Vorteil, umzugehen.

Der aufgeblasene Funker hatte ihr verraten, daß es »etwas über dreißig Tote« gegeben habe – bei rund einhundert Menschen an Bord des »Hindenburg«. Das, fand sie, war gar nicht so schlecht, bedeutete es doch, daß zwei von drei Opfern davongekommen waren. Das war eine bessere Chance zum Überleben als damals im Gefängniskeller in Berlin während der Kämpfe.

Ute Schmitz überlegte sich, welches Schicksal Steicher

zu erwarten hätte. Stürbe er, fiele seine Lebensversicherung an seine Familie, was vielleicht dazu ausreichen würde, den maroden Kunstverlag zu retten. Sie ginge dabei auf jeden Fall leer aus. Bliebe Steicher am Leben, wäre er zwar perfekt zu erpressen, denn es wäre ihm wahrscheinlich äußerst unangenehm, wenn bei der offiziellen polizeilichen Untersuchung des Unglücksfalles ans Licht käme, daß er mit seiner Maitresse auf Kosten der Partei nach Südamerika gefahren war. Doch gäbe es dann noch etwas bei ihm zu holen? Was immer Steicher aus Rio mitgebracht haben mochte, es wäre im Falle eines Desasters verloren. Seine Schmuggelware würde verbrennen oder, sollte wider Erwarten ein Wunder geschehen, entdeckt und konfisziert werden. Steicher wäre ruiniert.

Sie dachte lange über diese Konsequenzen nach, doch ihr fiel weder ein, wic sic durch Steichers Tod, noch, wie sie durch sein Überleben hätte profitieren können. Der Parteibonze war gestorben – für sie zumindest, denn so oder so würde sie in wenigen Stunden einen bis jetzt höchst profitablen Liebhaber verlieren. »Ich sollte diesen Zeppelin sprengen«, dachte sie verärgert, »dann hätte ich wenigstens das Vergnügen, Steicher in die Luft zu jagen!«

Ute Schmitz schlenderte zurück in den Salon, setzte sich langsam hin und lehnte sich entspannt in ihrem Stuhl zurück. Für jeden Beobachter wirkte sie in diesem Augenblick schläfrig und selbstzufrieden wie eine Katze in der Mittagssonne, doch in Wahrheit dachte sie schnell und methodisch nach.

Der Steward deckte den Tisch für das Mittagessen, die Küste Marokkos war voraus in Sicht gekommen, und sie hätte jetzt gern eine Attikah geraucht. Wenn dem

»Graf Zeppelin« wirklich etwas Ähnliches drohte wie dem »Hindenburg«, dann auch erst während der Landung, glaubte sie. Bis dahin dauerte es noch mehr als vierundzwanzig Stunden. Zeit genug, um sich vorzubereiten: bequeme, leichte Kleidung anzuziehen (vor allem flache Schuhe, in denen sie gut laufen konnte), allen wertvollen Schmuck aus dem Kästchen zu nehmen und am Körper zu tragen und aus Steichers Brieftasche heimlich alle großen Reichsmarknoten einzustecken.
Zeit genug auch, sich auf dieser Fahrt noch einmal richtig zu amüsieren, etwas Verrücktes zu tun, bevor sie sich in Berlin auf die mühselige Suche nach einem neuen, lohnenden Stammfreier machen mußte.
Steicher war verloren, auch wenn er es noch nicht wußte. Sie mußte ihm nur noch soviel Aufmerksamkeit schenken, daß er nicht einen seiner cholerischen Anfälle bekam, ansonsten aber nahm sie nicht mehr viel Rücksicht auf ihn. Ute Schmitz hatte beschlossen, sich die letzte Nacht an Bord des »Graf Zeppelin« mit dem jungen, ziemlich verschrobenen Inka-Forscher zu versüßen.
Erich Bäcker war in seinem Fach unzweifelbar ein Genie. Das war auch der Grund dafür gewesen, daß er an der Universität eine Blitzkarriere hatte machen können. Doch für ein normales Leben, ein Leben ohne tote Inkas und verschwundene Mayas, schien er nicht geeignet zu sein. Immerhin hatte er jedoch angefangen, sich um sie zu bemühen. Allerdings war es der stümperhafteste Flirtversuch, den Ute Schmitz je erlebt hatte. Sie fragte sich, ob es auf der ganzen Welt wohl eine Frau gäbe, die von einem minutiös vorgetragenen Bericht über den aktuellen Stand der Forschungen zu den Mondkalendern der Maya so angetan wäre, daß

sie mit Bäcker ins Bett ginge. Sie lächelte. »Offensichtlich gibt es eine«, dachte sie und legte ihm dann die Hand aufs Bein.

Wenn sie ihm den Lauf einer großkalibrigen Pistole in den Rücken gerammt hätte, hätte er auch nicht starrer und verschreckter auf seinem Stuhl sitzen können. Ute Schmitz genoß ihren kleinen Triumph. Für sie war es ein Sieg in einer Reihe von Scharmützeln, an deren Ende die bedingungslose Unterwerfung stand. Seit den Tagen des Kampfes um Berlin wußte sie, daß Männer ihren Willen brechen und sie benutzen konnten, als wäre sie ein seelenloses Ding mit der einzigen Funktion, ihnen Bequemlichkeit und Erleichterung zu verschaffen.

Wenn sie so etwas nie wieder erleben wollte, dann blieb ihr nur ein Weg übrig: den Spieß umzudrehen. Ihre Methoden waren nicht so roh und brutal wie die der Soldaten in jenem Winter, doch ihr Ziel war dasselbe, nämlich die absolute Herrschaft. Steicher mochte in blinder Wut Schläge austeilen und war außerdem ein hohes Tier in der Partei, doch gegen sie hatte er nicht wirklich eine Chance. Das war etwas, das er noch nicht wußte, aber innerhalb der nächsten vierundzwanzig Stunden lernen würde.

Bei Erich Bäcker lag die Sache etwas anders. Er war ein unerfahrenes Jüngelchen, dem eine Frau wie sie mit einer einzigen Geste oder einem Wort das Fundament unter den Füßen wegziehen konnte. »Kein Gegner für mich«, hätte sie den anderen Mädchen im »Venushaus« erzählt. Doch da war etwas anderes in seiner Seele, das ihn mindestens so sehr in Aufregung und Konfusion gestürzt hatte wie die Möglichkeit, mit einer Frau ins Bett zu gehen. Dieses Unbekannte in seiner Seele war

ihr wahrer Gegner, den sie niederringen mußte, wenn sie Erich Bäcker beherrschen wollte.
Ihr verführerisches Lächeln, ihr Charme, ihr Parfum, ihre spöttisch-aufreizend geführte Konversation waren genug gewesen, ihn zu verwirren – nicht genug jedoch, um ihn von dem anderen abzubringen, das seine Seele bewegte. Also griff sie zu härteren Waffen und ging, wie eine ihrer Kolleginnen es nannte, zum »direkten Körperangriff« über. Langsam und lässig strich sie mit ihrer Rechten über seinen Oberschenkel, während sie oberhalb der Tischkante so tat, als passierte nichts, und weiter lächelnd mit ihm plauderte. Bäcker sah aus, als würde er jeden Moment explodieren, sein Gesicht war dunkelrot angelaufen, mit beiden Händen zerrte er an seiner Serviette und seine Äußerungen kamen über ein gehetztes, praktisch unverständliches Stottern nicht mehr hinaus. Sein Glück war, daß sich Steicher, schon ziemlich angetrunken, und Ohlbaum auf der gegenüberliegenden Seite des Tisches angeregt unterhielten und nicht auf ihn achteten.
Ute Schmitz befürchtete nach einigen Minuten, daß Erich Bäcker gleich entweder einen Orgasmus oder einen Herzinfarkt bekommen würde, also nahm sie ihr Tempo etwas zurück. Sie ließ ihre Hand zwar auf seinem Bein, bewegte sie jedoch nicht mehr. Um so erstaunter war sie, als er unmittelbar nach dem Mittagessen, zum frühesten Zeitpunkt, den die Höflichkeit gestattete, aufstand, etwas Unverständliches murmelte und eilig, geradezu fluchtartig aus dem Salon in seine Kabine stürzte.
Verärgert sah sie ihm nach. Das war eine Niederlage, mit der sie nicht mehr gerechnet hatte. Was immer es war, das Erich Bäckers Seele bewegte, es war stärker als

Sex – zumindest jetzt noch. »Nun erst recht«, flüsterte Ute Schmitz entschlossen und so leise, daß Steicher sie nicht verstehen konnte.
Die nächsten Stunden verbrachte sie damit, ihre Sachen zu packen, die passende Kleidung für den morgigen Tag herauszulegen und Steichers Taschen systematisch zu durchsuchen. Sie steckte dreihundertundvierzig Reichsmark ein.
Dann setzte sie sich wieder in den Salon und las die Ausgabe von »Vanity Fair«, die sie sich vor der Abfahrt in Rio de Janeiro gekauft hatte. Sie mochte amerikanische Zeitschriften, nicht wegen ihres Inhalts, sondern wegen der Werbung. Aus irgendeinem Grund hatten die Anbieter von Lebensversicherungen, Autos, Cornflakes, Motoröl, Haarwasser und tausend anderen Produkten einen Narren gefressen an jungen, gutaussehenden Pärchen (manche mit Kind), die auf einem Hügel standen und am Horizont ein im Lichte unzähliger Lampen schimmerndes Gebirge aus ultramodernen Wolkenkratzern ansahen, verbunden durch gewagte Bögen in unglaublichen Höhen, umtost von Autos, Flugzeugen und Zeppelinen. Es entsprach ihren Hoffnungen: ein Leben in einer strahlenden, luxuriösen Metropole, vage zwar, aber auf jeden Fall aufregend und wie in einer zukünftigen Märchenstadt.
Sie sah, wie Walter Jaeger mit Sarah Livingston in Richtung der Kabinen verschwand, und fragte sich, wer hier wen unterworfen hatte.
Als sie später aus dem Waschraum kam, überraschte sie den kalten Gestapo-Mann dabei, wie er an der Tür von Sarahs Kabine lauschte. Es war ihr egal, ob er aus beruflichen Gründen hinter den beiden herschnüffelte

oder ob ihn diese Indiskretion einfach nur erregte, sie freute sich aber, ihm durch eine kurze, schnippische Bemerkung einen auswischen zu können. »Was soll es?« dachte sie gut gelaunt, als sie seinen wütenden Blick bemerkte. »Spätestens morgen vor der Landung hast auch du ganz andere Sorgen, mein Freund!«
Nervös wartete sie auf das Abendessen. Fast hatte sie befürchtet, daß Erich Bäcker sich ängstlich in seiner Kabine versteckt halten würde, bis sie über Friedrichshafen schwebten, doch zu ihrer Erleichterung wagte er sich hervor, als der Duft von gebratenen Rindermedaillons und frischem, gedünsteten Gemüse von der Kombüse durch den Salon bis zu den Kabinen drang.
Er schien ihr sehr nervös zu sein, war einsilbig und vermied es, sie offen anzublicken – doch nahm er sich nicht, wie sie zu ihrer Genugtuung bemerkte, einen der anderen freien Plätze am Tisch, um weiter von ihr wegzusitzen, sondern ließ sich neben ihr nieder. Sie bemerkte, wie er sie immer wieder verstohlen ansah, und vermutete, daß es seine Art war, sie zu bitten, da weiterzumachen, wo sie heute mittag aufgehört hatte.
»Von wegen, mein Bester«, dachte sie und unterhielt sich betont angeregt mit Steicher. Sie bezwang sogar ihren Widerwillen und fand einige freundliche Worte für Ohlbaum, während sie Bäcker weitgehend ignorierte.
Gegen zehn Uhr abends fuhren sie über Malaga. Steicher, schon wieder betrunken, brachte drei Toasts dar: auf die Señoritas, auf den Stierkampf und auf den Erfolg General Francos. Dann erhob er sich und machte ihr ziemlich eindeutig klar, daß sie ihm folgen sollte. Ute Schmitz wußte, was das bedeutete. Er wollte seine letzte Nacht im Zeppelin noch einmal »genießen«, be-

vor ihn seine Frau morgen nachmittag in Friedrichshafen abholen würde – falls sie denn heil bis zum Bodensee kämen.
Da es ihr ein zerschlagenes Gesicht einbringen konnte, ihm nicht zu gehorchen, machte sie gute Miene zum bösen Spiel und verabschiedete sich mit einem Nicken von Ohlbaum. Bäcker war neben ihr höflich aufgesprungen und sah sie verlegen an. Sie gab ihm die Hand. »Bis gleich«, flüsterte sie.
In der Kabine war ihr einziger Gedanke, es so schnell wie möglich hinter sich zu bringen. Sie hatte sich vom Steward eine Flasche Cognac mitgeben lassen und schenkte Steicher einen großen Schwenker voll ein. Und während er noch satt und lüstern auf der Bank saß und gerade das Glas zu einem tiefen Schluck ansetzte, entzog sie sich mit einer geschmeidigen Bewegung der grapschenden Umarmung seiner fetten Hände, tauchte unter den gewaltigen Überhang seines Bauches und knöpfte schnell und routiniert seine Hose auf.
Fünf Minuten später hatte sie diese Arbeit erledigt, »auf französisch«, wie Steicher es nannte, »passend zum Namen.« Ute Schmitz fand es ekelig, aber andererseits auch nicht ekeliger, als ein obskures Medikament zu schlucken, das einem der Arzt verschrieben hatte.
Ihr Freier hatte, während er sich von ihr befriedigen ließ, das Glas abgesetzt und den Cognac direkt aus der Flasche getrunken. Als sie sich aufrichtete, sank er bereits schwer atmend und mit trüber werdendem Blick gegen das Kissen. Sie tat so, als ob sie lächelte, entwand die Flasche aus seiner schon leicht zitternden Hand und griff sich wieder das Glas, weil sie ihm den Cognac so besser einflößen konnte. Sie half ihm, den vollen

Schwenker zu halten. Steicher wollte einen Schluck nehmen, doch sie hielt das Glas hoch, so daß er drei- oder viermal hastig schlucken mußte, bis es leer war. Er rülpste und lächelte dümmlich. Sie sah, wie seine Augäpfel sich nach oben drehten, als verlören sie ihre Aufhängung im Innern des Schädels. Dann fielen seine Lider hinunter, und er schnarchte.
Ute Schmitz füllte das Glas erneut mit Cognac und setzte es an die Lippen des Schläfers. Steicher würgte und hustete, doch außer einem kleinen, klebrigen Rinnsal, das seine rechte Wange hinunterlief, schluckte er alles hinunter, ohne aufzuwachen. Sie wiederholte die Prozedur so lange, bis die Flasche leer war, dann fand sie in dem schmalen Spind noch eine weitere, zu ungefähr einem Drittel gefüllte Cognacflasche – der Rest dessen, was Steicher am Abend zuvor getrunken hatte. Auch das preßte sie noch in den Bewußtlosen hinein.
»Jetzt könnte man den Zeppelin sprengen, und du würdest es nicht einmal merken!« flüsterte sie höhnisch. Dann verließ sie die Kabine, ohne sich noch einmal umzublicken, ging in den Waschraum, spülte sich gründlich den Mund aus und schminkte sich sorgfältig. Bäcker hatte eine Kabine für sich allein, die letzte auf der Backbordseite, unmittelbar vor den Waschräumen. Sie sah sich kurz auf dem Flur um, bis sie sicher war, daß niemand sie beobachtete. Dann zog sie schnell und energisch die Tür zu seiner Kabine auf, ohne anzuklopfen.
Als Ute Schmitz eilig hineinschlüpfte, starrte Erich Bäcker sie an, als wäre ihm der Leibhaftige erschienen. Er hatte beide Kabinenlampen angemacht und kniete in der engen, hellerleuchteten Kammer auf dem Boden,

vor sich auf der Bank einen kleinen, schwarzen, aufgeklappten Aktenkoffer. »Was wollen Sie hier?« flüsterte er ängstlich.
Sie lächelte. »Dreimal dürfen Sie raten!«
Sie ging zu ihm, klappte den Aktenkoffer zu und stellte ihn weg, dann knipste sie eine der beiden Lampen aus. Die andere ließ sie noch an, während sie sich langsam auszog und dabei einmal um die eigene Achse drehte, damit er ihren Körper in seiner ganzen Pracht bewundern konnte.
Erich Bäcker blieb auf den Knien am Boden und starrte sie nur mit großen Augen an, sein Gesichtsausdruck eine heillose Mischung aus Angst, Erstaunen und Verlangen. Dann knipste sie auch die zweite Lampe aus.
Es kam in ihrem Beruf hin und wieder vor, daß sie für einen Kunden die erste Frau im Leben war. Ute Schmitz wußte nicht, wie viele Männer sie in den letzten Jahren in die Liebe eingeführt hatte, doch hatten sie alle, so schüchtern und verklemmt manche auch gewesen sein mochten, genügend Mumm gehabt, um zu ihr zu kommen. Doch in diesem Fall mußte sie nicht nur zu Erich Bäcker kommen, sie mußte ihn, nackt, wie sie war, regelrecht vom Boden aus seiner knienden Stellung hochziehen und entkleiden.
Anfangs schreckte er vor ihrer streichelnden Hand, vor ihren Küssen, vor der leichtesten Zärtlichkeit zurück, als würde ihr ganzer Körper glühen und eine Berührung mit ihr ihn verbrennen. Doch als sie ihn endlich so weit hatte, daß er nackt neben ihr lag, atmete er plötzlich ruhiger und entspannte sich. Es war, als habe er endlich vor ihrem Ansturm kapituliert und überließ sich nun ihrem Willen. Als Ute Schmitz sich schließlich rittlings auf ihn setzte, durchströmte sie ein ungeheu-

res Triumphgefühl. Niemand auf der Welt beherrschte in diesem Augenblick einen anderen Menschen so, wie sie Erich Bäcker beherrschte.

Carl Pflug war zum ersten Mal bewußt geworden, daß er keinen Menschen hatte, mit dem er wichtige Dinge besprechen konnte – was vielleicht daran lag, daß es seinem Leben bisher noch nie etwas gegeben hatte, das man ruhigen Gewissens als eines der »wichtigen Dinge« hätte bezeichnen können. Er hatte keine Freunde und nur eine ziemlich ungewöhnliche Familie. Bis zum Donnerstag abend war ihm das nie als Nachteil bewußt geworden, im Gegenteil: Er fühlte sich frei und ungebunden in dem Wissen, daß es niemanden gab, der sich um ihn kümmern mußte.
Das wilde, groteske Liebesabenteuer mit Annegret Schoschowski hätte er sich noch als unwiederholbare Verrücktheit, als einmaligen Akt der Verwirrung und Überrumpelung durchgehen lassen, wenn er nicht den ganzen Freitag über hätte mitansehen müssen, wie sich die Schoschowskis stritten.
Es war dabei nicht die Tatsache an sich, daß sie sich stritten, die ihn so beunruhigte, sondern die Art, wie

Annegret Schoschowski auf die heftigen, empörten Vorhaltungen ihres Mannes reagierte. Sie war kühl, überlegen und höhnisch. Pflug hatte das ungute Gefühl, daß sie über ihn redeten, doch wann immer er ihrem Tisch nahe kam, schwiegen sie. Der berühmte Dirigent machte Pflug gegenüber keine Andeutung, doch warf er ihm feindselige Blicke zu. Allerdings befand er sich in einer Stimmung, daß er jeden anderen, der sich ihrem Tisch näherte, ähnlich ablehnend anstarrte. Pflug konnte sich nie sicher sein.
Dann kam natürlich die Sache mit dem »Hindenburg« hinzu. Kapitän von Schiller hatte es ihm Freitag morgen verraten und ihm strengstes Schweigen befohlen. »Sehen Sie sich unauffällig unter den Passagieren um!« hatte er dann gesagt – so nüchtern, wie es ihm möglich war, doch trotzdem konnte man ihm ansehen, wie unangenehm es ihm war. »Vielleicht ist ja der Spitzbube unter ihnen zu finden!»
Pflug hatte genickt und die Hacken zusammengeschlagen, wie immer. Sein ganzes Leben lang hatte sein Beruf immer darin bestanden, Anweisungen entgegenzunehmen und wie eine gutgeölte Maschine auszuführen. Ihn hatte es nie gestört, er fühlte sich vielmehr in der Rolle des unauffälligen, allgegenwärtigen, hilfreichen Geistes sehr wohl. Doch diese Order stürzte ihn in Verwirrung. Erwartete der Kapitän vielleicht, daß er die Passagiere verhörte? Oder sollte er heimlich in die Kabinen eindringen und das Gepäck durchsuchen? Er wäre eher mit »dem Grafen« in einem lodernden Feuerball verbrannt, als eine solche Indiskretion zu begehen und dabei womöglich erwischt zu werden!
Es genügte, wenn er sich, so gut es ging, bemühte, die Passagiere heimlich zu beobachten und ihre Gespräche

zu belauschen. Und schon dabei hatte er das Gefühl, daß sie alle dies schnell bemerkt hätten und ihn nun mit der kalten Verachtung anstarrten, die ehrbare Menschen einem Spitzel gegenüber an den Tag legen. Wenn Pflug von Tisch zu Tisch durch den Salon eilte, kam er sich vor, als wäre er nackt.

Zu allem Überfluß brachte diese peinliche Selbsterniedrigung nichts ein. Pflug hätte auch nach einem Tag intensiver Beobachtung – und trotz seiner jahrelangen Erfahrung mit Gästen aller Art – nicht sagen können, welchem Passagier er ein Attentat zutraute. Oder genauer: Es gab niemandem, bei dem er eine solche Tat für möglich hielt.

Überhaupt war Pflug nicht sonderlich beunruhigt wegen der nebulösen Warnungen aus Friedrichshafen. Er war mit dem »Graf Zeppelin« Hunderttausende von Kilometern gefahren, über dem Atlantik und Pazifik, über den amerikanischen Prärieren, den Dschungeln Brasiliens, der Tundra in Sibirien; sie hatten den Ausfall mehrerer Motoren überstanden und Stürme abgeritten, in denen große, moderne Schiffe in Seenot geraten waren. Seiner Meinung nach war das Luftschiff so solide, daß keiner der Passagiere, und sei er auch noch so entschlossen, in der Lage wäre, es ernsthaft zu beschädigen. Am Ende würden sie wie immer heil in Deutschland landen, so wohlbehalten wie ein Säugling, der von liebenden Eltern in die Krippe gelegt wird. Nur würden sich diesmal – zum ersten Mal! – einige Passagiere vielleicht über den »unaufmerksamen«, womöglich gar »indiskreten« Chefsteward beschweren. »Das könnte mich die Stelle kosten!« dachte er bitter.

Das einzige, was Pflug bei der heimlichen Überwachung der Reisenden mitbekommen hatte, war ein weiterer Streit zwischen den Schoschowskis. Es war am Freitag abend, gerade, als sie über die grünen Rebhänge vor Malaga hinwegfuhren. Annegret Schoschowski bezweifelte, daß ihr Mann wirklich ein guter Dirigent war. Pflug konnte Worte wie »Kaspar« und »Zirkusdirektor« verstehen, als sie mit ruhiger Stimme, aber ätzendem Spott seine Qualitäten abstritt. Aus irgendeinem Grund schien sie es sich in den Kopf gesetzt zu haben, ihren Gatten um jeden Preis zu demütigen.

Stunden später, Pflug lag in seinem Verschlag und war zum ersten Mal, seit er auf dem »Graf Zeppelin« fuhr, so nervös, daß er nicht einschlafen konnte, kam ihm ein weiterer, höchst beunruhigender Gedanke. Er erinnerte sich an die abschätzenden Blicke, mit denen Annegret Schoschowski ihn taxiert hatte, an die Mischung aus wilder Leidenschaft und kühler Überlegung, mit der sie ihn hoch in die nächtlich dunkle Hülle gelockt und verführt hatte – und er verband das mit dem Hohn, den sie seitdem für ihren Mann übrig hatte. Pflug kam nach langem Grübeln zu dem Schluß, daß sie, wenn sie den großen Dirigenten wirklich mit allen Mitteln demütigen wollte, das kaum besser als durch eine schmutzige kleine Affäre mit einem gesellschaftlich weit unter ihr stehenden Mann tun konnte – mit ihm. Und diese Demütigung konnte natürlich nur funktionieren, wenn sie dafür sorgte, daß Rafael Schoschowski auch davon erfuhr …

Pflug lag wach und starrte durch eine schmale Öffnung hinaus. Unter ihm lag die spanische Küste, an dieser Stelle ein Gewirr großer, langgestreckter Rechtecke, die im Mondlicht fahlweiß glommen wie große Knochenfelder, dazwischen einige dunkle, flache Lagerhäuser. Es waren Salinen, riesige, durch kleine Deiche voneinander getrennte Becken, in die Windmühlen Meerwasser pumpten, das dann unter der heißen südlichen Sonne verdunstete. Wenn sie während der Hinfahrt tagsüber hier vorbeifuhren, glitzerte die Küste, als gleite der »Graf Zeppelin« über eine riesige, schachbrettförmige Ebene, bedeckt mit unzähligen winzigen Diamanten. Je heller die Fläche war, desto mehr Wasser war im jeweiligen Becken schon verdunstet.

Pflug dämmerte langsam, daß er nichts anderes war als eine Waffe, die Annegret Schoschowski in ihrem ihm unerklärlichen Ehekrieg gegen ihren Gatten skrupellos eingesetzt hatte. Er machte sich keine Illusionen darüber, daß sie ihn ebenso bedenkenlos wieder fallenlassen würde, sobald seine Funktion erfüllt war. Und Rafael Schoschowski, der bedeutende Künstler, der Freunde und Gönner in den höchsten Kreisen von Partei und Staat hatte, würde er nicht den Mann vernichten wollen, der ihm eine solche Demütigung eingebracht hatte? Und wenn er den Augenblick der Rache gar nicht abwarten wollte? Wäre der exzentrische Dirigent in seiner Leidenschaft nicht unberechenbar genug, um den »Graf Zeppelin« in die Luft zu sprengen? So könnte er seine ungetreue Frau und den verachteten Nebenbuhler in den Tod mitnehmen. »Ich fange an, Gespenster zu sehen!« flüsterte der Chefsteward. Ein feiner Film dünner Schweißperlen stand auf seiner Stirn, obwohl der kühle Nachtwind durch die silbrige Hülle pfiff.

Pflug war etwas zugestoßen, vor dem er sich immer gefürchtet hatte, seit er zum ersten Mal im »Adlon« zum Servieren angetreten war: Er war in einen Streit der

Reichen und Mächtigen hineingezogen worden, einen Streit, in dem er so viele Chancen hatte wie ein Korn zwischen zwei Mühlsteinen.

Es war Samstag, der 8. Mai, gegen sechs Uhr morgens, als Pflug nach einer langen, schlaflosen Nacht die Tische zum letzten Frühstück auf dieser Fahrt deckte. »Elf Stunden noch!« dachte er resigniert. Er ertappte sich beim heimlichen Wunsch, daß der »Graf Zeppelin« doch verbrennen und die verdammten Schoschowskis in die Hölle mitnehmen sollte. Dann riß er sich zusammen. Nach Stunden des Grübelns war der einzige Entschluß, den er in der Nacht gefaßt hatte, der, beim nächsten Besuch in Recife mit Amapá über alles zu reden, sogar über seinen Seitensprung. Wenn es überhaupt einen Menschen gab, der ihm einen Rat geben konnte, dann sie.

Sie fuhren über den Hafen von Barcelona hinweg. Auf den Straßen und Plätzen war es noch fast menschenleer, nur auf den Kais und den wenigen Schiffen im Hafen arbeiteten schon Matrosen und Docker, die ihnen zuwinkten. (Oder schüttelten sie die Fäuste in Richtung der riesigen Hakenkreuze an den Heckfinnen des Zeppelins?) Pflug entdeckte ein Kriegsschiff, einen leichten Kreuzer, konnte jedoch nicht die Flagge am Heck erkennen. Für einen flüchtigen Moment versuchte er, sich zu erinnern, wer die Stadt hielt, die Republikaner oder die Soldaten Francos, und ob hier in der Gegend gekämpft wurde oder nicht, doch er konnte sich nicht mehr an irgendwelche Einzelheiten erinnern und war außerdem durch seine persönliche Lage so verwirrt, daß ihm das Schicksal Barcelonas gleichgültig war.

Er plazierte gerade die letzten Messer und Löffel mit

routinierten Bewegungen in militärisch anmutender, präziser Ordnung auf den Tischen, als er erschrocken innehielt: Annegret Schoschowski hatte den Salon betreten, heute wieder mit langem Rock und hochgeschlossener Bluse elegant, aber streng gekleidet, dezent geschminkt und so ausgeruht und heiter wirkend, als hätte sie zehn Stunden erholsamen Schlafes hinter sich.
»Ich habe gewußt, daß Sie schon um diese Zeit im Salon arbeiten«, sagte sie. Ihr glattes, ebenmäßiges Gesicht verriet nicht die geringste Regung, als sie Pflug ansprach. »Mein Mann schläft noch. Und von den anderen Passagieren wird wohl niemand in der nächsten halben Stunde schon so weit sein, daß er ihrer Aufmerksamkeit bedürfte. Wir haben also ausreichend Zeit. Kommen Sie!«
Pflug starrte sie fassungslos an. »Gnäe' Frau«, stammelte er. Trotz seiner Sorgen konnte er nicht verhindern, daß ein Teil seiner Seele hemmungslos jubelte und in stolzer Vorfreude bebte, während der andere zurückschreckte und verzweifelt nach einem Ausweg suchte.
Annegret Schoschowski bemerkte sein Zögern und sah ihm in die Augen. »Ich möchte Sie nicht dazu zwingen, obwohl ich es könnte«, sagte sie.
Er verstand sofort, daß sie damit sein Verhältnis mit Amapá meinte, das sie in Recife zufällig beobachtet hatte. Eine offizielle Beschwerde von einer prominenten Passagierin über einen »deutschen« Chefsteward, der in Brasilien ein halblegales Verhältnis mit einer »Farbigen« hatte, und irgendein fanatischer Nazi bei der Deutschen Zeppelin Reederei oder im Reichsluftfahrtministerium würde auf der Stelle dafür sorgen, daß er seinen Posten verlor.

Doch statt diesen Trumpf offen auszuspielen, trat sie nah an ihn heran, lächelte, fuhr ihm mit einer langsamen, fast schüchtern wirkenden Bewegung ihrer bewundernswert feingliedrigen Hand über die Brust und flüsterte: »Wenn Sie mich haben wollen, dann jetzt. Ich werde Ihnen später nie wieder eine Gelegenheit dazu geben!«
Annegret Schoschowski wartete nicht auf seine Antwort, sondern drehte sich um, ging durch den Salon nach vorn bis zum Flur und dort bis zur Aluminiumleiter, die nach oben in die Hülle führte. Carl Pflug zögerte nur einen Augenblick, dann folgte er ihr.

Walter Jaeger konnte sich nicht daran erinnern, wann er das letzte Mal morgens so entspannt aufgewacht war wie an diesem Samstag im Zeppelin irgendwo über der im Morgendunst liegenden spanischen Küste. Milchiges Licht drang durch die Vorhänge, die sie gestern abend zugezogen hatten. Sarah lag an seiner Seite, das Gesicht fast in seine Achselhöhle vergraben, als wollte sie in tiefen Zügen den Duft seines Körpers einsaugen. Sie murmelte Unverständliches, bewegte ihren Körper kurz wie eine unwillige Katze und war

dann wieder fest eingeschlafen. Er küßte sie behutsam und rührte sich nicht.
Gestern nachmittag hatte er zunächst nicht gewußt, was er nun tun sollte, als er erst einmal in ihrer Kabine war. Der absurde Vorwand, von ihrem Fenster aus ein Foto machen zu wollen, war ihm spontan eingefallen, doch dann wagte er lange nicht, den nächsten, den entscheidenden Schritt zu machen. Amerikanische Frauen waren so viel freier und selbstbewußter als deutsche, er war sich nicht sicher gewesen, ob Sarahs Entgegenkommen in aller Offenheit nicht genau das war, was es zu sein schien: ein freundliches Angebot, einen ungewöhnlichen Platz für ein Foto zu nutzen. Einige Minuten hatte er am Fenster gestanden und gezögert, hatte gefürchtet, einen empörten Aufschrei zu provozieren, wenn er sich ihr näherte, einen Skandal zu verursachen, eine Peinlichkeit zu erregen, ohne an Bord des »Graf Zeppelin« die Möglichkeit zur Flucht vor den mißbilligenden Blicken der anderen gehabt haben zu können.
Doch plötzlich war in seinem Geist eine Frage aufgetaucht: »Wenn du jetzt nichts mehr riskierst, wann dann?« Er wäre für immer an einen Beruf gekettet gewesen, für den er sich schämte, weil er ihn nur wegen der rohen politischen Säuberungen der braunen Machthaber bekommen hatte – der ihn allerdings so sehr ausfüllte, daß er ihn, wie ein Trinker, der nicht von der Flasche lassen konnte, nicht aufgeben wollte. Er hätte bis an das Ende seiner Tage mit einer Frau zusammengelebt, die er nicht mehr liebte – für die er nur eine Dankbarkeit empfand wie für keinen anderen Menschen auf der Welt. Er hätte seine zwei Jungen in ständiger Furcht vor ihrem Verrat oder ihrer Verach-

tung großgezogen – und wäre doch stolz gewesen auf jeden noch so kleinsten Fortschritt, den sie auf ihrem Lebensweg machten.
Als er sich deshalb endlich zu Sarah Livingston beugte und sie küßte, wild entschlossen, sie zu lieben, bis sie vor Glück ohnmächtig werden würde, tat er das nicht mit der Vorfreude eines erfahrenen Mannes auf ein schönes, aber unverbindliches sexuelles Abenteuer mit einer jungen Frau, sondern mit der Gier eines Ertrinkenden, dem die Wellen unverhoffterweise einen Rettungsring in die Arme getrieben haben.
Sie hatten sich den ganzen Nachmittag geliebt, bis Jaeger bemerkt hatte, daß es draußen langsam dunkel zu werden begann. Kichernd wie zwei Kinder nach einem gelungenen Streich hatten sie sich angezogen. Sarah war zuerst aus ihrer Kabine geschlüpft, hatte sich umgesehen, ob die Luft rein war und ihn dann herausgewunken. Nacheinander waren sie in den Salon geschlendert, um mit den anderen das Abendessen einzunehmen, hoffend, daß niemand ihnen die letzten, wilden Stunden ansah.
Jaeger glaubte nicht, daß den Livingstons das zeitweilige Verschwinden ihrer Tochter aufgefallen war, ihr Vater wirkte immer angespannter, je näher sie ihrem Ziel kamen, die Mutter immer verdrießlicher, je länger die Fahrt dauerte. Er hatte allerdings den Eindruck, daß Maria Ficcini sehr wohl wußte, was die Tochter der Herrschaften angestellt hatte. Er meinte jedenfalls, daß sie ihn seitdem mit einer kuriosen Mischung aus moralischer Empörung und komplizenhafter Kumpanei behandelte, so, als gehörten sie beide jetzt uneingestandenermaßen zu einer heimlichen Gemeinschaft, verbunden durch ein gemeinsames Band

ähnlicher Erfahrungen. Jaeger war der Gedanke gekommen, daß die Dienerin möglicherweise Gerry Livingston viel besser kannte, als es ratsam wäre, seiner Frau je zu verraten.

Krauss war dagegen entschieden beleidigt gewesen. Er hatte ihm etwas von »verantwortungslosem Verhalten in dieser ernsten Lage« und »Schande für einen Volksgenossen« zugezischt. Dann hatte er sich zu dem Parteibonzen gesetzt und damit begonnen, flüsternd auf ihn einzureden.

Doch Jaeger war in einer Stimmung gewesen, in der er alle Drohungen auf die leichte Schulter nahm. Nachdem ihm der Funker ungewollterweise einige rätselhafte, unklare, aber auf jeden Fall reichlich beunruhigende Sätze über »Zeppeline, von denen es bald einiges zu berichten gibt« zugeraunt hatte, war er kurz darauf zusammen mit seinem Kollegen vom »Völkischen Beobachter« (von dem er hoffte, daß dessen Parteiblattautorität vielleicht hilfreich sein könnte) zum zweiten Mal an diesem Morgen im Funkraum aufgetaucht und hatte von dem immer unwilliger werdenden Parsch einige weitere Andeutungen zu hören bekommen. Erstmals war der Name »Hindenburg« gefallen. Daraufhin waren sie beide zum Kapitän gestürmt und hatten ihn mit Fragen bombardiert. Der hatte zunächst alles geleugnet, doch als Krauss gedroht hatte, Steicher und allen anderen Passagieren die wenigen Details aufzutischen, die er schon kannte, gab von Schiller nach und erzählte, daß der »Hindenburg« in Lakehurst verbrannt und aus Friedrichshafen eine Warnung vor einem möglichen Anschlag eingegangen sei.

Jaeger war schockiert gewesen über das Ende des

größten Zeppelins der Welt, vermutete jedoch einen technischen Defekt als Ursache. Das Gerede von einem Sabotageakt oder Attentat hielt er für eine der üblichen, übertriebenen, ja beinahe hysterischen Verschwörungstheorien, denen die braunen Machthaber anhingen. Er hatte in den letzten Jahren schon zu oft dringende »Anweisungen« oder »Sprachregelungen« aus dem Propagandaministerium erhalten, in denen befohlen wurde, in großer Aufmachung über finstere Komplotte zu berichten. Mal steckten angeblich die Amerikaner dahinter, mal die Briten oder Russen, immer aber »Juden und Bolschewisten«, und immer ging es um die Errettung Deutschlands, wenn nicht der ganzen Welt.
Krauss kannte die Anweisungen aus dem Propagandaministerium natürlich auch und glaubte tatsächlich an sie. Deshalb beschimpfte er ihn, aufs äußerste erregt und beunruhigt, bis Jaeger nach dem Vorwurf, er sei ein »Weichling«, der Kragen geplatzt war. »Ich habe meine Standhaftigkeit schon bewiesen«, hatte er so hochmütig wie möglich entgegnet, »schließlich habe ich als Soldat im Weltkrieg an der Front gekämpft – etwas, was Ihnen glücklicherweise erspart geblieben ist!«
Das saß. Sein kleiner, dicklicher Kollege, der so gern von »zukünftigen Kriegen« schwadronierte, hatte nämlich selbst nie auch nur einen Tag in der Wehrmacht gedient. Krauss war wütend abgezogen und zum zweiten Mal zu Steicher gegangen. Jaeger war sich nicht ganz sicher gewesen, vermutete aber, daß sein ungeliebter Kollege später dann auch beobachtet hatte, daß er mit Sarah Livingston verschwunden und das gemacht hatte, was Krauss auch gern getan hätte. Das

verbesserte die Stimmung des Redakteurs vom »Völkischen Beobachter« natürlich auch nicht gerade.
Doch Jaeger hatte sich an diesem Abend leicht und frei, gewitzt und unbesiegbar gefühlt. Er flirtete so heftig mit seiner neuen Geliebten, daß es schließlich sogar Hannah Livingston aufgefallen war und Sarah ihm einen warnenden Blick zuwerfen mußte, damit er sich etwas zurückhielte. Doch dann war sie es gewesen, die nach dem Essen Deinhard kommen ließ und einen übermütigen Toast ausgesprochen hatte: »Auf die letzte Nacht im Zeppelin!«
Als sich die Livingstons schließlich zurückzogen, lag der Lichtschein Malagas schon hinter dem »Graf Zeppelin«. Jaeger wartete, bis Sarah, ihre Eltern und die Dienerin in ihren Kabinen verschwunden waren, ließ noch ein paar Minuten verstreichen, dann nahm er die noch halb volle Flasche Sekt vom Tisch und schlich damit in ihre Kabine.
Sie umarmte ihn, entdeckte den Deinhard und lachte amüsiert. »Weißt du eigentlich, daß ich dafür viel zu jung bin? Bei uns zu Hause ist Alkohol vor dem einundzwanzigsten Geburtstag tabu«, flüsterte sie neckisch.
»Wenn das so ist«, antwortete er und stellte dabei die Flasche lässig ab, »dann weiß ich etwas anderes, mit dem wir uns die Zeit vertreiben können …«
An diesem Morgen danach schlüpfte Jaeger nun behutsam aus dem Bett, um Sarah nicht zu wecken. In der Nacht hatte ihn kein Alptraum heimgesucht, und Jaeger glaubte, daß seine Geliebte diesen Fluch von ihm genommen habe.
Grinsend starrte er auf die Sektflasche, die sie schließlich doch ausgetrunken hatten, dann blickte er hinunter auf die Küste. Unter ihnen lag eine große Stadt, ein

Hafen. Er brauchte einige Zeit, bis er darauf kam, daß es Barcelona sein mußte. Bald würden sie über Frankreich sein, das Rhône-Tal hoch an den Alpen vorbeifahren und dann den Bodensee sehen. Er hatte noch einen guten halben Tag Zeit, um zu versuchen, Sarah davon zu überzeugen, nicht nur eine Nacht, sondern ihr ganzes Leben mit ihm zu verbringen.

Jaeger zog sich schnell an, schlüpfte hinaus auf den Flur und eilte in den Waschraum. Er hatte keine Zeit mehr zu verlieren. Wenn er wirklich mit Sarah Livingston zusammenleben wollte, dann mußte er mit ihr direkt nach der Landung in Friedrichshafen nach Amerika fliehen. Er zweifelte nicht daran, daß sie dabei mitmachen würde, doch er mußte ein paar Vorbereitungen treffen, damit das Vorhaben nicht mit einer peinlichen Verhaftung in Deutschland endete.

Gestern abend war es ihm nicht nur gleichgültig gewesen, daß Krauss allein in ihrer Kabine war und damit sozusagen den endgültigen Beweis für sein Liebesabenteuer geliefert bekam, es hatte ihn geradezu mit einer diebischen Freude erfüllt, sich vorzustellen, wie der kleine, dickliche Parteijournalist auf seinem Bett hockte und vor Neid und Eifersucht dampfte.

Heute morgen sah er die Sache nüchterner. Krauss würde nach der Rückkehr versuchen, ihn bei der Partei anzuschwärzen, um sich an ihm zu rächen. Also blieb ihm nichts anderes übrig, als seinerseits etwas zu erfinden, was Krauss in der ersten Zeit nach der Landung so beschäftigt halten würde, daß er sich nicht sofort auf ihn stürzen konnte.

Jaegers Gesicht verzog sich zu einem hinterhältigen Grinsen. »Warte ab, du kleiner brauner Mistkäfer«, dachte er grimmig, »du wirst dich noch wundern!« Er fischte seinen Notizblock aus der Jackett-Tasche, legte ihn auf den Rand des Waschbeckens und notierte den Entwurf für einige Telegramme, die er mit »Bruno Krauss« zeichnete und gleich aufgeben wollte. Es waren Denunziationen.

Jaeger imitierte den Stil empörter Parteimoral, mit dem Krauss seine Artikel zu versehen pflegte. War dieser Thomsen nicht Gestapo-Mann? Gut: Jaeger entwarf ein Telegramm, in dem sich »Krauss« beim Sicherheitsdienst über die »laxe Dienstauffassung« und »anti-deutsche Äußerungen« sowie »Verächtlichmachung des Führers in der Öffentlichkeit« seitens Thomsen beschwerte.

Hatte der weltbekannte Rafael Schoschowski nicht mächtige Förderer in der Partei? Gut: »Krauss« monierte in einer Meldung an die Reichskulturkammer, daß der Maestro an Bord die abendliche Tischgesellschaft mit lobenden Vorträgen über Felix Mendelssohn-Bartholdy, Jacques Offenbach und andere »unerwünschte« jüdische Komponisten belehrt hatte.

War Augustus Steicher nicht ein hoher Funktionär? Gut: »Krauss« meldete dem Propagandaministerium empört, daß der Bonze zusammen mit seiner Maitresse nach Brasilien gereist war und damit »dem Ansehen Deutschlands und insbesondere der nationalen Bewegung schwersten Schaden zugefügt« habe.

Wenn alle drei Telegramme nicht nur an ihre Adressaten, sondern auch noch »zur Kenntnisnahme und Einleitung eventuell zusätzlicher Maßnahmen« an den Hauptschriftleiter des »Völkischen Beobachter« gingen, dann sollte dies, wie Jaeger befriedigt feststellte, genügen, um einige sehr mächtige Männer gegen den ärgerlichen Quälgeist aufzubringen. Sie würden schon dafür sorgen, daß Krauss kaltgestellt wäre, vielleicht sogar länger, als nur für ein paar Stunden. Auf jeden Fall wäre der Parteijournalist so lange blockiert, daß er Jaegers Fluchtpläne mit Sarah Livingston nicht durchkreuzen könnte.

Jaeger verließ den Waschraum und ging zum Salon. Verwundert sah er sich um. Die große Uhr an der Stirnseite gegenüber zeigte kurz nach sechs Uhr morgens an, alle Tische waren akkurat gedeckt – doch niemand war da. Er hatte zwar nicht erwartet, einen der anderen Passagiere um diese frühe Stunde hier anzutreffen, doch daß auch der Steward fehlte, erstaunte ihn.

Achselzuckend ging er weiter und öffnete die Tür zum Funkraum, um seine inkriminierenden Telegramme loszuwerden. Das Abteil war leer, die Röhren der Telefunken-Apparate glommen nicht, alle Skalen standen auf Null. Jaeger sah sich mißtrauisch um, als könne sich der Funker irgendwo versteckt halten, dann trommelte er unruhig mit den Fingern auf den Tisch, auf den der Diensthabende normalerweise den Block für alle eingehenden Meldungen gelegt hätte. Der Block lag noch in der kleinen Ablage daneben.

Jaeger war sicher, daß Parsch jetzt Dienst hatte. Er wartete noch ein paar Minuten, weil er hoffte, daß der Erste Funker vielleicht nur verschlafen haben könnte, doch nach einiger Zeit wurde ihm klar, daß hier definitiv etwas nicht stimmte.

Er überlegte sich, ob es sinnvoll sein könnte, auf die Brücke zu gehen und das Verschwinden des Funkers zu melden. Das hätte natürlich zur Folge haben können, daß ihn jemand fragen würde, was er denn zu einer so ungewöhnlich frühen Zeit im Funkraum zu suchen habe, und Jaeger wußte, daß er, so trickreich seine fingierten »Krauss«-Texte auch waren, im direkten Gespräch ein sehr schlechter Lügner war. Was immer er sagen würde, es könnte Mißtrauen auslösen. Also ließ er die Telegramme einfach auf dem Tisch neben den Telefunken-Kästen liegen und hoffte, daß der Funker, wann immer er auch käme, die Texte ohne weitere Nachprüfung sendete. Vielleicht war es sogar gut so, daß ihn niemand dabei beobachtete, wie er solche Telegramme aufgab.

Als Jaeger gerade den Funkraum verlassen hatte und noch in dem schmalen Gang stand, der Brücke und Salon miteinander verband, erstarrte er vor Schreck. Die Schiebetür zum Salon hatte er vorhin nur halb geschlossen, so daß er nun sehen konnte, wie Krauss und Steicher den Raum betraten.

Der Funktionär sah schrecklich aus: leichenblaß, mit dick umränderten Augen, das Weiß der Augäpfel verschwunden unter einem dichten Netz blutrot aufgeplatzter feiner Äderchen, die braune Parteiuniform verrutscht, Spuren von Erbrochenem auf dem Hemd, ein großer, angetrockneter Fleck vorn auf der Hose. Krauss hatte verquollene Augen, als hätte er schlecht geschlafen, wirr durcheinanderstehendes Haar, ein gerötetes Gesicht und trug Jackett und Hose, unter denen noch die Ärmel, beziehungsweise Beine seines weißen Pyjamas hervorlugten, seine Füße steckten barfuß in nicht zugeschnürten Halbschuhen. Er redete erregt und heftig gestikulierend auf Steicher ein.

Die beiden setzten sich an den vorderen der beiden größeren Tische, an dem der Parteifunktionär mit seiner Maitresse, Ohlbaum und Erich Bäcker normalerweise aßen, direkt neben der Tür zum vorderen Flur. Jaeger drückte sich an die Wand und hielt den Atem an.

Die beiden sprachen wütend über etwas, das mit ihm zu tun hatte, denn er hörte, wie sein Name immer wieder fiel.
Es dauerte einige Zeit, bis Jaeger aus dem wirren Gerede Steichers und den wütenden Attacken von Krauss eine zusammenhängende Geschichte konstruieren konnte. Soweit er verstand, behauptete der Parteifunktionär, daß seine »Sekretärin« ihm letzte Nacht Gift eingeflößt habe und seitdem verschwunden sei. Er sei nur wieder aufgewacht, weil er durch sein eigenes Erbrochenes einen Erstickungsanfall erlitten, der ihn im letzten Augenblick aus seiner Bewußtlosigkeit gerissen habe. Dann war Steicher, verwirrt und wütend wie ein gequälter Kampfstier, auf den Flur hinausgestürzt, hatte auf der vergeblichen Suche nach seiner Maitresse alle Waschräume und Toiletten durchsucht und hatte schließlich die Tür zur Kabine von Krauss aufgerissen, weil er »der einzige verläßliche Parteigenosse an Bord« sei.
So verwirrt Steicher auch war, er war noch immer klug genug, den Gestapo-Mann Thomsen besser nicht in die Suche nach seiner verschwundenen Geliebten einzuspannen.
Mit ohnmächtiger Wut mußte Jaeger mit anhören, daß Krauss, als er endlich wach geworden war, die unverhoffte Chance zur Rache am Schopf gepackt hatte. Auch Jaeger sei nicht da – wahrscheinlich sei er es, mit dem die »Sekretärin« die Nacht irgendwo verbringe. Vielleicht seien beide auch die Verschwörer, vor denen sie der Funkspruch aus Friedrichshafen gewarnt habe. Jaeger sei ihm gleich verdächtig vorgekommen, ein verkappter Kommunist. Es würde ihn überhaupt nicht wundern, wenn er gerade in diesem Augenblick für

den »Graf Zeppelin« das gleiche Schicksal vorbereite, das seine Genossen dem »Hindenburg« schon bereitet hätten. Schon vor der Abfahrt in Rio habe er sich verdächtig abfällig über den Zeppelin geäußert.

»Den Hund bringe ich mit eigenen Händen um!« schrie Steicher plötzlich und sprang so heftig auf, daß sein Stuhl nach hinten umkippte. Dann, als gehörte das eine untrennbar zum anderen, im gleichen zornigen Tonfall: »Wo ist dieser verdammte Steward? Gibt es hier keinen Kaffee?«

Krauss war ebenfalls aufgesprungen, über Steichers unerwarteten Wutausbruch sichtlich erschrocken. »Sofort«, rief er beflissen. »Ich werde mal in der Küche nachsehen.«

Jaeger wurde blaß und blickte sich verzweifelt um. Wenn die beiden ihn jetzt entdeckten, wären sie in ihrem Zustand fähig, ihn ohne Zögern totzuschlagen. Mit Krauss würde er fertigwerden, notfalls auch in einem Faustkampf. Aber Steicher war unberechenbar – und Jaeger hatte nicht übersehen, daß der Parteifunktionär trotz seines derangierten Äußeren eine Dienstpistole im ledernen Hüftholster trug.

In den Funkraum? Auf die Brücke? Dort würde Krauss unweigerlich nachsehen, sobald er die Küche leer vorfände. Jaeger mußte sich verstecken, bis die Blondine wieder auftauchte und Steichers Wut besänftigte oder zumindest auf einen anderen lenkte. Es gab nur einen Weg: Jaeger sprang zur Aluminiumleiter, zog sie mit einem Ruck herunter und kletterte hastig in die Hülle.

Tageslicht schimmerte wie fernes, diffuses Polarleuchten durch den Stoff der Hülle und verwandelte das Gewirr aus Aluminiumträgern, Drähten und riesigen Gassäcken in eine unbestimmt aus sich selbst heraus leuchtende Höhle. Die dünnen Streben der Leiter vibrierten unter den Händen von Carl Pflug. »Gegenwind«, dachte er.

Der »Graf Zeppelin« pflügte durch den Himmel wie ein Wal durch schwere See, jede Windböe war wie ein leichter Stromstoß in allen Teilen des Zeppelins zu spüren. Über ihm kletterte Annegret Schoschowski zum schmalen Mittelgang empor. Er konnte unter ihren Rock sehen und zitterte vor Erregung. »Was habe ich hier bloß zu suchen?« dachte er und hoffte inbrünstig, daß die anderen Passagiere noch schliefen.

Gewandt wie eine Seiltänzerin balancierte sie über den Gang. Verträumt glitten ihre feingliedrigen Finger im Vorbeigehen über die straff gespannte Hülle einer Gaszelle. Für einen winzigen Augenblick setzte Pflugs Herzschlag aus, denn er hatte plötzlich die Vision, als wolle die strenge, hochgeschlossene, abweisend wirkende Frau wie ein unnahbarer Todesengel durch den Zeppelin gehen und der ganzen Länge nach alle Gaszellen mit ihren langen, roten Fingernägeln aufschlitzen. »Du wirst langsam verrückt!« sagte er sich und atmete tief durch.

Als sie die Stelle erreichten, an der sie sich schon einmal geliebt hatten, lächelte sie ihn an und begann ohne zu zögern damit, sich die Bluse aufzuknöpfen. Da drangen aus der Tiefe Stimmen zu ihnen hinauf, verzerrt und seltsam hell klingend durch das seufzende Echo in den Gaszellen.

Es waren Menschen irgendwo weit unter ihnen. Pflug

konnte weder die Stimmen erkennen, noch die Worte verstehen. Das gewaltige Innere des »Graf Zeppelin« war wie eines jener Bauwerke, deren Wände Stimmen aufzusaugen schienen und wie ein tausendfaches Flüstern überall im Raum verteilten. Pflug legte die Finger an die Lippen, um Annegret Schoschowski davon abzuhalten, sich durch ein unbedachtes Wort zu verraten. Sie waren viel zu nahe an der in die Tiefe führenden Leiter und am unteren Laufgang. Der Steward deutete nach hinten.

Sie gingen eilig über den Mittelgang Richtung Heck wie auf einer Brücke, die auf geheimnisvolle Weise durch einen Ozean aus Stoff und Drähten führte. Fünfzig, siebzig, einhundert Meter, Pflug trieb Annegret Schoschowski mit Gesten weiter. Sie passierten die Höhe der beiden vorderen Seitenmotoren, dann der hinteren, schließlich des Heckmotors. Der Fahrtwind drückte die Geräusche der Maschinen und riesigen Propeller nach hinten, ihr sonores Gebrumm dröhnte im Heckbereich des »Graf Zeppelin« durch die Hülle, als würde in jeder Gaszelle ein wütender Schwarm gewaltiger Insekten toben.

Der Gang wurde noch enger und öffnete sich dann plötzlich zu einem Kreuz schmaler Leitern, die nach Backbord und Steuerbord und nach oben und unten zwischen dunklen Stoffbahnen bis außer Sichtweite führten. »Das sind die Wartungsgänge, die in die Höhen- und Seitenleitwerke führen«, flüsterte Pflug. »Wir sind jetzt im Heck des Luftschiffes. Bis hierhin kommt während der Fahrt normalerweise niemand.« Hier war der Motorenlärm ungefähr so laut wie im Innern eines großen Automobils. Sie lauschten, konnten aber keine Stimmen mehr hören.

Annegret Schoschowski nestelte an den letzten Knöpfen ihrer Bluse und lehnte sich dann entspannt gegen die nach oben führende Aluminiumleiter. »Beeilen Sie sich«, sagte sie nüchtern, »wir haben nicht viel Zeit!«

Arthur Ohlbaum hatte eine schreckliche Nacht hinter sich. Sein Rücken schmerzte, weil er stundenlang hinter dem einen schwachen Benzolgestank verströmenden Treibstoffaß gekauert hatte, ohne sich zu rühren; seine Rechte war taub und kalt geworden, bis ihm endlich aufgefallen war, daß er noch immer den schweren Schraubenschlüssel mit aller Kraft umkrallt hielt.

Entsetzt hatte er mitansehen müssen, wie Parsch von dem Gestapo-Mann gestellt und fürchterlich zusammengeschlagen worden war. Thomsen hatte von dem Funker etwas wissen wollen, doch Ohlbaum hatte von seinem Versteck aus nicht verstehen können, um was es dabei gegangen war. Hätte Thomsen ihn entdeckt, er hätte ihn wahrscheinlich totgeschlagen wie einen räudigen Hund.

Auch als der Gestapo-Mann sein Opfer in den Verschlag für die Postsäcke geschleift und dann den Laufgang wieder Richtung Gondel verlassen hatte, war

Ohlbaum noch lange hinter seiner Deckung geblieben. Er hatte gehofft, daß Parsch irgendwann aus eigener Kraft wieder hervorkriechen und nach hinten zu den Mannschaftsquartieren verschwinden würde, doch alles war schrecklich ruhig geblieben. »Der stirbt da drinnen!« hatte sich Ohlbaum gesagt und gefühlt, wie eine Welle der Hysterie in ihm emporbrauste.

Schließlich, der erste fahle Morgendämmer drang in die Hülle, hatte er sich doch hervorgewagt und war in das Postabteil geschlichen. Parsch hatte schrecklich ausgesehen, das Gesicht blutverschmiert und auf doppelte Größe aufgequollen, große rote Flecken bedeckten sein weißes Hemd, einige kleinere beschmutzten links und rechts des Kopfes die Postsäcke, doch er hatte noch geatmet, wenn auch flach.

Ohlbaum hatte eine kleine Ewigkeit nicht gewußt, was er tun sollte, hatte sich hilflos gefühlt, sich davor geekelt, Parsch zu berühren – und sich dann doch überwunden und aus einem Sicherheitsventil des nächstgelegenen Wassersacks nach einigen Mühen soviel Flüssigkeit herausgedrückt, daß er damit einen Putzlappen aus der Werkzeugkiste benetzen und so das Gesicht des Ersten Funkers kühlen und säubern konnte. Schließlich hatte er noch aus den Postsäcken ein möglichst bequemes Lager gemacht und war dann wieder in das Gepäckabteil geschlüpft.

Sein Mut und seine Träume vom »richtigen Leben« hatten ihn verlassen. Ohlbaum klappte nun eilig den Koffer mit Steichers Schatz zu, ohne allerdings in seiner Hast die Schlösser wieder einschnappen zu lassen. Er legte ihn oben auf den Stapel des anderen Gepäcks. »Nur raus hier!« dachte er, Spuren verwischen und abhauen. »Lieber ein Leben lang Buchhalter, als jetzt erwischt zu werden!« sagte er sich. Wenn man ihn hier oben entdeckte, könnte man ihm womöglich auch noch einen Mord in die Schuhe schieben, falls Parsch doch stürbe. Er wollte die Stoffbahn zum Gang gerade hochklappen, als er draußen Stimmen hörte.

Mit einem Satz hechtete er zurück zu den Koffern, kletterte hinauf und krallte sich auf der Rückseite wieder an das Gepäcknetz, das ihm nur zu vertraut war. »Das ist nur der Wachwechsel«, machte er sich verzweifelt Mut, »niemand wird hier kontrollieren kommen.«

Er hörte die müden Stimmen der Rudergänger und zweier Offiziere, die sich über den »Hindenburg« unterhielten, während sie langsam nach achteraus gingen. Dann, in der anderen Richtung, das laute »Klack-Klack« harter Lederschuhe auf Aluminium – »Der Steward!« dachte er entsetzt. Frühstückszeit – und er hockte noch immer hier oben!

Er wartete, bis die Schritte von Pflug verklungen waren, dann wälzte er sich wieder über das Gepäck. Resigniert blickte er noch einmal Steichers Koffer an, dann fiel sein Blick zufällig auf seine Armbanduhr – und in diesem Augenblick hätte er am liebsten losgeheult wie ein trauriges Kind. Irgendwann in dieser turbulenten Nacht mußte er sich heftig gestoßen haben. Auf seinem linken Unterarm prangte ein großer blauer Fleck, doch darauf achtete er jetzt nicht. Das Glas der ZentRa war zerschlagen, ihr helles Zifferblatt zerkratzt, der große Zeiger wie ein schmaler Streifen nassen Papiers in einer Rundung nach oben gebogen. Er hielt sie ans Ohr, doch aus dem tonneauförmigen Gehäuse drang kein leises Ticken mehr. Kein Zweifel: Er hatte seine Armbanduhr ruiniert.

Eine einsame Stimme der Vernunft rief in seiner Seele,

daß es unverantwortlich sei, wegen einer ZentRa für fünfunddreißig Reichsmark sein Leben zu riskieren, doch eine andere Kraft bemächtigte sich seiner. »Ich zeige es euch allen!« zischte er vor mühsam unterdrückter Wut, als wären die zusammengeschnürten Koffer eine Schar feindseliger Soldaten.
In blindem Eifer zerrte er Steichers Gepäck wieder heraus, knallte es auf den Boden und riß den Deckel auf. Dann suchte er seinen Koffer, öffnete ihn ebenfalls und stopfte hastig die ersten Stücke aus Gold und Jade zwischen seine Hemden und Unterhosen.
In diesem Augenblick wurde die Stoffbahn des Gepäckabteils geöffnet.

Sarah Livingston fühlte sich herrlich. Im Halbschlaf hatte sie noch mitbekommen, wie Walter leise aus ihrer Kabine geschlichen war. Er mußte vorsichtig sein, damit niemand sie ertappen konnte. Sie lächelte und kuschelte sich tiefer in die Decke. Kaum weniger als Sex hatte sie in den letzten Stunden die ganze Aufregung darumherum genossen, die romantische Heimlichtuerei, die kleinen Zeichen und Andeutungen beim Abendessen, die verschwörerische Wachsamkeit beim Gang in die Kabine.

Sie träumte von einem Leben mit ihrem Walter, von einer abenteuerlichen Flucht aus Deutschland und auch vor ihren Eltern, von einem großen, hellen Haus irgendwo an der Ostküste, direkt am Atlantik. Sie möblierte ihr imaginäres Haus mit kostbaren Antiquitäten und malte sich aus, wo und wie sie in jedem Zimmer Liebe machen konnten.

Schließlich sprang sie auf. Sarah fühlte sich voller Tatendrang, berstend vor Energie, erfüllt von dem unbändigen Wunsch, irgendeinen ersten Schritt hin zu ihrem Traumhaus zu tun. Sie blickte aus dem Fenster. Der Schatten des »Graf Zeppelin« glitt wie eine riesige schwarze Zigarre über eine endlose Fläche aus flachen Seen, Zypressenreihen, Feldern, Schilf- und Graswiesen, niedrigen Deichen und dunklen Entwässerungsgräben. Einige Tümpel waren schwarz, rostrot oder unnatürlich intensiv blau. Wenige einzelne Hütten standen im Sumpf, strahlend weiß, mit einem runden Dach aus dunklem Stroh, das aussah, als hätten sich die Häuschen die Kapuze einer Mönchskutte übergezogen. Sie sah weiße und graue Pferde, die vor dem Motorengebrumm des Luftschiffes davonstoben und kleine Herden nachtschwarzer Stiere, die gleichmütig auf den Feldern stehen blieben oder nur den Kopf hoben und wie unwillig schüttelten.

Als sie über einen großen See glitten, der so flach war, daß man von oben bis auf den schlammigen Grund blicken konnte, explodierte unter ihnen eine Wolke aus unzähligen rosafarbenen und weißen Splittern: Flamingos, die den Schatten des »Graf Zeppelin« fürchteten, als wäre er der eines gigantischen Raubvogels. Sie fuhren jetzt über die Camargue.

Das bedeutete, daß sie schon Frankreich erreicht hat-

ten. Noch acht, neun Stunden, schätzte sie, dann waren sie in Friedrichshafen. Ihr blieb nicht mehr viel Zeit. Sarah hatte sich nicht geschämt, Walter ihre Unerfahrenheit einzugestehen, im Gegenteil: Sie hatte gewollt, daß er erfuhr, der erste zu sein. Doch sie fühlte eine Notwendigkeit, ihm zu beweisen, daß sie trotzdem kein naives Mädchen mehr war, keine unwissende Gans, sondern eine Frau, die jeden Mann überraschen konnte – auch ihn. Sie wollte etwas tun, was ihn verblüffen würde, was er bewundern mußte. Sie wollte nicht nur seine Liebe, sondern auch seinen Respekt. Und Sarah wußte auch, wie sie das erreichen konnte: mit Daddys Konstruktionszeichnungen.
Sie hatte eine Zeit gebraucht, bis ihr die Idee gekommen war, daß Daddys riesiger Umweg über Südamerika nichts anderes war als ein Haken, wie ihn auch ein gejagter Hase schlägt, nur größer. Ihr Vater hatte jemanden täuschen oder abschütteln wollen. Wenn er beschattet wurde, dann war es ein genialer Trick gewesen, die Häscher zunächst bis Rio de Janeiro zu locken und dann im letzten Augenblick mit dem Zeppelin davonzufahren. Wer ihm jetzt noch folgen wollte, konnte das nur mit dem Schiff tun – und wäre erst zwei Wochen nach ihm in Europa. Sarah wäre stolz auf Daddys Cleverneß gewesen, wenn sie nicht geahnt hätte, daß dies alles mit den Plänen in seinem neuen Koffer zu tun hatte.
Sie erinnerte sich an Daddys Unruhe, seine Nervosität, sein Stundenzählen – er war so besessen von dem Gedanken, endlich in Deutschland anzukommen, daß sogar Mutter, die sich normalerweise am liebsten mit sich selbst beschäftigte, eher als er gemerkt hatte, daß Walter für sie inzwischen mehr war als eine flüchtige Rei-

sebekanntschaft, wenn sie auch die wahre Natur ihres Verhältnisses glücklicherweise noch nicht herausgefunden hatte.

Sarah wußte, daß Daddy noch nie etwas Positives über die Nazis gesagt hatte, aber ihr fiel sein Lieblingsspruch ein: »Für ein gutes Geschäft würde ich meine Seele an den Teufel verwetten! Es wird später immer noch einen Handel geben, mit dem ich sie wieder auslösen kann!« Sie hatte nur vage Vorstellungen davon, was diese Pläne enthielten, und keine Ahnung, ob sich eher die deutschen Rüstungsfabriken oder Hitlers Geheimdienste dafür interessierten. Klar war ihr nur, daß die Nazis ihrem Vater dafür wahrscheinlich sehr viel Geld angeboten hatten.

Walter hatte ihr in der letzten Nacht nicht viel von seinem Leben erzählt, allerdings genug, daß sie erraten hatte, wie sehr er unter den Nazis litt. Wenn sie mit ihm nach Amerika durchbrennen würde und nebenbei auch noch Hitler und seinen Spießgesellen die geheimen Pläne vor der Nase wegnähme, dann hätte sie für alle Zeiten Walters Respekt gewonnen – und außerdem auf wirkungsvolle Weise verhindert, daß er jemals nach Deutschland zu seiner Frau zurückkehren konnte, ohne dabei die Verhaftung durch die Gestapo zu riskieren ...

Sarah zog sich rasch an, lauschte kurz an der Kabinentür ihrer Eltern und war beruhigt, als sie den Doppelklang ihres Schnarchens – ein dumpfes, regelmäßiges und ein helleres, abgehacktes Sägen – hören konnte. Sie eilte durch den Salon und wunderte sich einen Augenblick, wohin der Steward verschwunden war, dachte dann jedoch nicht weiter darüber nach. Der versoffene Parteibonze saß in einem schrecklichen Zustand am

Tisch und war eingenickt. Sie vermutete, daß er die ganze Nacht durchgezecht hatte.
Aus der Kombüse hörte sie Lärm. »Das wird der Steward sein«, dachte sie und sprang schnell an der halb geöffneten Tür vorbei. Sie freute sich, daß die Aluminiumleiter zur Hülle bereits heruntergeklappt war, weil sie so kostbare Zeit sparte.
Unentdeckt huschte sie nach oben, eilte den Laufgang hinunter, riß die Plane vor dem Gepäckabteil zurück – und prallte zurück, als wäre sie vor eine Wand geknallt.
Arthur Ohlbaum kniete auf dem Boden, zwei geöffnete Koffer vor sich, ein Wust aus hastig herausgerissenen Hemden und schweren Werkzeugen zu beiden Seiten, eine große, goldene Schale in der linken Hand. »Was machen Sie hier?« japste Sarah verblüfft.
»Was machen Sie denn hier?« stammelte der Buchhalter.
Sie sah, wie seine Rechte unwillkürlich nach einem gewaltigen Schraubenschlüssel griff und so fest umklammerte, daß die Knöchel weiß hervortraten. Sie versuchte, beruhigend zu lächeln und mit den Händen eine beschwichtigende Geste zu machen. »Ich glaube«, sie überlegte krampfhaft, was sie sagen sollte und suchte nach den richtigen deutschen Worten dafür, dann fuhr sie fort: »Ich habe eine Brosche in meinem Koffer vergessen, die ich heute bei der Landung unbedingt tragen will. Ein Talisman, verstehen Sie?«
»Sie lügen«, entgegnete er nüchtern.
Sarah fragte sich, was dieser unscheinbare Buchhalter hier zu suchen hatte und ob er wirklich so beherrscht war, wie er tat, oder ob sie es mit einem unberechenbaren Geisteskranken zu tun hatte, der fähig wäre, mit

unbeweglicher Miene die abscheulichsten Dinge zu tun. Sie beschloß, es mit einem verbalen Frontalangriff zu versuchen. »Also gut«, sagte sie geschäftsmäßig nüchtern, während sie gleichzeitig unauffällig näher trat und die abdeckende Stoffbahn des Gepäckabteils hinter sich wieder schloß, »ich bin hier, um etwas zu nehmen, was mir nicht gehört – genau wie Sie. Machen wir einen Handel: Ich störe Sie nicht, und Sie stören mich nicht, okay?«
Ohlbaum starrte sie reglos an.
Sarah schluckte. »Wenn du mich noch zehn Sekunden so anglotzt, dann schreie ich, bis alle Mann im Luftschiff hier zusammengelaufen sind!« dachte sie nervös, dann ermahnte sie sich, jetzt bloß nicht hysterisch zu werden.
Schließlich nickte der Buchhalter und legte den schweren Schraubenschlüssel beiseite. Erleichtert atmete sie tief durch.
»Okay«, sagte Ohlbaum nüchtern und dann, als habe er Gefallen an diesem amerikanischen Ausdruck gefunden, noch einmal, aber diesmal viel freundlicher: »Okay.«
Ohne länger auf sie zu achten, beugte er sich wieder nach vorn und machte weiter, rätselhafte Objekte aus Gold und Steinen von einem Koffer in den anderen zu packen.
Sarah betrachtete ihn einige Augenblicke lang verstohlen. Sie hatte nicht die geringste Vorstellung von dem, was der Buchhalter da gerade trieb. Dann zuckte sie die Achseln, zerrte Daddys Koffer hervor und öffnete ihn. Sie beobachtete aus den Augenwinkeln, wie Ohlbaum interessiert zu ihr hinüberstarrte, einen kurzen Blick auf die Pläne warf, erstaunt die Brauen in

die Höhe zog – und sich dann wieder hinabbeugte, um die Statuette aus Jade, die er gerade in der Hand hielt, in eine lächerlich altmodische Unterhose einzuwickeln, bevor er sie sorgfältig im rechten Koffer deponierte.

Sarah beachtete ihn nicht mehr, sondern griff sich die Pläne und faltete sie so klein wie möglich zusammen. Sie tastete ihre Bluse und ihren Rock ab, fand aber keinen Platz, wo sie die Papiere hätte verstecken können. »Gut, daß Walter mich jetzt nicht sehen kann!« dachte sie verschämt und gleichzeitig seltsam erregt, als sie die Pläne schließlich tief in den Ausschnitt ihrer Bluse stopfte wie eine Saloon-Tänzerin, die ein Bündel Dollarnoten einsteckt.

Sie schloß Daddys Koffer wieder und schob ihn zurück auf seinen Platz. »Auf Wiedersehen!« sagte sie zu Ohlbaum.

Der Buchhalter blickte nur kurz von seinem geheimnisvollen Schatz auf. »Passen Sie auf, wenn Sie wieder hinuntergehen«, flüsterte er, »auf dem Laufgang herrscht an diesem Morgen ziemlich viel Verkehr!« Er lächelte dünn.

Sarah widmete ihm keinen Blick mehr, sondern eilte den Laufgang zurück. Sie war so aufgeregt, daß sie einen Augenblick lang ernsthaft glaubte, daß das leise Klacken ihrer halbhohen Schuhe auf dem Aluminiumlaufgang genügte, um die ganze Besatzung zu alarmieren. Doch sie kam unentdeckt bis in die Gondel. Als sie aber gerade wieder vom schmalen Flur in den Salon treten wollte, wurde die Schiebetür von innen aufgerissen – Thomsen stand vor ihr. Hinter seiner linken Schulter konnte sie die Spitzen des zersausten Haarschopfes von Professor Forster erkennen. »Was

suchen Sie hier?« herrschte der Gestapo-Mann sie an.
Sarah fand, daß es wohl kaum der richtige Zeitpunkt war, um auf diese Unverschämtheit mit einer schnippischen Bemerkung zu reagieren. Sie versuchte, ihren Schreck zu unterdrücken. »Ich suche den Steward. Haben Sie ihn vielleicht irgendwo gesehen?« antwortete sie treuherzig.
Thomsens Miene blieb so unbeweglich, daß sie nicht einmal erkennen konnte, ob er sie überhaupt verstanden hatte. Schließlich nickte er. »Würden Sie bitte wieder in den Salon gehen«, sagte er mit der kalten Höflichkeit, die er schon seit Beginn der Fahrt an den Tag gelegt hatte und die Sarah beunruhigender fand als den kurzen unbeherrschten Ausbruch von vorhin. »Ich kümmere mich darum«, versprach er mit eisigem Lächeln.

Die hochnäsige, rotzfreche junge Amerikanerin erinnerte Thomsen an ein Mädchen aus der Nachbarschaft, als er noch auf die Oberschule ging. Sie hatte seine geheime Leidenschaft früher als alle anderen erkannt – früher sogar, als er selbst bereit war, sie sich einzuge-

stehen. Fast ein Jahr lang hatte sie immer wieder über ihn gelacht, hatte ihn verspottet, mit ihren Freundinnen über ihn getratscht – bis er ihr mit einem wohlgezielten Schlag drei Vorderzähne ausgeschlagen und noch viel Schlimmeres angedroht hatte.
Er spielte kurz mit dem Gedanken, Sarah Livingston ein- für allemal ihre unerträgliche Arroganz auszutreiben, doch war dies nicht der richtige Augenblick. Zu viele Zeugen. Außerdem hatte er nicht mehr viel Zeit. Thomsen schluckte seinen Ärger hinunter und schickte die Amerikanerin in den Salon zurück.
Er war die ganze Nacht wachgeblieben, hatte einsame Streifengänge durch die Gondel gemacht und darauf gelauert, daß einer der Passagiere aus seinem Versteck kriechen und sich verraten würde. Doch die meisten hatten ganz andere Dinge im Kopf gehabt, als den »Graf Zeppelin« in die Luft zu jagen.
Jaeger hatte es mit der Amerikanerin getrieben, aber auch aus der Kabine der beiden alten Livingstons waren eindeutige Laute gekommen – und sogar aus der Kajüte des verklemmten Indianer-Forschers. Wußte der Himmel, wen der sich angelacht hatte. Thomsen vermutete, daß dieser irgendwie die italienische Dienerin der Amerikaner herumbekommen hatte, eine andere Frau kam seiner Meinung nach kaum dafür in Frage. Er hatte geglaubt, vor Zorn zu ersticken. Alle machten es so selbstverständlich, als würden sie es mitten auf einem Marktplatz tun – nur er war für immer verdammt zu hastiger Heimlichkeit.
Thomsen hatte sich mit einer Flasche Rheinwein beruhigt, die er sich aus der Küche genommen hatte. Als er gehört hatte, wie der Steward zur Vorbereitung des Frühstücks herunterkam, hatte er sich in einen Wasch-

raum zurückgezogen und so lange Wasser über sein Gesicht laufen lassen, bis er sich wieder einigermaßen frisch gefühlt hatte.
Dann hatte er Forster geweckt. »Sie sind doch Arzt – ich habe Beschäftigung für Sie, damit Sie Ihre Zeit nicht mehr mit Schundromanen vertrödeln müssen!«
Steichers desolater Zustand hatte ihn erzürnt, die Begegnung mit Sarah Livingston hatte seine Laune auch nicht gerade verbessert – und als er an der Kombüse vorbeiging, sah er Krauss in einer lächerlichen Kombination aus Schlaf- und Straßenanzug zwischen großen Kannen hantieren.
Der Journalist blickte auf und wurde rot. »Ich mache Kaffee«, sagte er, sah dabei aber so schuldbewußt aus, als sei er bei etwas Verbotenem ertappt worden. »Der Steward ist nicht da«, setzte er lahm hinzu.
»Das haben andere vor Ihnen auch schon bemerkt«, entgegnete Thomsen bissig. Er brauchte sich nicht umzudrehen, um zu wissen, daß Professor Forster, der wie ein folgsames Hündchen hinter ihm hertrottete, die beiden lächerlichen Parteigenossen mit erstauntem Unglauben anstarrte.
Thomsen fragte sich, was an diesem Morgen los war. Hatte es etwas mit dem Anschlag zu tun, drehten die Leute durch vor Angst? Der Koch kam gerade die Aluminiumleiter herunter, als er hochklettern wollte. »Na endlich!« raunzte er ihn an. »Da ist schon ein Gast in der Kombüse, der sich Kaffee machen will.«
Der Koch, noch so verschlafen, daß er nicht wirklich ängstlich war, sah ihn nur erstaunt an. »Aber der Steward hat doch schon seit einer halben Stunde Dienst!« entgegnete er.
»Das ist kein Zufall mehr!« dachte Thomsen. »Kom-

men Sie, Herr Professor«, sagte er zu Forster. »Ich zeige Ihnen ein lohnendes Studienobjekt und mache mich dann auf die Suche nach diesem verdammten Steward!« Thomsen wollte sich im Innern der riesigen Hülle umsehen, war aber inzwischen zu mißtrauisch geworden, um seinen Gefangenen allzu weit hinter sich zurückzulassen, also hatte er ihn gezwungen mitzukommen. Sollte der Professor doch etwas mit dem Anschlag zu tun haben, war Thomsen zumindest nie weit entfernt.

Er führte Forster zu Parsch. Sofort sah er, daß sich jemand in der Nacht um diesen gekümmert haben mußte, doch er sagte nichts. Der Erste Funker sah nicht mehr so schlimm aus, wie Thomsen befürchtet hatte. Schon bereute er es, seinen Gefangenen bis hierhin geführt zu haben. Er hätte ihn besser auf dem Laufgang warten lassen sollen. Thomsen hatte sich in der Nacht, als sein erster Zorn verraucht war, überlegt, daß es zu viele Scherereien geben würde, wenn er den Ersten Funker des »Graf Zeppelin« einfach sterben ließe, obwohl er unschuldig war. Forster war der einzige Arzt an Bord, also hatte er ihn, wenn er ihn schon ins Innere der Hülle mitnehmen mußte, bis ins Postabteil gezerrt.

Der Professor starrte abwechselnd auf Thomsen und den Verletzten. Schweigend kniete er sich hin, klappte seinen altertümlichen Arztkoffer auseinander und fing an, sich um den Ersten Funker zu kümmern. Thomsen ließ die beiden widerstrebend allein. Er hoffte, daß Forsters ärztliches Ehrgefühl groß genug war, daß er bei dem Verletzten blieb. »Der sollte dich so beschäftigen, daß du nicht auf dumme Gedanken kommen kannst!« dachte er.

Als er wieder auf den Laufgang trat, kamen ihm Krauss und Steicher entgegen. Der Parteifunktionär hielt seine Dienstpistole in der Faust, zitterte aber so stark, daß ihr Lauf wilde Kreisbewegungen machte.
Winzige Kleinigkeiten, geringste Widersetzlichkeiten und ungewollte Kränkungen konnten Thomsen bis zur Weißglut zornig machen, doch seine große Stärke war es, in Momenten echter Gefahr so ruhig zu bleiben, als grüble er über die Eröffnung eines Schachspieles nach. Es war, als würde er einen Teil seiner Seele einfach abschalten können wie ein Radio, dessen Musik einen normalerweise unterhält, das man aber bei anspruchsvollen Arbeiten jederzeit ausstellen konnte.
Thomsen wußte, daß ein paar durch die Reibungshitze der hohen Schußgeschwindigkeit heiß gewordene Kugeln ausreichen mochten, einhunderttausend Kubikmeter Wasserstoffgas in ein Höllenfeuer zu verwandeln.
Steicher war wütend und betrunken genug, daß er sein Magazin jederzeit in eine der Gaszellen pumpen konnte. »Thomsen!« brüllte er im Kasernenhofton, »ich brauche Sie, Deutschland braucht Sie! Es sind bolschewistische Verschwörer an Bord!«
»Selbstverständlich«, antwortete der in normaler Lautstärke und lächelte kalt. Er mußte dem erregten Parteifunktionär die Pistole abnehmen, ohne daß dieser auch nur einen einzigen Schuß abfeuern konnte, egal wohin. Doch er hatte es leichter als gedacht. Thomsen ging den beiden entgegen, schnell, aber nicht im Laufschritt. Er merkte, daß Krauss leichenblaß war. »Du wärst wohl jetzt am liebsten zu Hause bei Muttern!« dachte er spöttisch. Dann hatte er die beiden erreicht.
Er hob die Hand zum Führergruß: »Heil Hitler!«

Steicher glotzte ihn zwei Sekunden lang mit leerem Blick an, dann hatte er endlich verstanden. Mit fahrigen Bewegungen legte er die Pistole von der rechten in die linke Hand, nahm mühsam Haltung an und hob die Rechte ebenfalls zum Führergruß.
In diesem Augenblick – die Rechte oben, die Pistole in der schwachen Hand – schlug Thomsen ansatzlos zu. Sein blitzschneller Haken traf Steicher so hart am Kinn, daß der Parteifunktionär lautlos zusammensackte wie ein Kartenhaus in einer Windböe. Seine Pistole glitt ihm aus der Hand, fiel am Laufgang vorbei, schlug zweimal mit hellem, metallischen Klang gegen einen Aluminiumträger, stürzte dann auf die Stoffbahnen unter dem Kiel und ruschte schließlich außer Sicht.
Krauss starrte ihn mit offenstehendem Mund an, erleichtert, empört und verängstigt zugleich. Thomsen lächelte ihn höhnisch an. »Parteigenosse Steicher scheint sich nicht recht wohlzufühlen«, sagte er mit ätzendem Spott, »ich halte es für besser, wenn Sie ihn auf seine Kabine bringen würden.«

Für Heinrich Parsch war die Welt dunkel geworden. Jede feine Vibration schüttelte seinen Körper durch, als läge er auf der Folterbank, das Seufzen der Gaszellen vermischte sich mit dem Dröhnen des Blutes in seinem Kopf zu einem rhythmischen Hohngesang. Sein Mund war trocken, seine Zunge schmeckte nach Eisen. Sein Gesicht fühlte sich an, als hätte ihm jemand die Haut abgezogen. Seine rechte Hand war manchmal so kalt und gefühllos, als hätte man sie ihm abgehackt, dann plötzlich war jeder Pulsschlag wie ein Hammer, der seinen kleinen Finger zu Brei schlug.
Wie ein schwer gezeichneter Boxer, der auch in der zwölften Runde nicht in die Knie gehen will, klammerte sich sein Bewußtsein fest. Er wollte um keinen Preis ohnmächtig werden, auch wenn er sich nicht bewegen, nicht einmal um Hilfe rufen konnte.
Er dachte nicht über die letzten Stunden nach, spürte keinen Haß auf Thomsen oder den Zweiten Funker, der ihn verraten hatte, hatte nicht einmal einen Gedanken für seine schwangere Verlobte übrig. Nur ein Wille beherrschte ihn, bleib oben wie ein kleines Schiff in einem Meer aus Schmerzen: Nicht in die Schwärze stürzen!
Irgendwann glaubte er, daß sein Gesicht etwas weniger brannte, spürte er etwas Kaltes und Flüssiges auf seinen Lippen – doch das ging schnell wieder vorbei.
Doch auf einmal – wie ein Motor, der, schon längst aufgegeben, plötzlich doch noch anspringt – war er wieder in der Welt. Die Schmerzen in Gesicht, Bauch und Hand waren fürchterlich, aber nicht mehr so schrecklich irreal, so, als seien sie Feuer irgendwo außerhalb seines Körpers, wie sie es zuvor gewesen waren. Er trank Wasser, hustend und würgend zwar und mit

Schmerzen in den Eingeweiden, aber er trank. Er spürte einen Stich in seiner Armbeuge, dann breitete sich eine warme Flüssigkeit in seinem Körper aus wie Lava, die ihn schwer und leicht zugleich machte, als würde man ihn in einen ungeheuren Wust Watte packen.
Parsch schlug mühsam die blutverklebten Augenlider auf. Er lag in seinem Verschlag. Da waren die besorgten Gesichter zweier Mechaniker, der Zweite Offizier, Kapitän von Schiller – und der seltsam zerzauste deutsche Professor aus Brasilien, der seine Hand hielt, als wäre er ein kleines Kind, und etwas zu ihm sagte, das er nicht verstehen konnte.
Wie aus einem langen, dünnen Tunnel hallte eine schwache Stimme zu ihm. Es war der Kapitän: »Was ist passiert?«
Der Erste Funker fand es ungeheuer schwer, jetzt darüber nachzudenken. Er schloß die Augen. Wenn er ihnen von Thomsens brutalem Angriff erzählte, dann mußte er früher oder später auch die Gründe dafür erwähnen. Doch er hatte die Hoffnung noch nicht aufgegeben, daß der Kapitän die Sache mit den Führer-Witzen für sich behalten würde. Also wollte er vor den anderen auch nichts andeuten. »Bin von der Leiter gefallen«, stöhnte er schließlich mühselig und versuchte, sein zerschlagenes Gesicht zu einem matten Grinsen zu verzerren.

Ute Schmitz räkelte sich wie eine Katze. Erich Bäcker war ein ziemlich schlechter Liebhaber gewesen, was sie nicht weiter verwundert hatte, schließlich hatte sie schon vorher gewußt, daß sie nicht mit Rudolfo Valentino ins Bett gehen würde. Sie war trotzdem auf ihre Kosten gekommen. Helles Morgenlicht flutete durch das Fenster.

Sie seufzte. Es war unwahrscheinlich, daß Steicher in den nächsten Stunden aufwachen würde, doch hielt sie es trotzdem für ratsam, bald in seine Kabine zurückzukehren, um ihn nicht mißtrauisch zu machen. Sie streckte den Arm nach ihrem neuesten Liebhaber aus, um ihn zu wecken, damit sie sich noch einmal auf gebührende Weise von ihm verabschieden konnte. Doch Erich Bäcker war nicht da.

Verwundert richtete sie sich auf. Er stand auch nicht am Fenster oder vor dem Spind. »Sicher ist er mal für kleine Jungs gegangen«, dachte sie, rollte sich wieder zusammen und beschloß, auf ihn zu warten. Doch Erich Bäcker war eine Viertelstunde später immer noch nicht da.

Mißmutig stand Ute Schmitz auf und trat zum Fenster. Sie starrte auf Schwärme ängstlicher Flamingos, die auseinanderstoben wie gigantische rosafarbene Silvesterraketen. Sie schlug wütend gegen das Glas und wandte sich ab. Aus einer Laune heraus ging sie zum Spind und tastete die Taschen des einzigen dort hängenden, ziemlich billigen Anzugs nach Hinweisen ab, die ihr Bäckers rätselhaftes Wesen vielleicht erklärlicher machen konnten – nichts.

Sie griff nach der schäbigen Reisetasche, die auf der oberen Ablage stand, und wäre beinahe nach hinten weggekippt. Die Tasche war überraschend schwer. Als

Ute Schmitz sie öffnete, sah sie den Grund dafür: Bücher. Wortverzeichnisse der Inka, archäologische Grabungsberichte, Sonderdrucke wissenschaftlicher Zeitschriften, voluminöse Kupferstich-Reproduktionen von Maya-Hieroglyphen.

Doch obenauf lagen vier Zeitschriften. Erstaunt holte sie eine davon hervor. Es war eine Nummer der »Arbeiter Illustrierten Zeitschrift«, die bekannteste Zeitschrift linker deutscher Exilanten. Das Titelbild zeigte eine Fotomontage von Hitler, der mit seinem Gruß Tausenden von jungen Männern den Weg in ein Massengrab weist, darunter der Titel: »Ich führe euch ins Dritte Reich!«

Ute Schmitz starrte die Illustrierte an, als wäre sie pures Gift. Wer eine solche Zeitschrift offen in seinem Gepäck mit nach Deutschland brachte, mußte vollkommen verrückt sein. Oder aber …

Sie setzte sich langsam auf die Bank. Oder aber, Erich Bäcker rechnete fest damit, niemals in Deutschland anzukommen …

Sie blickte sich in der engen Kabine um. Der schwarze Aktenkoffer, an dem Erich Bäcker gestern hantiert hatte, bevor er von ihr verführt worden war, war ebenfalls verschwunden.

Walter Jaeger verfluchte die beiden bornierten Nazis, die ihn bis in die Hülle getrieben hatten. Zunächst hatte er sich oberhalb der Aluminiumleiter auf den Laufgang gestellt, um dort zu warten, bis die Blondine endlich aufgetaucht wäre.

Doch plötzlich waren Geräusche aus dem Gepäckabteil gekommen, jemand hatte dort mit schweren Koffern hantiert. Jaeger hatte vermutet, daß es ein Mann aus der Besatzung wäre, der am Tag der Landung noch einmal das Gepäck sichern wollte. Er hatte keine Lust gehabt, sich von jemandem des »Graf Zeppelin« peinliche Fragen nach dem Zweck seines Versteckspiels stellen zu lassen, also hatte er sich hastig umgesehen. Eine schmale Leiter führte nach oben.

Jaeger war sie eilig hochgeklettert – so eilig, daß er auf halber Höhe mit dem rechten Fuß von einer Sprosse gerutscht und beinahe abgestürzt wäre. Doch schließlich hatte er das Ende erreicht. Schwer atmend sah er sich um. Er stand auf dem schmalen Gang, der durch die Mitte der riesigen Hülle führte. Unter den sanft pulsierenden Gassäcken fühlte er sich wie ein Artist auf einer dünnen, aber unendlich langen Tribühne unter einem irrwitzig großen Zirkuszelt.

Der »Graf Zeppelin« kämpfte mit einem heftigen Seitenwind. Jaeger konnte den Gang ungefähr einhundert Meter weit sehen, bis er sich im Halbdunkeln verlor. Erschrocken bemerkte er, daß der Gang und das ganze riesige Aluminiumskelett sich bewegte, sich bog und krümmte unter dem Druck von Windböen und dann elastisch zurückfederte wie ein dicker Ast im Sturm. Die Seitenwände der Gaszellen waren manchmal schlaff wie schlecht gespannte Zeltbahnen, um sich dann urplötzlich straff zu blähen wie die Segel einer

Windjammer, wenn Tausende von Kubikmetern Wasserstoff vom äußeren Druck zusammengepreßt wurden.

So deutlich wie nie zuvor hatte Jaeger den Eindruck, sich nicht in einem von Menschenhand geschaffenen technischen Meisterwerk zu bewegen, sondern in einem schwebenden Lebewesen aus grauer Vorzeit, mit Knochen, Muskeln und gewaltigen Lungen.

Er rannte los Richtung Heck. Bald konnte er den Aufgang zur Leiter nicht mehr hinter sich sehen, während der Gang vor ihm scheinbar unendlich weit durch eine geheimnisvolle Welt aus Stoff, Aluminium und Gas führte. Keuchend hielt er an und lauschte, dann stutzte er, kniete sich hin. Der Boden des Ganges vibrierte unregelmäßig und erzitterte gelegentlich wie unter fernen Stößen. Oder Schritten. Jaeger kniff die Augen zusammen und versuchte, das Halbdunkel vor ihm zu durchdringen. Irgendwo dort war jemand.

Jaeger richtete sich vorsichtig wieder auf und schlich weiter. Nach ein paar Augenblicken konnte er einen Schatten erkennen, einen kleinen schwarzen Klecks auf dem metallisch schimmernden Gang: ein kniender Mensch.

In diesem Augenblick wurde Jaeger bewußt, daß die Funk-Warnung aus Friedrichshafen mehr war als das Produkt eines durchgedrehten politischen Verfolgungswahns. Er spürte, wie seine Handflächen feucht wurden wie vollgesogene Schwämme. Als er ein paar Schritte weiter geschlichen war, erkannte er den anderen: Erich Bäcker, der verklemmte Indianer-Forscher.

Er kniete auf dem Gang, zwar mit dem Gesicht zu Jaeger, jedoch hinabgebeugt über einen offenen schwarzen Aktenkoffer, in dem er etwas zusammenzubauen

schien. Einige Drähte ragten über den Rand des Koffers, die er gerade mit hastigen, zitternden Bewegungen zurückbog und irgendwo im Innern befestigte. Dann nahm er einen kleinen Reisewecker hoch, den er ebenfalls mit einigen Drähten verband, bevor er ihn vorsichtig zurücklegte.
»Was machen Sie da, Sie Wahnsinniger?!« rief Jaeger und rannte los.
Bäcker blickte auf, das Gesicht weiß und schweißglänzend vor Angst, dann sprang er hoch. »Stehenbleiben!« schrie er. Seine Stimme klang vor Aufregung so hoch wie die eines Jungen im Stimmbruch. In der Hand hielt er eine schwarze, schwere Pistole.
Jaeger hielt abrupt inne. Er war noch vier Schritte von Bäcker entfernt. Verzweifelt überlegte er, wie er näher an den anderen herankommen könnte. »Warum tun Sie das?« fragte er, bemüht, seine Stimme so ruhig wie möglich klingen zu lassen.
»Sie würden mich nicht verstehen«, preßte Bäcker heraus, während er wachsam wie ein ängstlicher Hund in die Knie ging und mit der Linken den Aktenkoffer vorsichtig schloß und hochnahm.
Für ein paar endlose Sekunden folgten Jaegers Augen den langsamen, unbeholfenen Bewegungen, als wäre Bäckers linker Arm eine Schlange, die ihn in ihren Bann gezogen hatte. Sein Kopf war so leer wie der eines unsicheren Prüflings, dem ein gnadenloser Lehrer soeben eine hinterhältige Frage gestellt hatte.
»Du naiver Idiot!« rief plötzlich jemand.
Jaeger fuhr erschrocken zusammen, wagte jedoch nicht, sich umzudrehen, solange die großkalibrige Waffe direkt auf seine Brust gerichtet blieb. Es war eine weibliche Stimme.

Bäcker sah über ihn hinweg nach vorn den Gang hinab und wurde plötzlich dunkelrot im Gesicht. »Was willst du hier?« stotterte er.
Jaeger spürte das Zittern von Schritten auf dem schmalen Gang, roch einen leichten Hauch teuren Parfums und fühlte, wie jemand seine Schulter packte, um sich an ihm vorbeidrängen zu können. Es war Ute Schmitz, eilig angezogen und nur flüchtig geschminkt. Sie hatte nichts mehr von der kühlen Unnahbarkeit, die sie sonst an den Tag legte.
Sie schob sich an Jaeger vorbei, als wäre er ein lebloses Hindernis, und starrte Bäcker wütend an. »Wer denkst du, wer du bist?« fauchte sie und näherte sich ihm weiter. Die Pistole in seiner Hand schien sie überhaupt nicht zu beachten.
Bäcker druckste herum wie ein verlegenes Schulkind. »Bitte geh«, flehte er.
»Ich habe dich letzte Nacht ohne Bezahlung gebumst, das gibt dir jedoch noch lange nicht das Recht, mich und alle anderen im Zeppelin einfach in die Luft zu sprengen!« schrie sie.
Jaeger begriff nicht richtig, was sie damit meinte, doch Bäcker schien sie nur zu gut zu verstehen. Er wurde noch um eine Spur dunkler und fuchtelte verlegen mit der Rechten in der Luft herum – der Hand, die die Waffe hielt …
Doch als Jaeger gerade losspringen wollte, war Ute Schmitz schon an Bäcker heran. Mit einer ruckhaften Bewegung riß sie das Bein hoch und rammte ihr Knie in seine Lenden, dann griff sie nach seiner Rechten und zerkratzte ihm dabei den Unterarm. Polternd fiel die Waffe zu Boden, doch dann hatte sich Bäcker gefangen und gab seiner Angreiferin einen schweren Stoß.

Ute Schmitz taumelte nach hinten, knickte mit dem linken Bein um und kippte in einer seltsam langsamen, rollenden Bewegung über den Rand des Ganges. Blitzschnell griff sie zu und krallte sich mit den Händen in die Verstrebungen eines Aluminiumträgers, Drähte und die Stoffbahn einer Traggaszelle drückten gegen ihren Rücken.

Dann war Jaeger heran. »Lassen Sie das!« keuchte sie wütend, als er ihre Handgelenke packte. »Rennen Sie hinter dem Verrückten her, er hat die Bombe!«

Jaeger ignorierte sie und zog sie wieder auf den Gang hoch, wo sie schwer atmend liegen blieb. Erst dann machte er sich an die Verfolgung Bäckers.

Der Gang zitterte unter den Laufschritten der beiden Männer wie ein in gefährliche Schwingungen geratenes Hochseil. Jaeger taumelte mehrmals und wäre einmal beinahe in die Tiefe gestürzt. Dann sah er, wie Bäcker, der vielleicht fünfzehn Meter Vorsprung hatte, eine schmale Leiter erklomm, die zwischen den Stoffwänden zweier riesiger Traggaszellen nach oben führte.

Gleich darauf war Jaeger dort und kletterte hinterher. Der Indianer-Forscher war schon am oberen Ende und klappte eine schwere Stoffbahn zurück. Helles Tageslicht flutete plötzlich in den Schacht – die Leiter führte ins Freie.

Als Jaeger endlich auch oben war, setzte sein Herzschlag für einen Augenblick aus – und das lag nicht an der Anstrengung: Er kroch auf die Oberfläche des »Graf Zeppelin« wie ein Insekt auf dem Rücken eines Wals. Jaeger erinnerte sich vage daran, daß ihm der Kapitän erzählt hatte, daß die Besatzung während der Fahrt sogar Reparationen an der Außenseite vorneh-

men konnte, doch er hatte darüber nie näher nachgedacht.
Der straffe, aluminiumhaltige, blankpolierte Außenstoff der Hülle gleißte im Morgenlicht wie ein riesiger, nach beiden Seiten zuerst sanft, dann steil in die Tiefe abfallender Spiegel. Über ihnen erstreckte sich eine tiefblaue, wolkenlose Himmelskuppel, von unten drangen schwache, verwehte Motorengeräusche hoch. Rechts schimmerte am Horizont weiß die gezackte Kette der Alpen wie die Wellen eines urzeitlichen Riesenozeans, die beim Heranbranden plötzlich für alle Zeiten erstarrt waren. Der Fahrtwind von einhundert Stundenkilometer Geschwindigkeit und tückische seitliche Windböen tobten über die makellose, abschüssige Silberfläche.
Jaeger warf sich flach auf die Hülle, die nach Regen, Öl und Imprägnierung roch, damit ihn der Wind nicht auf die in den Abgrund knickenden Seiten drücken konnte.
Dünne schwarze Halteleinen spannten sich knapp fünf Zentimeter über dem Stoff der Hülle straff längs entlang des ganzen Rückens des »Graf Zeppelin«. Bäcker war an ihnen entlang mit dem Wind losgekrochen Richtung Heck, wo das obere Leitwerk in der Ferne aufragte wie eine scharfe, in der Luft schwebende Felsenklippe.
Jaeger preßte seine dicke Brille fest an die Nasenwurzel. Er glaubte, sein Herz müßte jeden Moment zerspringen. Selbst während des ersten feindlichen Trommelfeuers im Krieg hatte er nicht soviel Angst gehabt wie jetzt. Doch er sah, daß er Bäcker einholen konnte.
Der Indianer-Forscher war zehn, zwanzig Meter weit

gekrochen, aber dann lag er starr und verkrampft auf der Hülle, das Gesicht gegen den Stoff gedrückt, mit der Rechten eine Halteleine umkrallend, die Linke mit dem Aktenkoffer diagonal vom Körper weggestreckt.

Jaeger schob sich langsam ganz aus dem über der Leiter liegenden Mannloch, atmete tief durch und robbte los. Für einen Augenblick krallte er sich in einer Welle der Panik fest, weil der Fahrtwind in seine Hosenbeine fuhr und er das Gefühl hatte, mit unbändiger Kraft Richtung Heck und dann darüber hinaus in die Tiefe gedrückt zu werden. Es dauerte einige Sekunden, bis er sich wieder beruhigt hatte. Zentimeter für Zentimeter kämpfte er sich weiter voran, bis er endlich den anderen erreicht hatte.

»Ich bin nicht schwindelfrei«, brüllte Bäcker immer wieder, »ich bin nicht schwindelfrei!« Es klang wie eine archaische Trauerlitanei voll tiefster Verzweiflung.

Jaeger griff nach dem schwarzen Aktenkoffer und hatte keine Mühe, ihn seiner Hand zu entwinden. Er hielt aus Angst die Luft an, nahm sich dann zusammen, richtete sich halb auf und schleuderte ihn im großen Bogen von der Hülle. Wie ein taumelnder, orientierungsloser Vogel segelte er durch die Luft, stürzte am silbrigen Rand des Zeppelins vorbei und verschwand lautlos in der Tiefe.

»Warum?« schrie Jaeger. »Warum wollten Sie uns alle töten?»

»Das kann ich nicht sagen«, gab Bäcker kläglich zurück. Er war nur noch ein Nervenbündel, zitternd und heulend wie ein mißhandeltes Kind krallte er sich fest, unfähig, sich noch zu bewegen.

Zorn wogte wie eine Welle durch Jaegers Geist und

verdrängte die Angst. »Zum Teufel mit Ihnen!« schrie er. »Ich krieche jetzt zurück und lasse Sie hier hängen, bis der Wind stärker ist als Sie! Ich helfe Ihnen nur, wenn Sie mir alles sagen!»

»Forster darf nicht nach Deutschland!« gab Bäcker zurück, körperlich und geistig am Ende.

Jaeger sah, daß der verrückte Indianer-Forscher tatsächlich gleich die Kraft verlieren und in die Tiefe stürzen würde, also packte er ihn am Gürtel. Mühsam kämpfte er sich zurück, eine Handbreit nach der anderen robbte er mit seiner Last gegen den heulenden Fahrtwind. Bäcker krallte sich so fest an die Halteleinen, daß er ihn nur mit Gewalt hinter sich her schleifen konnte.

Es dauerte eine halbe Ewigkeit, bis er endlich die oberste Sprosse der Aluminiumleiter umklammert hielt. Ungeheure Erleichterung durchströmte ihn.

Er zerrte Bäcker neben sich in das enge Mannloch und schloß die schwere Stoffbahn über ihren Köpfen. Nun drang der heulende Fahrtwind nur noch gedämpft zu ihnen hindurch, kaum lauter als das Seufzen in den Gaszellen, die den schmalen Leiterschacht umschlossen.

Jaeger sah Bäcker, dem noch immer die Tränen über die Wangen liefen, als wären seine Augen zwei tröpfelnde Brunnen, mit einer Mischung aus Mitleid, Verachtung und Wut an. »Ich will die ganze Geschichte hören, bevor wir hier hinuntersteigen!« sagte er in leisem, aber unerbittlichem Ton.

Bäcker bot ein groteskes Bild, wie er sich, umgeben von sanft zitternden dunklen Stoffbahnen, an die Aluminiumleiter klammerte wie ein ängstliches Kind an seine Eltern, und mit hängendem Kopf anfing zu erzäh-

len. »Wir sind eine kleine Gruppe von Anti-Nazis«, flüsterte er, »Kommunisten, Sozialisten, aber auch einige Konservative alten Stils, die die braunen Machthaber verachten. Wir sind alle an der Universität, Professoren, Assistenten, einige Studenten – in vielen Fächern. Zwei von uns sind Ärzte, und die haben vor einiger Zeit durch puren Zufall ein Gerücht gehört.«
Er drückte seinen Kopf gegen eine Aluminiumsprosse, und Jaeger befürchtete, daß er einen Weinkrampf bekommen könnte. »Weiter!« drängte er.
»Hitler ist krank«, sagte Bäcker tonlos. »Der Führer hat irgend etwas am Gehirn, wir konnten nicht herausfinden, was – denn das ist natürlich alles äußerst geheim. Er soll angeblich innerhalb von wenigen Tagen behandelt werden müssen, sonst sterbe er. Und angeblich gibt es nur drei Neurologen auf der Welt, die diesen Eingriff durchführen können. Zwei sind Professoren in den USA, der dritte ist Professor Forster in Brasilien.«
Jaeger starrte den Indianer-Forscher an. Was er sagte, klang so ungeheuerlich – und doch begann er, die simple, brutale Logik dahinter zu erkennen.
»Sonderflugzeuge der Luftwaffe kämen zur Not bis Nord- oder Südamerika, aber das ließe sich niemals geheimhalten. Ansonsten gibt es auf der Welt nur zwei Gefährte, mit denen man Menschen schnell genug – und ohne sonderliches Aufsehen zu erregen – von Kontinent zu Kontinent bringen kann: der ›Hindenburg‹ und der ›Graf Zeppelin‹.« Bäcker klang jetzt so teilnahmslos, als referiere er über etwas, das ihn persönlich gar nichts mehr anginge. »Wenn wir die beiden Zeppeline zerstören, dann können die Ärzte niemals rechtzeitig in Berlin sein. Hitler wäre verloren.

Bei dem ›Hindenburg‹ hat es geklappt – wenn auch mit schrecklicheren Folgen, als wir uns das gedacht hatten. Ein Genosse wollte sie in Lakehurst am Ankermast sprengen, die Zeitzünder waren entsprechend eingestellt – doch das Luftschiff hatte offensichtlich einige Stunden Verspätung …« Er seufzte.

»Der ›Graf Zeppelin‹ war schon unterwegs nach Brasilien, als unsere Gruppe von Hitlers Krankheit hörte. Es gab nur einen aus unserem Kreis, der zufällig bereits in Südamerika war und damit die Gelegenheit hatte, das Luftschiff abzufangen – mich.«

Bäcker blickte starr nach oben, als überlege er sich, doch wieder hinauszuklettern und sich in die Tiefe zu stürzen. »Ich bin so ungeschickt in praktischen Dingen, wissen Sie«, sagte er plötzlich unvermittelt und lächelte gequält, »ich hatte in der KPD zwar mal einen Sabotage-Kurs mitgemacht, damals, noch vor 1933 – doch ich bin nicht sicher, ob meine Bombe tatsächlich funktioniert hätte.« Er zuckte mit den Achseln. »Ich hatte keine Chance, vor dem Start in Rio meine Bombe irgendwo zu plazieren, also blieb mir nichts anderes übrig, als mitzufahren. Den Rest der Geschichte kennen Sie.«

Jaeger blickte ihn lange an und nickte dann. »Ja«, sagte er müde, »den Rest der Geschichte kenne ich.«

Er wollte lachen über dieses wilde Gerücht von der geheimnisvollen Hirnerkrankung Hitlers, wollte Bäcker mit Hohn und Spott überschütten, doch er ahnte, daß er hysterisch werden könnte, wenn er sich jetzt nicht beherrschte.

Für einen winzigen Augenblick überlegte er, was es bedeutet hätte, wenn der schluchzende Verrückte an seiner Seite recht gehabt haben könnte. Dann hätte er,

Walter Jaeger, eine Sekunde lang das Schicksal Deutschlands, vielleicht der ganzen Welt in der Hand gehalten. Er hätte den kleinen schwarzen Koffer behalten und den »Graf Zeppelin« ins flammende Inferno fahren lassen können. Er ahnte den Rausch der Allmacht, den ein Bombenleger seinen ahnungslosen Mitmenschen gegenüber fühlen muß, wenn er seine Höllenmaschine versteckt und scharfgemacht hat.

Dann dachte er nicht mehr an Hitler, sondern an Sarah – und er war froh, die Bombe in die Tiefe geschleudert zu haben wie einen Sack Abfall.

»Wenn das Schicksal mir nur um diesen Preis eine Chance gibt, dann habe ich sie vermasselt«, dachte er und fühlte sich ungeheuer erleichtert. Ob wegen der überstandenen Gefahr, oder weil er durch das instinktive Wegschleudern der Bombe unverrückbare Fakten geschaffen hatte, bevor er über die so oder so schrecklichen Konsequenzen seiner Handlung hatte nachdenken können, das wollte Jaeger in diesem Moment lieber nicht genau wissen. Müde machte er sich daran, die Leiter hinabzusteigen.

Doch Bäcker klammerte sich noch immer oben fest, als wolle er niemals mehr dort hinunterkommen. »Werden Sie mich an die Gestapo verraten?« flüsterte er.

Auch dieser Gedanke bewegte Jaeger, seit er Bäcker auf dem Gang vor dem schwarzen Aktenkoffer kniend entdeckt hatte. Ein einziger Hinweis an Thomsen würde genügen, um ihm Orden, Ehrungen, eine schnelle Karriere und viele Privilegien einzubringen. Nie wieder müßte er Männer wie Krauss oder Steicher fürchten. Er mußte nur einen Mann ans Messer liefern, der einen dutzendfachen Mord geplant hatte. Doch er hatte eine tiefe, unbezähmbare Angst davor. Würde er dadurch nicht die einzige Chance, sein Leben noch zu ändern, schon wieder vergeben, bevor sie sich ihm überhaupt richtig dargeboten hatte? Und wenn er, schlimmer noch, gerade die einzige Chance in seinem Leben schon vergeben hatte? Wäre dann nicht Bäckers Tod sinnlos?

»Nein«, antwortete Jaeger langsam, »von mir wird niemals jemand etwas erfahren.« Nicht einmal Sarah würde er diese Geschichte erzählen.

Der Indianer-Forscher antwortete nicht. Man konnte ihm nicht ansehen, ob er Jaeger glaubte oder nicht. Doch nach kurzem Zögern gab er sich schließlich einen Ruck und kletterte hinter ihm her nach unten.

Als sie am Fuß der Leiter angekommen waren, wartete Ute Schmitz auf sie. Sie hatte sich ihre Kleider geordnet und die Haare mit den Fingern gekämmt. Bäckers schwere Pistole, die auf den Gang geflogen war, war nirgendwo zu sehen. Scheinbar unbeeindruckt blickte sie die beiden Männer an. »Ich denke, es ist jetzt Zeit für ein gutes Frühstück«, sagte sie mit kaltem Spott, drehte sich um und schritt ihnen voran über den schmalen Gang in der hochmütigen Haltung einer Königin.

Erst als Rafael Schoschowski den Bodensee sah, der still wie eine große Scheibe aus flüssigem Blei vor den Alpen lag, verließ er seine Kabine. Vorher hatte er seinen Haarkranz so sorgfältig in Form gebracht, als ginge er zur Premiere in die Philharmonie. Sein weit aufgebauschtes Halstuch war schwarz und weiß kariert. Es war jetzt Samstag nachmittag, der 8. Mai 1937, kurz vor 17 Uhr.
Er hatte es vorher einfach nicht ertragen können, sich der Meute zu zeigen, also hatte er sich, mit knurrendem Magen zwar, aber hochmütig und stolz, in seiner Kabine eingeschlossen.
Jetzt durchschritt er den Salon, ohne nach links oder rechts zu blicken. Er wollte per Funktelegramm seinem Gönner im Reichsinnenministerium von der glücklichen Ankunft unterrichten. Als er den Funkraum betrat, hob Schoschowski erstaunt die Augenbrauen. Parsch hantierte mit der Linken ungeschickt an den Telefunken-Kästen herum, die Rechte war dick bandagiert. Sein Gesicht war aufgequollen und schillerte rot, blau und schwarz.
Der Erste Funker brachte ein schwaches Grinsen zustande. »Ich bin von der Leiter gestürzt«, lispelte er durch durch seine aufgeplatzten Lippen.
Schoschowski fühlte sich nicht ernstgenommen, legte das Telegramm brüsk auf den Tisch und rauschte aus dem Raum. Dann betrat er wieder den Salon, doch niemand achtete auf ihn. Als der Steward ihn erblickte, wurde er dunkelrot und verschwand hastig in der Kombüse.
Alle Passagiere standen an den Fenstern und starrten hinunter, wo Schaffhausen und der Rheinfall langsam näher kamen. Steicher sah aus, als hätte er eine mehr-

tägige Zechtour mit anschließender Wirtshausschlägerei hinter sich: seine Augen blutunterlaufen, die Oberlippe aufgeplatzt, ein Schneidezahn fehlte. Ute Schmitz stand neben ihm und redete leise und beschwörend auf ihn ein, bis er ergeben nickte, verlegen grinste und ungeschickt ihre Hand streichelte, bis sie sich ihm mit einer Geste des Widerwillens entzog. Nichts war mehr geblieben von dem radauhaften Gehabe des Parteifunktionärs.

Ohlbaum stand neben den beiden, hörte ihnen aber nicht zu. Er pfiff ein albernes Liedchen wie ein vorlauter Gassenjunge. Als sie genau über dem Bodensee schwebten, öffnete er eines der Panoramafenster und ließ seine billige Armbanduhr, die er irgendwo beschädigt haben mußte, mit unbekümmerter, für einen Buchhalter geradezu frivoler Geste in die Tiefe stürzen.

Erich Bäcker starrte ihn dabei an und sah für einen Moment so verzweifelt aus, als wolle er der Uhr hinterherstürzen. Dann wandte er sich von den Fenstern ab, Tränen liefen über seine Wangen.

Die beiden Journalisten hatten sich zu der aufgeregten amerikanischen Familie gesellt. Bruno Krauss versuchte verdrossen, eine Unterhaltung mit Gerry Livingston in Gang zu halten, doch der war so aufgeregt, daß er nur einsilbig antwortete. Er hatte sich unbewußt eine der feinen Stoffservietten mit dem Emblem der Deutschen Zeppelin Reederei gegriffen und zerrte so stark an ihr, daß sie schließlich zerriß.

Walter Jaeger und Sarah Livingston standen am Fenster so nah beieinander, daß sie sich immer wieder mit eiligen Gesten, die wie zufällig aussehen sollten, jedoch viel zu häufig waren, um irgendeinen Beobachter zu täuschen, zärtlich berührten.

Thomsen und Forster saßen abseits der anderen auf zwei Stühlen. Der Gestapo-Mann blickte sich noch immer mißtrauisch und wie gehetzt um; er hatte das rechte Handgelenk des Professors mit einer Handschelle an dessen Stuhl gekettet. Forster schien sich darüber sehr zu schämen, seine Verlegenheit war größer als die Angst vor dem, was ihn in Deutschland wohl erwarten mochte.

Ganz am Ende des Salons stand Annegret, eine Mokkatasse in der feingliedrigen Hand. Sie drehte ihm den Rücken zu, als sie ihn kommen sah.

Schoschowski blickte sie der Reihe nach bitter und verächtlich an, auch Annegret, von der er schon wußte, daß sich in ihren betörenden Duft wieder der vulgäre Hauch eines billigen Rasierwassers gemischt haben würde. Er fühlte sich ihnen unendlich überlegen. Wie sie da an den Fenstern standen, einige fröhlich winkend, andere blaß und müde, sahen sie aus wie Millionen anderer Menschen auch. Niemand von ihnen, glaubte Schoschowski, würde jemals etwas Außergewöhnliches vollbringen können.

Epilog

Carl Pflug fuhr im Juni 1937 mit der MS »Monte Rosa« von Hamburg aus unter falschem Namen nach Brasilien. Hier verliert sich seine Spur.

Heinrich Parsch blieb Funker bei der Deutschen Zeppelin Reederei, wo er ohne Beanstandungen seinen Dienst tat. Er meldete sich nach Kriegsausbruch noch im September 1939 freiwillig zur Marine und ging am 26. Dezember 1943 mit dem Schlachtschiff »Scharnhorst« im Nordmeer unter.

Augustus Steicher wurden am 20. Mai 1937, nach dem Konkurs seines Verlages, alle Ämter in Partei und Reichskulturkammer vorläufig entzogen. Später bekam er einen unbedeutenden Posten in der Gauverwaltung in Pommern. Nach 1945 engagierte er sich erfolgreich in der Kommunalpolitik, bekam 1961 das Bundesverdienstkreuz und starb 1964 als Bürgermeister einer bayerischen Kleinstadt.

Ute Schmitz heiratete 1938 einen Ministerialdirektor im Reichsluftfahrtministerium, der nach dem Zweiten Weltkrieg ein erfolgreiches Unternehmen für Flugzeugnavigationsgeräte gründete. Seit dem Tod ihres Mannes 1980 lebt sie in einem Alten- und Pflegeheim in Berlin-Dahlem.

Erich Bäcker wurde sofort nach der Landung des »Graf Zeppelin« wegen der in seinem Besitz befindlichen Ausgaben der »Arbeiter Illustrierten Zeitschrift« verhaftet, kam aber nach Intervention seines Vaters bei höheren Stellen der Partei vorläufig frei. Es gelang ihm im Juni 1937, sich illegal nach Spanien durchzuschlagen, wo er als Mitglied der Internationalen Brigaden auf seiten der Republik kämpfte. Er starb im November 1938 unter ungeklärten Umständen, entweder im Feuergefecht mit Francos Soldaten oder bei einer politischen Säuberung in den eigenen Reihen.

Arthur Ohlbaum kündigte seinen Vertrag bei der Deutschen Zeppelin Reederei fristlos, ging noch im Mai 1937 nach New York und verkaufte dort einen großen Mayaschatz unbekannter Herkunft. Das FBI interessierte sich kurzzeitig für ihn, konnte jedoch nie feststellen, woher die kostbaren Stücke stammten. Er durfte sie schließlich legal an amerikanische Museen und Sammler verkaufen. Mit dem Geld aus diesem spektakulären Handel gründete er die »Swiss Watch and Chronometer, Inc.« und etablierte sich in New York schnell als einer der erfolgreichsten Uhrenhändler Amerikas. Er starb als Millionär 1974.

Hans Thomsen diente, mehrfach befördert, auf verschiedenen Posten beim Sicherheitsdienst in Berlin. Sein Schicksal während des Kampfes um die Hauptstadt ist ungeklärt, seit März 1945 fehlt von ihm jedes Lebenszeichen. Der stellvertretende Außenminister der Sowjetunion behauptete am 8. Juli 1945 gegenüber einem schwedischen Journalisten, daß er der Roten Armee in die Hand gefallen und nach Moskau überstellt worden sei, eine Darstellung, die die amtliche Nachrichtenagentur TASS eine Woche später als »Mißverständnis« bezeichnete. Thomsen wurde 1947 in einem der Nachfolgeprozesse des Nürnberger Kriegsverbrechertribunals in Abwesenheit zum Tode verurteilt.

Professor Johann Forster wurde noch am 8. Mai 1937 von einer Maschine der Luftwaffen von Friedrichshafen nach Berlin geflogen, wo er in den Abendstunden angekommen und mehrere Wochen an einem unbekannten Ort verbracht haben muß. Der »Berliner Lokal-Anzeiger« meldete am 7. August 1937 auf Seite 8 seinen Tod »nach einem tragischen Verkehrsunfall«.

RAFAEL SCHOSCHOWSKI blieb bis 1945 Dirigent der Berliner Philharmonie, wurde von den Alliierten kurzzeitig abgesetzt, aber bereits 1949 wieder auf diese Position berufen. Als er 1965 starb, würdigte ihn die internationale Musikwelt als einen der größten Dirigenten aller Zeiten.

ANNEGRET SCHOSCHOWSKI gebar am 15. Februar 1938 einen Sohn, dem sie den Namen »Carl« gab. 1949, am Tag nach der ersten gefeierten Nachkriespremiere ihres Mannes, reichte sie die Scheidung ein. Sie verübte 1952 Selbstmord.

BRUNO KRAUSS arbeitete weiter beim »Völkischen Beobachter«, allerdings, wegen diverser Beschwerden verschiedener Parteifunktionäre, nicht mehr im Auslandsressort. 1946 bekam er eine Stelle beim »Rosenheimer Blatt«, einer Lokalzeitung, die er von 1951 bis 1974 als Chefredakteur leitete. Seitdem lebt er als Rentner in München.

GERRY LIVINGSTON zeigte nach der Landung der Kriminalpolizei Friedrichshafen den Diebstahl nicht näher beschriebener »wichtiger Geschäftsunterlagen« an, doch die Ermittlungen blieben, trotz sofortiger Intervention der Gestapo, ohne offizielles Ergebnis. Nach einer kurzen, erfolglosen Unterredung mit deutschen Regierungsvertretern kehrte er mit Frau und Dienerin in die USA zurück, wo er sich im Oktober und November 1937 vor einem Kongreß-Ausschuß in Washington verantworten mußte, der eingesetzt worden war, um

illegale Waffenverkäufe zu untersuchen. Es wurde allerdings keine formelle Anklage erhoben, da belastende Unterlagen fehlten. Sein Unternehmen kämpfte zunächst mit wirtschaftlichen Schwierigkeiten, profitierte aber von der Flut amerikanischer Militäraufträge ab 1939. Er starb als vermögender, hochgeehrter Mann 1955. Seine Frau Hannah überlebte ihn um zwei Jahre. Maria Ficcini arbeitete nach dem Tod der beiden älteren Livingstons als Dienerin im Haushalt eines langjährigen Senators von Virginia. Sie lebte anschließend zurückgezogen als Rentnerin in Manassas, Virginia, wo sie 1995 an Krebs starb.
WALTER JAEGER und SARAH LIVINGSTON erreichten bereits am 9. Mai 1937 abends mit der Reichsbahn Hamburg, wo sie sich am folgenden Morgen an Bord der MS »Bremen« nach New York einschifften. Dort setzte Jaeger nach längeren juristischen Streitigkeiten die Scheidung von seiner ersten Frau und die Hochzeit mit der noch minderjährigen Sarah Livingston durch. Ein deutsches Gericht verurteilte ihn im September 1937 in Abwesenheit wegen eines nicht näher bezeichneten »Geheimnisverrats« zu zehn Jahren Zuchthaus. Er wurde amerikanischer Staatsbürger, anglisierte seinen Namen in »Jager« und unterrichtete lange als Professor für Journalistik an der Michigan State University. Heute leben er und seine Frau Sarah, eine landesweit bekannte Innenarchitektin, in einem kleinen Haus an der Atlantikküste bei Stonington, Connecticut. Beide reisten nie wieder nach Europa.

Die Landung von LZ 127 »Graf Zeppelin« markierte das Ende der letzten Transkontinentalfahrt eines Zeppelins. Danach wurde er als technisches Monument in einem Hangar in Frankfurt am Main zur Besichtigung ausgestellt und der moderne, riesige »Graf Zeppelin II«, das Schwesterschiff des »Hindenburg«, nur noch für kurze Rundfahrten über Europa und der Nordsee zu Test- und Spionagezwecken eingesetzt. 1940 wurden beide Luftschiffe in ihren Hangars auf Befehl von Luftwaffen-Chef Göring zerstört.

Dieser Roman gehört zu einer Gattung, die die Amerikaner »Faction« nennen, eine Mischung aus Wahrheit und Dichtung. Zu den »Facts«, den gesicherten historischen Daten, gehört der Zufall, daß der »Graf Zeppelin« unter dem Kommando von Kapitän Hans von Schiller, von Südamerika kommend, gerade über dem Atlantik fuhr, als seine Besatzung per Funkspruch die Nachricht vom Brand des »Hindenburg« erreichte. Auch die Größenangaben, die Daten zu Fahrtzeit und -strecke, die Preise, die Beschreibung des Innern – fast alle Angaben zum »Graf Zeppelin« und zum Alltagsleben dieser Epoche sind authentisch. Nur in wenigen, marginalen Bereichen habe ich mir im Interesse der Dramaturgie bescheidene dichterische Freiheiten erlaubt.

»Fiction«, pure Erfindung also, ist dagegen das Personal dieses Romans. Ähnlichkeiten mit den tatsächlich bei der letzten Fahrt des »Graf Zeppelin« anwesenden Passagieren und Besatzungsmitgliedern sind (mit Ausnahme der »Nebenrolle« Hans von Schillers) ungewollt und wären rein zufällig.

Die meisten Experten nehmen heute (und nahmen damals schon) an, daß dem »Hindenburg« in Lakehurst eine unglückliche Kombination aus seiner Wasserstoffgasladung, gewittrigem Wetter und unerkannten technischen Mängeln, vor allem am neuen, silbrigen Außenlack, zum Verhängnis wurde. Ein Anschlag läßt sich allerdings nicht hundertprozentig ausschließen. Daß es aber, wie hier geschildert, parallel geplante Anschläge auf beide Zeppeline geben sollte, ist reine Erfindung.

Cay Rademacher